小城市1.0

模具城池

刘星语 著

CFP 中国电影出版社

序 言

1

北纬 39.93°，东经 119.60°，这是我笔下小城市的坐标。

它并不闻名，甚至有些被孤立，被遗忘，被淡化。不经宣扬，便无人提及。

上溯至公元前 215 年，秦始皇东巡至此，在此地所傍渤海，投下百余名童男童女。小城因此成为中国唯一一个因皇帝尊号而得名的城市。一座在秦朝便获得历史的小城，途经漫长岁月的洗礼，拥享当年经皇帝宠幸而垂口的殊荣，历年来保持着这响当当的名号。如同耄耋老人，庄重质朴，有着高雅不衰的品性。

历史阶段，小城市只是一座靠武力选择统治的孤岛。始于东北地区的契丹族，自北魏开始在辽河上游一带活动，建立契丹国后，统治区域逐渐蔓延到河北白沟河，东临北海、东海、黄海与渤海，东北外接外兴安岭南麓。辽阔疆域里子民兢兢业业劳作，播种，砌器，练武，击败前来侵略的敌人。契丹族辉煌称霸，小城市成为其附属据点，在相当长时间的大一统下维护了安宁与平定。

民族，政权，朝代随后纷繁更迭，契丹，蒙古，女真族部落在小城市附近的东北地区交替复兴又衰亡。明清两代帝皇在城市附近建立城区，女真族的后代被皇太极改称满洲族，满族人于近代历史的末端在东北地区屡见不鲜。随着历史顺势思考下去，东北地区应大量滞留契丹族、金人、满族人的后裔。而事实证明，现代的东北，与古代的辽、金甚至近代的满清，直接联系并不像民间传言那样密切，因契丹族后裔在东北地区已经几近消失，金人、满族人的后裔数量，远远不及朝鲜族。小城市现隶属于河北省管辖，却有着不符合情理的大批满族与朝鲜族后裔，这是一道一言难尽的历史课题：小城市与东北地区，到底有着怎样复杂的渊源以及连绵不绝的联系？

小城市，小字当头，原则上是指市区和近郊区非农业人口不满20万，城市人口规模并不宏大的聚集地代称。官方统计，这个面积为7812.4平方千米的小城市，人口290万有余，从标准而严格意义上讲，这座城市，并不属于小城市。但千百年后，这个曾隶属于契丹王朝的小城市，如同多年前的契丹族群，人口大批量外迁并接纳外来人入迁。在小城市的290万人口里，有大批人口迁徙自中国东北。黑龙江省居多，辽宁省其次。小城市市区人际脉络、市场、经济重心现多为东北人，即使生于当地之人，追及祖籍，也多从东北一带迁徙而来。真正属于这座城市的人口并不多。从城市真实本土市区人口容纳量方面解读，这确实是一座小城市。巧合的是，小城市被金人统治下的历史实情，人口入迁方向也多来自东北一带。

小城市毗邻首都，三面环山，面向渤海。整座小城可用繁荣似锦，背山面水，刚柔相济来形容。这些年，小城市下属的三个分区里的某个区，因其得天独厚的地理优势，成为很多人夏季来此避暑消遣的胜地。省领导见其发展不俗，特地大量拨款，兴建、改造、扩充和重筑。绿油油的街旁树配以清幽闪耀的路灯，区域已俨然发展成有“小香港”著称的地理标识。钢筋，水泥，坚硬的大理石，泥结混凝土，坚固稳定的构架，林立挺拔的建筑。这些现代都市的代名词，正稳固矗立在当下，形成眼前的这座小城市。小城市被布建大量新型建筑与霓虹灯，以往夜幕寂静下的深沉，早已被声色犬马、人声鼎沸的夜生活充靡。

旧年的小城，春日野花烂漫，夏季万木葱茏，秋日椿树幽香，冬日银装素裹。砖瓦石巷，楼榭亭台，青苔附壁。彼时朴素气味尚在，无论怎样布局，小城都仿若世外桃源。

坐火车往东北方向走，是逾定省界的万里长城第一关，因温带大陆性季风气候，每年冬天从关外带来卷走茅屋之势的寒冷气流，夹杂着渤海里寒冷刺骨的冰雹风雨，让这里的气候与东北三省无异，种种人文气息，自然环境，更会让人错觉，这座小城市本身就是一座杂糅良莠的东北之城。

历史遗迹不是城市发展的重点，今日的城已然经过规划与调整，经济迅速发展。大批大批工厂建筑劈啦作响地拔地而起。高层楼宇如雨后春笋般建立起来，灰蒙低矮的城市建设，似乎是一夜之间便节节高升，小城倏然变成了华灯初上，具有现代化气息的当代都市。第三产业迅速崛起，资源调配越见合理。城市产业结构逐渐摆脱寄生性，生产性加强，城市工业产业也愈见繁多。各行各业都得到巨大发展，市场经济繁荣昌盛。城市向着高级化改变。

2

景区修葺得像模像样，有规有矩，边缘城镇和破损的乡村还在齑粉飞扬的灰土下做出蒙恩的姿态。

小城在我心里，有着别样一番定义，它是小镇物质经济、人文文化、气息风尚循环衍化后被整饬升华的景致。小镇则是小城的一面镜子，反射了小城先前并不繁华精致的粗糙模样。因而它是卑微的。

小镇是一口温热的井。

狭隘的甬道以及因被城墙隔绝而从缝中漏透出的点点景光，张望着猎奇神情的花朵，稻粱，老树枝桠。以及不得名无来由的茶叶细瓣。轻巧地随着飘过的清风摇曳，路过行人的呼吸喘息，摆手弄膝，所有肢体语言发生的频率，萦绕在他们心头的念想，被它们因有风拂过而应和，就仿若已被它们知晓。它们是如此的有生命。

从老房如洞的房门探出头去。整个人行街道是灰蒙蒙一片。整合单调的土灰色街面，默契哀沉的土灰色着装。就连口音，都是齐刷刷平仄混淆的土灰色音调，发着喑哑怪腔。出生于这片土地的人，如每一滴流于井内的水魅。井内的景物怎样，他们自己知晓便很好，并不需外来事物涉足。水魅在井口边缘滴答滴答地游荡，日日笙歌。悲欢离合的上演也如应接不暇的日光夜月接踵而至，不停不息。小镇里的生活，消息可以细分到哪家死人啦，哪家发丧啦，哪家结婚办喜事啦，哪家又生个大胖儿子。白事，红事，甚至今天菜市上萝卜贱价出售这样鸡毛蒜皮的小事，都成为小镇人们茶余饭后的谈资。多么细微不足道的事，在百余里的距离内也可以被传做新闻。这也是缘何他们不愿离开井内的原因。那里躁动朔迷，斗转星移，如蝴蝶振翅般高频而柔软的奇新，改变如同定时替换颜色的缤彩隔界，铺就于眼前的人事变迁，从始至终，总是新的。

小镇里的改变，就像是洞口边光线射进的角度。从阳光初起的左掷投影，到正午阳光的90°角垂射，乃至午后夕阳瑰丽最后一片残影。因为这里是还未完全经受铁泥钢筋混凝土磨合改造的小镇，所以一切都还维持着大自然最本初的质纯。它真真像一个洞，吸收着自然无尽的光泽，雨水，露润。阳光充沛，洞口灿烂祥和。星辰照耀，洞内也随之静谧。他们在内哭泣，在内欢笑。恪守着繁复往来的星辰与阳光。偶尔有稀薄微蒙的细雨落下，在井内发出啪啪的细响。他们视之为上天的馈赠，甘之如饴。他们的日子，是依照上天的恩赐而反照的巨大剪影。

瓦墙的那侧是广袤的十亩园地。一池细碎绿萍。苍虬的树木枝干峥嵘盘绕。暮春时节仍有鹈鴂鸣叫。因为浇灌麦田而沟壑万千的水渠，连接起天隅处倾城阳光的地平线。潺潺的流水缭绕声，漫天夺目的丛林，祁连蜿蜒的小道，农民在田里屈背劳作，老牛奋力地拉动颈部的绳索，从山脚迸溅而下的溪水绕过每一寸泥泞的土地。在农田里的麦香还未散发出熟稔的收获味道，整个小镇的上空都还被青涩而泛绿的余味划下一道道关于嗅觉的残壑时，土地之上一片清亮。农田里的老农拿起手中的镰刀，一刃一刃劳作着希望。黛绿的砖瓦将这一切隔绝于瓦墙之内。这一切被定格在我踮起脚也望不到的城墙的那一侧，安详地应和着天边即将升起的朝阳。尽管被墙阻隔，但有扶梯可依的时候，那些有生命的花儿朵儿，有风吹过便渐次倒伏的麦秆竹枝就立刻在眼前绽放。串串红的花瓣细长紧凑，拔起一朵可在花蕊处吸到甜甜的汁液。

冀北平原与东北一样，作物一年一茬熟，庄稼地里种玉米、黄豆、小麦、花生，因小麦熟得早，每年酷暑 6 月小麦被收后，土地里又会被种上晚玉米，晚玉米有两个多月就熟，9 月时候收割，进行整地作业，接着种冬小麦。小麦会长出麦穗，麦穗先开花，开出花后，开始慢慢地长麦粒。还未熟透的青麦，拔起一根，在手中细慢揉搓，散发出并不熟稔的麦香。还在泛青的麦粒颗颗可见，是可吃的，嚼在嘴里，泛透出属于大自然最真实淳朴的味道。

它有山，有水。有投出去的声音被大山回音过来的轰鸣。它有诗里歌里被永恒歌颂的主题……素颜青山，朝鸟相伴。自然，不加任何修饰。

瓦墙的这一侧，浓密的黑色气体就像是要把整个天际喷染得愈加污浊。行人踽踽独行，低沉的脑袋像是在躲避重污尾气钻进鼻腔。一旁的小屋像一排尽忠职守的骑兵，日益沧桑地守候着瓦墙此侧的图景。这里万籁俱寂，万物欣好，唯有腐锈的河流以及高浓污染的大气，不折扣地为着这座小镇降分。

夜幕降临下路灯闪烁的场景也会让人错觉这里的繁华与其他地方无异。但日复一日的高分贝噪音和毫无忌惮的重度污染源，还是将本属于小镇的纯美与静谧勾销得丝毫不漏。漫天的灰色风沙，泥泞的黏土路，碎石沙砾铺就的小道，骑自行车匆忙而行的人们……都明确标志着这是一个重工业小镇，所以耳膜里时常会有拖拉机嘟嘟嘟嘈杂前行的尾音乱撞，随拖拉机席卷而来的大片的黑色沙砾和浓重的乌黑尾气，是这个小镇特有的景观。古往今来，只要一提起重工业，便自然想到这是为国家出份力的工程，也理应不少盈利。可小镇的重工业仅限于维持自身匮乏经济运作的需要。自给自足已经是差强人意，更不要说生产富余商品运往几十千米外的市中心。小镇里规模还算浩大的重工业场所，如肥产商、造纸厂、化工原料原产基地，与几家规模较小的基本以运煤为生的产商，其环保防污工程，没有一家技术过关。黑色尾气在天上肆意造次，跳跃的颗粒状沙砾在地面变成碎石。小镇上几条为了浇灌而开辟的河流，也因为化工厂不经防护排放的污水，渐渐被混淆成墨水一般。

几十年前，小镇并不是这番模样。为了追赶落后闭塞的经济局势，又或者因为本身的无能为力，越来越多的厂商喜欢把重工业污染性产业投置于小镇。小镇的经济却并没有因此改善多少。生者虽无怵，亦无变革改章整饬糟粕的欲求。这是我缘何要将这片土地比喻为井的原因。因得有大自然最朴实的亲吻与青睐，这片净土是美的。但它同时却是落后闭塞的。

几年以前，政府官员曾经下令改修河道，修建铁轨，创建娱乐设施。全面与市中心经济发展相接轨。河道被整修后变得宽敞，面西向东。小镇人自然觉得无比开心，但若干年后问题出现。因为这是北方城市，又极其接近暖温带以北，地心偏向力尤其严重，长时间的高强度河流流动造成河坝左面巨石累砌，右面平滑倾侧，具明显高度差。每每有孩童去那里玩耍，都被家长勒令喝止。这是一项失败的工程，带来隐患背后的危险潜质。修建铁轨的事宜亦不得善美而终。当初谋划者最初的构想是将从小镇被切断的一段自东北驶向华北平原的铁轨接引，而未曾想历史遗迹下的小镇铁轨构造全全纵切这一浩大工程路线图。引线来的铁道自东北向西南，小镇原始轨向偏偏自西北至东南。无法强拆，耗时耗力，只好作罢。

唐代以后因为受佛教的冲击而流窜此地的道士组成的道教体系，经过万年的传历，在此地慢慢演变为夸张神道。几个男男女女举着缤纷的花枝，又跳又唱，白事红事都参与。白事是为化解冤魂超度亡灵，红事则是为了喜上加喜减压少灾。人们把这样的行为当成一种必经的形式。落后偏僻的小镇，以旁门左道之势头奉为信仰，是不可翻覆的悲哀。因此用心良苦的细心策划比不过一个道士的胡诌。道士引来风水易经，仔细揣摩了一番，最后下定口。这必然是一个不平凡的小镇。背面靠山，前面对水，也就是背面有靠山，前面有财源。所谓背山面水，风水宝地。不轻改易。

从此小镇便保持了这副模样。终日未变。

3

迁徙运动追根溯源与经济和物质原因脱离不开干系，外来劳务多是大致体察小城市就业机会与物价条件草草定则迁入规划，在城市中心摸爬滚打从头打拼。抛开以小冠名的名号，这城市如同中国纷繁的大批其他城市一样，经济化发展到一定阶段，城市的发展开始赖求于厂商聚集和居民聚集。大面积人口聚集带来文化参差和口角摩擦。密集型厂商聚集又带来产业结构的分裂与产品生产的过剩单一。抢占经济优势成为主导城市发展的猎头们争夺的重点。人们为了在竞争下更好地存活，摩拳擦掌。厂家为了牟取利益，尔虞我诈。战役因此而来——企业家，政府官员，房地产大户，连锁店商人，抑或是城市底层劳动人民，外来劳务人民，他们的生存争夺战因在城市里所处的社会地位的不同而迥异。还在以填饱肚子为基本需求的人们挥汗洒泪，战战兢兢走在城市边缘。处于城市高层群体，则开始以利益和权威为掠夺目标，在城市上空掀起腥风血雨的暗战。霸权和独享倾向永远存在，只是因时代的不同，被指定范围的不同，人所处的社会地位的不同，表现形式有所差异。

这是关于一群稚气未退，尚存幻想的孩子的故事。童年开始，成年截止。人性本善，他们如出水芙蓉，从始至终，总归是清洁的，却因前辈的罪孽遭受重担，背负着成人社会模型下庞大的舆论压力。因而青春期是让这样的真理昭显的时期：每个人从出生起便带着与生俱来的东西，这个上帝命定的旨意，关乎品行、家境、性情、心智，更关乎孩子在青春打头初涉感情困境时，带来的业力轮换遭遇。这些命运指派好的命题，或与金钱挂钩，或与容貌才干有瓜葛。嫉妒心，攀比心，膨胀的仇恨，赤裸的抗衡。终究源于我们明白，有些事情，与生俱来，不可篡改。十七八岁的少年少女，因容貌日益出落得亭亭玉立而假信自己早已熟谙世事。途经幻灭与重生，又在接触人生百味辛酸的起头明白成长的意义。坦诚接纳自身的不完美，真诚纳谏与欣赏他人。因得他们仍处身不由己被成人掌控的世界里，却已有过因本我真性情流露、自我价值荣耀感产生及团体性活动初涉而切肤体味的繁复故事。青春与成长，本身就是一个叫自身坦然接纳缺陷，破碎，不完整，但却仍微笑面对世事的过程。

城市是真实存在的，故事则是虚构。故事是我的经历，也是我头脑里臆造与想象的衍物。这是真实城市的写照，也是我借以表达某些观念与态度、意义与主题的模具城。空间为定量，时间是轴线，人物构成故事主体，人情变迁与少年成长是故事的主线。写作借助 stereotype，因而有些事情放大，有些现象夸张，有些加入或讽或赞的主观意识。但无论如何，这是写者的一种方式，而不完全是社会事实。就像所有人都对自己的出生地怀有虔诚和敬畏的情愫一样。我也不例外，不加任何虚构地描写真实的城，因而种种风土人情，地域结构，人文特征，我都会如实写意。无论我以怎样费解怪诞的思维去解读这座小城市，我仍深深相信，我体内必然有一个灵魂与它息息相伴，终日不离。因而我褒奖它，贬斥它，赏识它，伪构它，皆是对体内另一个灵魂自我的回应与审视。城市精神凝聚更加抽象。城市建筑则是具象事物。因此前者不能更改半分，按照原样来写，后者则随情节需要略有改动。作为形单影只的孩子，他们只能选择一处如狱的蜗居保护自己，身抵属于或并不自属的小城市。黯然生存。莫因故事矫情而否定真正属于孩子的内心世界。他们终会长大。小城市里的故事，只是他们步入人生前浅尝辄止的试探与体会。11 个孩子，由生到死，我会一直写下去。直到他们步出人生的旅程，遁向虚无。

4

在小城市，日日不息地繁衍着这样的少年少女。

男孩为了占有自己喜欢的女孩，赤手空拳相互搏斗，哪怕最后鼻青脸肿。

女孩为了得到自己想要的男孩，冬天穿裙夏天穿靴，哪怕折腾到满身是病。

他们可以欣欣向荣，得到心爱的那个她匆匆一瞥便开心如顽童。

他们也可以瞬间成魔，不顾世间的教条理论肆意造孽。

她们可以忽闪着耀眼的瞳，拍打着纤长的眼睫向世界问好。

她们也可以倏然怒目而视，为排斥眼里容放不下的小小尘埃而歇斯底里。

他们如同刚降临到这个世界上的生命。一颦一笑，一举一动，亦是生命的节奏此起彼伏。

——彼时的爱可不可以当真。

——一句誓言可以代替多少时光的磨砺与流失。

——岁月苍老了的，是单纯的心还是稚嫩的容颜。

这些，小城市没有告诉我。

我猜，年轻稚嫩的脸庞，其实需要的不过就是一段永恒。

可是在这座城市，轻易就可以得出的事实，偏偏一环套一环，不断给故事打弯。就像是要最后把整个世界都落得个九曲回肠，万物归一。

世界荒芜的最后，最释怀的是不是他们，最难过的是不是他们呢？

流着泪还要微笑的，因为拥有过，所以不怕再失去的。

——还会是他们吗？

灿烂美好的年少，繁花似锦的小城市，他们任何，终究都经受得住这样千回百转的折腾。不然，怎敢叫它，小城市里的小故事。

它太虚幻，就像造物主特意修建来的道具城，进而在里面编造一个离奇的故事。

它模拟了一场腥风血雨的拘役，里面的人是奴，任务是编排一场盛大。盛大的什么，无从得知。所有真实的，具有实像的事物终究灰飞烟灭，所有耀人的，忽闪忽暗的光芒，最后终被投放到湖底。他们水中捞月，从一场希望走向一场虚妄。

怕是从城里被流放出的人，回头望望，也不会明白，那场盛大，究竟是何物。

11 个孩子，18 个年头，一段与他们青春期有关的故事。

目录
CONTENTS

楔 子

有一个姑娘，在即将步出青春的最后关头，死了。

某个雨湿泥泞的夜。她一步步迈向袒露在碧野荒郊的湖，直至湖水浸漫她的全身，到她自身无法控制的程度，随后她的身体被覆盖，被淹没，被沉浸。湖水倒灌口鼻，尸检结果为肺泡液体满溢。18 岁那年，她死于窒息，死于水呛，死于孤立无援，死在生命体最后垂危挣扎的时刻，无人救她。

她死于自杀。

她生前喜欢在纸上写字。哲学，玄术，高数，诗词，幻法，化学分解式，物理定律，密密麻麻全部是高中文化程度的学生无法看懂的理论及术语。

我手拿那些字条，细拼接凑，回忆一个故事给你听。

有关城市迁徙的现实动机分析。人口流动是一种经济现象。是人口和劳动力在比较经济利益的驱动下向较高收入的地区或部门流动的理性经济行为。——托达罗模型

讲桌上喋喋不休的地理老师正用优美的言语阐述中国东北部的一个城市。

“中国东北部有个与朝鲜隔江相望，与韩国一衣带水的小城市。那里是中国海岸线最北端的起点。位于鸭绿江和黄海的交汇处，因为沿江，沿海，所以海鲜产量也颇丰厚。因它属辽东山地丘陵的一部分，属长白山脉向西南延伸的支脉与余脉，因此林木资源丰富，森林覆盖率很高，被誉为国家级园林城市。有林有水，是个景色奇异四季分明的小城。冬季虽不如大兴安岭般松针带白，山巅冻结，却也是森然凛冽，流水湍急，林中高大乔木与熹微野花衬景，有飞至树高的杜鹃空中掠闪，并吟出歌声。该地杜鹃花盛名，争相竞放，缤纷炫目。”

我合上课本，趴在课桌上，阖上双眼，想起初中时代辗转地从这个城市迁移过来的男孩子曲胜。不久便昏睡过去。

有关城市迁徙的自然选择驱动。生物都有趋利避害的自然属性。生物是从低级向高级发展进化的，环境对物种变化有着巨大影响。生物本能地会向着有利于自己生存的环境趋进。——达尔文进化论

徐扬恹恹地耷拉着脑袋，从城市的市中心抬着沉重的步履，怏怏地挤进人潮如海的火车站，从市中心到小城是一个小时的车程，已经不知道是第几次来挤这样晦气脏污的火车站了。她的心里满是委屈和愤懑，脚上精致的adidas白球鞋因为尘土飞扬的地面和摩肩接踵的行人踩踏布满了畸形难看的鞋底印。

手上提着的小丑鱼在透明的塑料袋子里瞪着两只占有身体1/3的泡泡眼，无辜地泛着折射暖阳的光，吐着时大时小的泡泡。

徐扬挤上火车，在靠窗的指定位置坐下，看着窗外的景物以倒逝急遽的速度点点退去。袋子里的五条小丑鱼，很快就变得奄奄一息，翻转起白色肚皮。静静死去。

有关城市迁徙的外来人口对介入陌生环境的自我终端定位。同种生物如果长期生长在不同条件下，它们为了适应所在的环境，会在外形、习性和生理特性方面表现出明显差别。——趋异适应

舒琳娜在餐厅一个阴暗昏晦的角落里，眼神怯怯地望向徐扬。徐扬微笑着递给她一沓不薄的现金，努力掩饰因为坐火车而产生的疲惫的神情，优雅地对她说：“舒琳娜，你不要再在这个小镇做下去了，你可以跟我一起回市中心，市中心的那家酒吧更大，薪金更高，人均流动率更频繁，你可以结识到的人脉会更广，你想想，你爸爸每年做匠工，辛苦给人做模具，赚不了几个钱。你多一点收入，他就少一些辛苦。何乐不为呢？”

舒琳娜低头考虑良久，并不确定徐扬会把这样一个好的机会白白送给她。她抬起头，眼神依旧怯弱地望向她“那么，你需要我做什么呢？”

徐扬莞尔一笑，“我只需要你同意让你的男朋友，去见一下刘艺傲，你答应吗？” 舒琳娜看着眼前足有半厘米厚的人民币，点点头，答应了。酒吧的灯光太昏暗，她的眼睛在晦蒙的环境里，看不出是怎样的神情。她衣装妖艳，抹着浓重的眼影与腮红，头发造型是不符合她年纪的大卷波浪。相比之下，对面的徐扬反而清纯素净。白色的球鞋和米白色的衬衫短裙，阴暗中透漏出迷离辛香的朴素美。

有关城市迁徙者主观抉择及煽动条件。在一个博弈过程中，无论对方的策略选择如何，当事人一方都会选择某个确定的策略，则该策略被称作支配性策略。如果两个博弈的当事人的策略组合分别构成各自的支配性策略，那么这个组合就被定义为纳什均衡。——纳什均衡

林咸喻长相俊秀，皮肤白皙，脸部棱骨分明，此时他正躺在床上辗转反侧，昨晚和哥哥林缄宇的彻夜长谈让他接近崩溃，痛不欲生。这个世界上痛苦的事情莫过于，当得知自己喜欢的人，与自己最在乎的伙伴所喜欢的是同一个人时，挣扎，寒噤，矛盾，纠结，犹豫，踟蹰，量夺，权衡，束手无策。这是亲情和爱情的折中选择，而他毫无经验。不忍抉择，又不愿放手的矛盾，如只只蚂蚁爬过，吞噬他焦躁不安的心情。

他想：现有当事人 3 个。林缄宇，女孩与我。女孩并没有表明她的立场，所以就会有不定的两项选择，一个是接受林缄宇，另一个是与我开始。我成功的几率是 50%。而我选择努力与否，是在这 50% 的成功概率里，舍二取一的抉择。事情最后会怎样，不受一个人抉择的控制。想明白这一切，他决定与哥哥公平竞争。

有关城市迁徙人口对迁徙目的的不同而导致的交集冲突。在一个动力系统中，初始条件下微小的变化能带动整个系统的长期的巨大的连锁反应。这是一种混沌现象。——蝴蝶效应

同一个城市。徐扬从市中心坐了一个小时的车程来到小镇，又坐了一个小时的返程将舒琳娜接回市中心。几年前自己一个人挪用爸爸的存款，悄悄私自奔去美国两年不回家。自己心里始终对爸爸心存亏欠。因而做着这替他分担的事。而她有所料想，父亲的酒吧、KTV、所有娱乐场所使用的酒水，都不合法。这袋子里的小丑鱼，是她买来借以测试父亲娱乐场所莫名试剂是否有毒。不出所料。小丑鱼全部阵亡。

徐扬已经分配舒琳娜在市中心广场附近的酒吧成为一名服务生。距离酒吧 1000 米的市重点高中琴房，钢琴架上的演奏曲谱上标着林缄宇的名字。距离琴房 30 米的教学楼，是我的教室，地理老师此刻正在不厌其烦地讲课。

我趴在桌上前几分钟，并未完全熟睡，想起舒琳娜的爸爸躬身在烤火泥炭里焦灼勤工的场景。他手下麻利施工，图纸，木楔，铁钉，炭烤，套盒，胶合剂，皮手套，电机，激光切割，炫目白光，画面轻巧地搭置重叠在一起，最后，他手上成型的模具拼凑成积木式样的城池。时隔这么多年，他布满老茧的双手以及身边因为他的匠心独运而成型的精美模具套盒，依然如同过眼电影一样在眼前回荡，历历在目。

每一个工匠制作模具时，都要经过这样一个过程。制画蓝图。人工压腻。炭烤淬火。手工雕磨。凉风下烘干成型。

最初的设想从脑海里一点一点被拉进现实。最后被缔造成一个实在的载物。

每个房屋，每栋建筑，每座城市，林立的高楼，栉比的排屋，起初萌生建造它们的念头时，都会有被制图工人设计好的蓝图与模具样式。那蓝图与模具，或美好，或精致，或令人新奇。总之，必定有被挖掘和建造的意义在，有可触动人心底层的创造欲萌生，才会被小心而谨慎，细致而拙微地施工，渐渐成为高几十米的摩天层楼，摩肩接踵的华美城市。

正如这座小城市。它有着看不见烟火炮灰的战役，没有鲜血喷溅的赤搏，却有着因物竞天择，人心暗自争斗而实像改变的事物。

因此我甘愿称它为模具城池。

这个城池。由最初的梦想搭建。

第一章　梦

1

“呐，闹闹，去上学啦——”

清越的女音刺穿晴朗的天。对面的女孩像个孩童一样奔跑过来，身后的书包随着她一跑一颤的节奏七上八下地摇晃着。她的脸蛋上有几道污黑的泥渍，附身的旧布碎花服饰有着矢绣上去的斑驳条绘。远处七点钟的阳光发出透明、微薄而稀疏的暖晕。正午来临，这朵暖晕会绽放出刺眼的光芒。但每天凌晨，在这层薄雾般的晕边都还未显现的时候，却是庄稼人奋起犁作与耕劳的时段。

她顾不得因跳动而凌乱的衣衫和发型，也不在意脸上有着夸张的黑色泥巴。到达我的面前，停下时的她气喘吁吁。我把手里笨重的书包交给她，她转手送给我一杯溢香的皮蛋瘦肉粥。粥用塑料杯装好。是奶茶小店里为装奶茶而产的廉价塑料杯。未封盖。露天里飘散着热气。

“喏，给你。热着呢。”

“我们家今天是烧茄子，你呢？” 她眨着单纯的眸子，就像在问一个认真而严肃的问题。

“我家是炖豆角啊，娜娜。”我配合她认真的表情，一本正经地回答。因她跑过来的动作太过仓促慌忙，我想她是没有来得及擦掉脸上的那一抹黝黑的污迹。她脸庞上的泥巴，让我觉得熟悉且理所当然，我们有着同样不富裕的家庭，我们是同样脏兮兮不顾形象的小孩，所以我们是平等的。

我生活在小镇里这样一个角落。远远望去，画面里是一排砖瓦堆砌起来的城墙。墙的那一面是庄稼，这一面是人家。说是人家，其实也不过是一排低低矮矮的平房。爸爸同妈妈，还有我，我们一家三口就在墙这一面的平房里生活。爸爸特意开了一个一米余宽的大门，是为了以后买车出入方便。简陋贫寒的平房，配上这样一个绰绰有余的门，显得着实突兀。但就是因为这样一个宽敞的门脸，才让小房看起来是与其他房子不同的。小房用泥泞而粗糙的砖瓦堆砌垒造，从远处看，面对它而建的砖砌城墙，纹理与瓦房无异。

“你看，金咸玉家里的烟囱在冒烟呢，一定也在做什么好吃的。我们一起去找她吧。”

小镇偏僻落后的农镇厨用还在沿袭着大锅与炉灶的式样，泥砖沙土垒砌的壁笼，可用来烧柴生火。大锅炖菜的时候，雾蒙蒙的水汽会顺着庄稼地里的烟囱直直地向上飘去。我家平房上的烟囱筒，就像是应和着庄稼里那个小房的烟囱，冒着相同的灰蒙蒙的烟，飘向相同的方向。我和舒琳娜顺着墙壁走过去，墙壁缝隙里露出璀璨花海，有簇拥在一起大团大团的葵，花蕊里没有半点杂质，纯纯的。点点摇曳。

金咸玉家低矮的烟囱里飘散着灰黑夹杂的烟，屋舍的周围用栅栏围起，栅栏里面是一只黝黑打蔫的狗，病怏怏的，像是就要不久于人世一样，与其他生猛凶煞的家狗完全迥异。小镇的每家居民都有着养狗的风俗习惯，这简陋袒露的避居住所，凶猛狠恶的牲畜是最廉价也最普遍的防盗守护。但这是一只品种卑劣低贱的杂种狗，眼神怏怏，涣散无光，垂着时刻都可流淌到地上的涎液，前庭似乎不小心就会骤磕在地面，翻仰昏睡过去。便是这样不景事的狗，是上一只老去的母狗生下的唯一一只后代，无可选择，只有悉心照料。金咸玉明白，这样形如瘫痪的牲畜，若不收养，放出院子流浪都不会有人领回家。病死街头是唯一宿命。双砖垒就的砖瓦墙，是小镇政府为了区分农业用地与非农业用地，使其界限更加分明而铺砌。原始的红褐色泥砖，被层层顿结冷却的泥浆封固，可以瞭望远方的视线若未因此隔绝，以此刻的眼界向外扩远，便可看见蜿蜒起伏，层叠峦嶂的山包上高达30米低至10米的形态各异的伟乔、大乔、中乔、小乔高低分布。冬寒夏暑的北方，高大常绿乔木漫野遍布。这迷境般的雄浑背景赫然应和着庄稼地里的一间旧舍，也就是金咸玉所住的小屋。极其静谧，安逸。像城镇其他的农舍一样，金咸玉家的小宅由砖瓦原木砌造而成，坐落在最朴实的庄稼地里，悠婉细润的土壤包裹呵护着属于家的最原始的温斡。

傍晚即将来到的黄昏，这里有形形色色的演出台潦草搭建。往往都是颇具当地特色的扭秧歌以及东北文化传衍过来的二人转。扇子，彩绸，转绢。认真不苟的老人，追随附庸的孩子，会换好各自精心准备的演出服，格外庄重。我们几个，常常会附和捧场般跑跳进繁密喧闹的人群，随着人潮不顾形象，夸张至极地扭摆。在这无人嘲笑、无人判责的小世界里，我们感受到童年的巨大欢乐。

金咸玉在半敞的窗内冲我们傻笑，我便也回她一个浅浅的傻笑，招手向她轻声唤着，嗨，我们来找你了，一起去上学吧。我们在几近枯竭的河流边缘，放牛赶羊，耕草锄田。做好这一切之后大喊一声爸妈，我们去上学了，便可以嬉闹着去上学了。帮助爸爸妈妈干些农事，已经如同一日三餐，夜里睡觉那般寻常。我们在这微薄的付出里感应心安理得，骨子里对父母的亲爱与感恩不予言表。

这日一如往日，我们3个勾肩搭背嘻嘻闹闹地去上学，曲胜突然在街头转角处冒出，他依旧如过去那般娇羞腼腆，完全不像个男孩。我大幅度向他摆臂，对他招呼。问他，你来做什么？

我却没有得到回答。一阵刺耳并尖锐的铃声不合时宜地响起。

西边落日的余晖映照在我的脸上，我睁开眼睛，使劲儿揉揉肿胀的睡眼，眼前的画面朦胧惺忪，老师依旧在喋喋不休地叮嘱我们作业事宜和复习要点。这时我才发觉自己在地理老师的课堂上睡着了。

回忆像一串长长的摩尔斯代码，在梦中被解读了一半，留下另一半投掷给意识模糊尚未完全清醒的我。我疲惫地从课桌起身，却感觉一阵乏力。似乎梦境也有着让幻梦者自我挣扎失去体力的能力。我还滞留在梦境里城墙的角落冲曲胜挥手。那里的一切真实可感，清晰可见，我恍惚间已经回到过去的岁月。

舒琳娜脸上有略胖的婴儿肥，笑起来两个酒窝在两颊上打颤。她的爸爸妈妈是城墙外另一侧耕田种麦的农民。她乖巧，懂事，每天早起会帮爸爸妈妈干农活，所以，我不奇怪每天早上她脸上都有脏兮兮的泥巴。她的妈妈做饭很好吃——被炸酥的辣椒，酥麻的香味撞击着味蕾。炝炒圆白菜，油而不腻。但是，她最拿手的还是做皮蛋瘦肉粥。那个熟悉的味道我每天尝。娜娜她替我接过沉重的书包，她日复一日地来找我，她笑得花枝乱颤，她说会每天带给我一大杯皮蛋瘦肉粥。我们最常做的事，便是两个人一起走过泥泞的庄稼土，带上小屋舍的金咸玉一起上学。

这是初中时代的舒琳娜，金咸玉。这是初中时代的我们。

远方的稻田，她眼里的光。透明的微亮，太阳反射着花海里的金黄。这些画面，她会永远记得吗？我想我会一直记得，就像现在这样，我想我会永远记得，就像它总是定时侵入我的梦境一样。所以，我不愿她忘。

我收拾书包，迈着沉重的步履向家走去。

悠长的沥青柏油马路，高大落拓的法国梧桐林，苍茫高挺的高层建筑，浩荡如砥的广场平台，路边栽培的树棵棵威莽参天。树与树的间距保持着刻板的精准。如若没有树，面前广场的沥青土地颇显，如被扒露毛发的脑前庭，日光下泛着惨烈的反射弧。小区因这广场的存在格外扎眼。因其僻静，楼宇间又有不庸的高度，附带花园，广场，以及广场与小区夹间的路，所以落拓达然，就好像这便是富人区的不宣坐标。人们哑然相知，意会相传。并不明说。

回到家时，我没有完成老师的作业。趴在床上回想梦境里的幕幕，连预备第二日起床的闹钟都忘记定。不管不顾，就这样沉沉睡去。

我的梦。是色香味音人情冷暖，百面俱到的。这真是一件既令人欣喜又令人彷徨的事。欣喜的是，我的梦并不是单调的黑白默片，它甚至比生活本身更要辛辣波折，活灵活现。彷徨的是，我不知缘由却反复梦起，那些生活里不复存在的片段与记忆深处念念不忘的过去，连带现实生活里所有的世态炎凉，仿若两记对比分明的空拳，陡然将我打倒，一记是微创，一记是破败。我常常从这样的梦里，带着被抽空的失落感嘤嘤咽咽的啜泣声醒来。泪水和涎液窸然混杂，又顺着带有潮热汗气的脸颊粘黏地滑下。在这濡湿滞的冰凉床上，我不知道自己在这样的幻灭里，挣扎了多少回。

2

我又梦见了旧日小镇家乡里的破宅。褐砖黛瓦，泥墙土道。因为时日已久，瓦片已经存在罅隙，从这窄小的空间探头出来几片茶叶细瓣，轻风里飘摇着身姿。这是一片黄中透黑的土壤，被称为褐土。但凡有常识的农民都明白，碱性土质很难养活茶叶。所以小镇里种茶叶的人几乎为零。这星星点点的如豆茶瓣，想必也是赖着自己的心性无求自活，在这一片偌大的碱性土地顽强生长着。只是幼年的我，还不知道这一切的因由，直到上了初中，学了土壤的酸碱性，才越发觉得，这几片不起眼的茶花，其深嵌入土壤地层的根系，必定有着旁人都不为知的酸质补给。这是奇怪的。

我进入那破宅。梦里的场景仿若是比当下更要久远的时代，宅子的里墙已经被积存猛撞的暴雨侵蚀成了黑斑霉灰色，屋顶因有枯黄渐微的灯光显得暗调苛生。墙的一侧有小而方正的凉窗半开，修它的时候是为了夏季通风用。老屋古旧，房檐下依稀见得几片燕子衔来的槁草棕叶交错搭枝，成不规则的半圆形固定在垂帘外侧。垂帘被锈迹腐糗的铁钉镶进门板，与它以同样方式被固定的，是庭院中心一排铁丝绳架。绳子上已堆满珞珞尘埃，稍一用力就会坍断，不负有晾衣的功用。不见飞鸟，更没有迁徙的大雁。只是孩童的嬉闹声还滞留在大门外的一角。似是舒琳娜的声音。她唤我“闹闹”。

这一排已经老旧不堪的破宅，几年前更是一幅凋敝颓败的景象。破宅已由落后简陋的木屋升级加工为泥砖瓦漆的石房。算是小有进步了。人家也渐渐地多了起来。家家都备一个如此的土面灰壁庭院。卫生间独立在庭院外，小院因各家装修理念的不同而被改造成各式各样。有大而露天的草木花园。有小规模的留用空间，配以纹状砖板，上面被搁置一台烧烤笼炉，夏天可自助烧烤用。我家则够创奇，索性院屋合并，开出一隅做库间，为以后停车用。车呢？我至今未看到。大门空落落，就这样啧有烦言地伫立了我童年十年有余。

房与房之间挨得紧密。除却庭院里的墙，是没有其他的间隔物的。那墙又是刚比头略高的唯一遮挡，墙顶有老式玻璃碎屑用来防贼爬进，并无铁门锁栏。这屋显得极其突兀，并不安全。邻里间家长里短顺风就会传到耳朵，根本不用刻意去听。也因此邻居们往往认识不到几个月就熟络了，你来我往登门做客。大家往往都睡得很晚，等待万物籁静时，此消彼长的灯光在一家家老屋里开启又关灭。邻里间的信任与相互照应，是黑暗里防止盗窃事件发生的有用法宝。

小院因为是泥灰土面，所以清扫的时候常常就管冲洗，省时省力。管子一端连着自来水龙头，另一端随着手指的施力起伏喷出大小不一，冲力强弱变化的水流。灰头土脸的地砖随着清水喷溅，豁然变成一片濡湿黑褐的斑纹撒落。食物常常是从附近的菜市或者小摊买来原料，回家调进油盐酱醋，自己烹饪。买来的蔬果瓜茶随着市场价格的波动而变化，由不得自己。有时该年大雨滂沱，旱物经受雨涝，存活下来的不多，这作物放置市场上就会被随意添价，极其奢贵。农民计算不好何种作物在当年销量好，同时又不会赶至老天爷随时变脸的捉弄。常常是命运玩乐人的结局，很多农民谋计耕作同一种作物，大批量种植。该年这种作物就会廉价至扔掉都多余的地步。小镇贫瘠简陋的人家，就在这经济作物价格的大涨大跌下，满足自己不可轻易遂愿的口腹之欲。

男人外出劳作。女人在家缝纫洗补。孩童们在庭院或者甬道里玩耍。因为一切都返璞到宛若昔日的农村，所以与植物的亲密在所难免，见怪不怪。小镇里的每一个孩子都可以轻易叫出每一株花，每一叶草，每一棵树的精确种目，生物学名，作用疗效。甚至，你轻采一朵花，靠近孩子的鼻息，不叫他睁眼，他也可轻易叫出这花的名称。花与花细微清香的区别，每一味细弱含杂的鉴栈，都是沐浴这风海树林，由自然怀里得来最珍贵的馈赠。家家院落种有几株植物，向日葵最为常见。每逢秋季，葵花成熟，落籽稔香。我们口齿留余的嗑落，整个小院被瓜子皮铺就，味息萦绕满园。

宅子连成一排。此端与彼端在一排砖瓦墙的掩护下，连成50米长的甬道。最彼端是一条已经接近干枯的河流。几年前它曾被精心修缮，河流涌动的声响气泽似乎还萦绕耳畔，但已垂朽于眼下。化工污染日益严重，曾经鱼虾嬉水清水满盈的小溪，俨然已成一榜孳乳混沌的衍物。我能想象几十年前这里水流纵横，落叶飘荡的情境。那时小镇必然比现在更要传统闭塞。人们依傍山水而活，手扶大石而坐，在青天白云苍莽日月下，洗衣淘米，浣菜祛暑。悠然自得。几个孩童在花的海洋里徜徉。没有羁绊。褪去社会教条的桎梏。这里的孩子与市井里出生成长的孩子大有不同。寡言，擅笑，灰面，脏兮。不会打扮，不懂规矩。自然的熏染更是让他们以为，这个世界本该如此。因此方圆几里没有几个孩子接受制度教育外的负费培训，更没有孩子被强迫着去学一门才艺。对他们来说，会在泥坑里游泳，敢从房檐上跳下，愿在麦丛竹竿间翻滚着犁锄，会烧水做饭，明白风寒时摘取怎样形状的野草熬煮，会识辨几十种蘑菇哪个无毒可吃，懂得怎样穿针引线绣出的补丁更好看。已经足够。这些生存技能与作坊手艺，是小镇大人们衡量一个孩子是否已可以自己生存的重要标准。还有最重要的一点，那就是好好学习。

这里的人们别无多求。期待上天将日子永葆稳定，提防旱魃，防捍水涝。祈福天灾人祸不降临于头。人们为大自然合情合理的惩罚向来坦然接受，喜爱这逆来顺受的生活方式，只求不会有巧妇难为无米之炊类细碎小事发生。任何圈点可评的绦灾霉铸可以理喻。不愿改变，只愿随波平静流憩下去。不必瞻顾过去未来。因这复古质朴，自然平静的小生活发生在眼下。在这花香鸟语芳华四溢的时间长河里，等待岁月蹁跹而过，更迭如始。看朝朝夕夕孩童长大，等日日夜夜垂暮之人离去。

平淡中庸的生活步调，已经是大自然播撒传递下来的厚重难当的福祉。

第二章 家

1

天边泛起鱼肚皮色的白光，借着凌晨稀薄微朦的暖晕，我睁眼起身，翻手碰到身侧静躺的那台紫檀木清香的秦筝。

这筝是我 10 岁那年，父亲为我所买。那年，爸爸把筝搬回家时，我欣喜的表情不予言表。他说要给我请老师授课，要求我每天练习两个小时。那时家里的条件很差，买筝是奢侈消费。他的语气却不容置疑。我就是这样开始了我的学琴之路。

若我站远，望向我的父母。会发现妈妈站起身的时候，需要仰望爸爸。即使她的目光平视，视线仅仅能抵达爸爸的肩膀，但是我从来没有觉得，身高的悬殊会让他们走在一起显出半点不和谐。妈妈是漂亮的，精致的脸庞，从未因为岁月这把无情刀的刻画而留下沧桑衰老的痕迹。漂亮的妈妈，还有英俊的爸爸，常常让我幻想他们最初的相识和相遇。那该是一个很美好的故事，故事的末端有了我的存在。

是的，即使现在，让我回想过去，我不得不面对和承认的一个事实是，我的家真的很寒酸，我们很穷。但我渴求它衍生出一个更好的故事。我感激和充满希望。所以我从来都是微笑着面对一切。直到他们开始越来越激烈地争吵。

我开始不喜欢练琴。琴声响起时，他们彼此的呵责声刺耳尖锐。

虽然他们把门掩得实实的不想被我听到，但是风雨欲来的气势还是无法遮掩地从门缝里钻出，飘进我的耳朵。也许他们以为响亮的琴声可以遮得住争吵声，我只要断了琴声，他们的争吵声马上就会停止。爸爸妈妈在这件事上的默契程度，常常让我错误地以为，争吵只是他们排演的一场戏。

我卸下指甲，整个家里会得以寂静几刻。

用来弹琴的指甲被卸下又戴上，为了遮住他们的争吵声而在琴弦上剧烈地摩擦，已是千疮百孔，被磨成圆润的凹面。

古筝发出的旧音记载了家里每一次大大小小的摩擦和争吵，冗长而繁琐。没有美感，我的家怎会突然变成这样，我不知晓。

那些年，爸爸的生意每况愈下，家里的经济条件不好，实在没有余钱拿出来买车。为了停车而开的大门半敞着，像因看笑话而咧开大嘴的表情。这是以华丽的序幕拼凑成的尴尬闭幕，大门表情夸张而讽刺，足以奚落我们家里日复一日的争吵和矛盾，也足以将爸爸的身躯压垂得更低更低。

高大而强壮的爸爸，被岁月的重担日益压弯了背。

他们争吵最凶的时候，我曾在门后的角落悄悄向内瞟，见到爸爸用手揪妈妈的头发、掐妈妈的脖子。可妈妈遇爸爸的蛮力时并不叫嚣，也不喊疼，只是用力反抗着，牙齿像是要把嘴唇咬破。妈妈痛苦的表情使她的脸变得扭曲不堪。我在门外哭着蹲下身来，有那么一瞬间绝望得想死，活着不过是这样繁繁琐琐无休止的折磨。永无宁日。

我真的好恐惧。那种蔓延到身体周遭，把我埋藏得密不透风的恐惧。关于父亲的意象，我只微阖双目便能想象，头脑里的暴力情节，远比现实真实发生的更加生动淋漓。更可怕的是，因它不是流动而过的现实，过去便过去。它固存在我脑海里，闭眼，或周围变黑，只要世界宁静下来，哑然却突兀的恐惧就莫名涌现。生生不息，挥之不去，永远存在。

记忆里叫我无所适从的爸爸，却从没有对我发过脾气，唯一的一次就是我练琴的时候不注意节奏，他说很难听。他说这句话的时候我心里微微颤了一下，我好怕他失望。我自觉他在外面笑得太用力，如果在家里还没有让他发自肺腑的开心，他无处宣泄的情绪该怎么办，是不是又会殃及妈妈身上。心情愉快的时候，爸爸也会笑着对我说，闺女，只要你好好学习，好好练琴，爸爸给你找最好的老师教你。他的笑那么慈祥善良，他向来是个厚重寡言的人，什么事情如若不是他下决心承诺，他是不会说的。他说这句话的时候，我给了他一个大大的拥抱。他的笑真实自然，他的眼睛不会说谎，他怎么会对他的女儿说谎呢。

但是，他真的说了谎，他消失了。

我的爸爸，突然从我的生命里消失了。甚至连一个理由都未留下。

2

在我的记忆里，爸爸是一个俊朗的男子。他很高，笑起来轮廓凸显的脸会露出突兀的颧骨，牙齿洁白到就像是会发出亮光。

我很小的时候，爸爸他用刺肤的胡茬贴近我的脸，说，来，让爸爸亲亲你。

5岁那年，他用老式的摩托车载着我在大街上狂奔，陈旧的摩托车发出巨大的轰鸣声。他伏下身加速发动的时候，像一个骑在子弹上的鬼魅。他不管不顾坐在后座的我是否颤栗发抖，害怕自己被巨大的反冲力和猛然的转向甩出坐骑。我紧紧地抱住他。两只手交叉在他的小腹，指头拼命勾住，打上一个死结。在他背后大声喊叫的瞬间，他因兴奋而浮升起的颧骨圆面，恐怖得如同一个空洞喷张的镂空骷髅。

他从来不用正常的方式抱起我。他从来不以舒服的位置将我停留在他身上。脚朝上让我以倒立的姿势腾空在他的跨部。横托起我，让我趴在他的双手之上。最让我惊恐，但也最让我刺激的，是他把手卡在我的腋下，一个前后反转，便把我跨坐在他的肩膀上。我的视野，顿时变得开阔无比。爸爸就是这样让我跨坐到肩上，带我去看露天的电影，水泄不通的人海，我的视线是最广的一个。高高地坐在众人之首，那种感觉是前所未有的兴奋和刺激。后来爸爸最常做的，就是跨起我，去望被高高围墙挡起来的庄稼。他会问我，桃子熟了吗，麦子多高了。我用尽我所能用的形容词努力向他描绘我看到的一切。是一个孩子讨得褒奖最单纯的心愿。

后来，我渐渐长高，再没有看到过庄稼的全景。初中的我执拗地认为，我还应该像小时候那样，借着他的背，看见更远的花海和麦田。我不合理地央求爸爸再次把我背过肩头。爸爸转过头认真地说，你是在开玩笑嘛，你看我的老背，不行了哟。那是我最后一次见到他。

父亲离开后，我真想念他。

很久很久以前，或许是在我4岁左右的孩童时代。因为拮据，家里家具极少，空旷的客厅里，喊出去的话语因为白壁四环而立体有声。爸爸他就站在离我不远处，倚壁，焦灼望着窗外大门迟迟不动。我对他喊，爸爸。沙哑的声音被土壁肆扰，余音环旋。他回过头，用鹰一般敏锐的视线望着我。

从此不管我走到哪里，我似乎都可以听见那幽婉畅怀的声响经久不息。

婴幼的视角，往往由微弱的碎片联结。它或许是一次杯盏落地，碎片横飞，或许是因灯光熄灭，房间骤黑。它与最细弱的因由有关，它来的毫无防备，连缀影响却极大。

从此在外来事务兀自纳入我生活轨道，我常常回到过去。某年某月，我呼唤他的场景。童年的印影如同随时可被调回的电台频率，随时可被倒映的影像纪录。没有人理解他对我的意义和我对他的情感。那种醲郁敦厚的爱与依赖，是顿结在喉咙以下，心脏以上，凝固于血脉管道里，游走在纠繁的神经线条和麻乱器官组织之内的埋种与源泉。那种感觉，近乎迷恋。也再不可能会有第二个男人，能给我他所给过我的深情援例。但我依旧不停地向外索取，索取但凡有一点儿像我父亲的举止气息。我是一个依赖与崇拜的界限在灵魂内混乱模棱，对爱的定义懵懂胡来，并不聪明的女孩。

女孩会越来越像母亲，这是不会变化的定论。然而近些年，在我的身上，却可以找到曾经滞存在我父亲身上的暴戾与张狂。我不知如何解释，本该延脉给男孩的性格特质，因我再无弟弟哥哥，所以全部烙印在了我身上。灵魂里埋藏了一个潜在不安的危险细胞，时时刻刻提防它探出体内。被压制的潜意识积累堆藏，渐渐暴露头脚。我开始常常梦见他。

我做好多关于他的梦。内容多隐涩暴力，不适宜讲出来要他人替我承担。但我也否认自己歆享变态崇尚淫秽。梦里常常是他再度载我于摩托车上，在拐角处猛一个冲力便将我甩了出去。我倒在地上，躺在血泊之中，脸部血肉模糊，冲他傻笑。又或者，我与他同床而眠，正惬意地打着盹，突然感觉脸部辛辣地剧痛，见他扬起手咧嘴笑，那姿势是刚打完我还未落定动作的殊荣。梦里的梦里，是彼得潘也回不去的故里。纵然画面灰暗暴力，可当我醒来，看见床头空，手抚面颊也并无伤痕，便委屈地号啕大哭。我怨梦里的他也不以善美的方式相处，又落魄于这只是一场空虚的梦。即便是这样的蹂躏虐待，我也愿意他是真曾来过啊。

就是这样的苦苦挣扎。求着那些虚幻的嗜毒般的头破肢残。

初三最后6个月，大家齐头奋进为了未来拼搏，我却因难过的回忆涌向大脑，连带着心，把自己陷入思念父亲而无边无际的苦海深渊。一天上课，语文老师在讲台上考察默写，我却因想念爸爸过度难过，哭到胸口压抑。在被泪水滴答湿透的白纸上写着写着，突然感到一阵压抑，就要喘不过气来。整个胸腔仿若被巨大力量拧巴起来。我很敏感得察觉到胃里一股酸液透过隔膜穿透到下面，继而整个五脏六腑都连根拔起的痛感。紧接着，这撕裂的痛猛然聚集在一个点上，就仿佛所有针密般的刺穿都开始骤然指向一个方向。心脏周边，鼓点般的跳动如此清晰。

5秒之后，一切恢复正常。我是如此恐慌，在那一瞬，我仿佛和死神擦肩而过。

第三章 忆

1

我趴在课桌上迟迟不起身，就这样静置自己一上午。中午放学，舒林娜急急地拉住我，关心地问："你，没事吧？中考要来了，你来我家住几天吧，我们一起复习，我还可以照看你，不好吗？"我点点头同意了。那是舒琳娜第一次把我带回家。回忆如同可被收放自如的线条，若生硬拽出某一根，熟悉感却并不疏远，便知那是时间长轴上最深沉的刻度。

犬牙交错的小路蜿蜒漫折，顺着金咸玉家的小屋通顺过来。有泥泞的泥巴，被双脚踩出来的狭道，土壤板结成的浆石，刚好可被垫脚。我便是这样一步一趄趔，颤颤巍巍依靠她扶我，走进那家砖与松木搭建而成的小舍。

她并不慌乱，显然是走惯了这条险象环生的小路。老旧木屋散发着松木清香，周边砌好泥砖围防，泥砖上有在兴建时就被深深嵌进的尖锐玻璃片，是为了防止夜晚有人爬进盗窃。一只小白狗在门口冲我们摇晃尾巴。煎蛋的香味漫溢，顺着窗子幽婉飘散，隔着很远就被闻到。

我拘谨地进屋。屋子格调为灰黑，灯光阴暗。衣物、家具、电器、厨具，样样都排列得紧密并整齐。挤挤插插像是一个大的不分隔界的储藏间。木制家具仿佛能渗出细簌的古木渣滓与碎茬。我随她深入向里走，渐渐明白为何屋子整体给人陈旧之感。穿过的鞋子，废弃的袜子，未吃完的饼干，所有价值破损的物质都被这家人精心收藏着，排列整齐。破烂不扔，堆积灰霾，橱具里有她父亲工作用的大量模具套盒，是暗黄的腐木色。

她的母亲在一旁做活。缝纫机的声音，起承转合，张缓有度地在耳边呜呜作响。这里有成堆的绿色薄片堆聚，皆是为了剪影成绿萍如茵的模拟绿化带而备。整张坚硬木板被胶合剂拼凑黏合，于是林立的池宇竞相矗立。塑料绿片窸窣琐碎，铺置在模具平面上作草坪。搁置模具的隔板木屑飞扬，灰尘撺掇，看得出是好久未清理了。做工用的锤子、剪刀、压榨器、订装仪，杂乱无章地对接排放。地上凌乱地摆铺着几张手工制成的小椅子、木桌、马扎、板凳、柜具、积木玩偶。夸张扭捏的姿态，极其搞笑。这地上凌乱的木制具，都是舒琳娜爸爸的杰作。他父亲因木匠活略有名气，街坊邻里都来活跃生意。她母亲则偶尔做做细线活，父母都以手工维持微薄收入，生活清苦拮据，但可以看出其生活方式与态度并不生分暴烈。

我坐在床边，看到有火生在床侧的灶台，纳闷那是什么，但还未来得及被我问出口。阿姨就把碗筷端了上来。黑色的褶裙把白腻晶莹的蛋心包裹得刚刚好。我们脱卸鞋袜，在床上将双脚盘踞，有小木桌被抬置于床上，我们就在上面动筷。阿姨撷去手中的油，汗珠还在她的脸上滞留。我夹起鸡蛋的边角，轻放嘴里，嚼了一口，漫口酥香的味道就从嘴边传至胃中。阿姨轻问：好吃么？我忙回应，好吃好吃。是我很久未吃到的充满家的味道的煎蛋了。盐分稍稍多，尝起来有些咸，但不管怎样，因为是许多人围在一张桌，所以其乐融融，那种让人不适应的盐分反而成了挑逗味蕾的助力，让我怀念起曾经我的家。那个做煎蛋的妈妈，和爸爸。 阿姨说，艺傲，你爸爸妈妈还好么。我尴尬地对着阿姨点头，两只脚在下面环绕，扭捏和不安的动作那么明显，泪水却悄悄在眼底打转。舒琳娜在一旁猛给阿姨使眼色，因为动作太明显让我察觉，我们之间的气氛骤然变得尴尬至极。就在这时，一阵飘摇而至的乐响打破了大家缄默不语的阒静。我听外面有声响起，便定耳去听，才发觉那是哀曲。我又急急地向窗外看，一百多米的距离，金咸玉家的小宅在农田里泛着反射阳光的金黄。恍惚中她在向我招手，而我并不确定，正想趴在窗子向外看得更远一些，舒琳娜就把窗子合拢，劝我不要向外看，死人晦气。我惊异也诧异地望着一向温柔的舒琳娜，问她：“你没有看见金咸玉在向我们招手吗？不会是出什么事了吧？”她一反常态，坚定地关了门窗，用力把我向回拽，“不大的地方不远的距离，我们街坊邻居谁都认得谁，能是谁出事！你是怕金咸玉家里有事？说实话吧，自打我出生，就没见过金咸玉她爸爸妈妈长什么样。金咸玉打小就和外婆外公住。她外公已去世，她外婆身体健壮着呢，今天早起上学我还见她在庄稼地里犁地呢。”我更加疑惑和诧异了：“那么这些年金咸玉上学吃住等的费用，都是她外婆一个人靠种庄稼地来承担的？”舒琳娜意味深长地望向我：“难道你不知道这个城市是给下属镇拨款救济贫困生的吗？也不知道从什么时候开始，有了助学金这一项。我很小的时候，就看见过市政府里有人来过金咸玉的家，专门给她补助了钱财，还补助了不少家当呢！那来人看来也是有大派头，开着黑车，下了车也是西装革履仪表堂堂的，不过奇怪的是，那年我看见了一个十来岁的男孩跟随那男人来，也不知是何用意。”我封口不再提问。看模糊视觉里漫天纸花洒满大街的样子。徒生哀意。这场景让人心生荒凉。那天下午，我把积攒了很久的零用钱拿出来，去学校附近的诊所。我并不熟悉药品的药名和疗效，甚至不知道自己心脏哪里有了问题。去药店买药时，我颤颤巍巍小声对医药人员说：“我找治疗心脏病的药……我偶尔心跳加快很不舒服，憋闷，喘不上气。该吃哪种？”声音纹丝状细微，仿佛有心脏病是一件十恶不赦的大罪一般。是不敢去医院的。

我怕周围人传出去会议论纷纷。我想像个健康人一样在校园，不想被异待。这买药的钱，是爸妈给的零花钱，一天一块，饿的时候可以在路边买个煎饼果子。不饿可以攒下来。为了一个月攒下 20 多块，有时连一瓶矿泉水都舍不得买。放学回家对着自来水的水龙头就咕咕向嗓子眼里灌，清凉解渴，一整天的困乏都被冲散了。上学的时候用废弃的矿泉水瓶装上一些，带着去上学，傍晚又背着空瓶子回来，预备第二天的水。但我已知足。金咸玉家甚至没有自来水管，只有旧农村原始凿井，钓着索绳的水桶一罐罐满源，提上来再坠进，捧捧透着冰寒气息的水集体被倒进大水缸，一瓢瓢舀着喝，净化措施当然半点没有。人比上不足，比下有余时，就会对着那个所谓的“下”寻找幸福感。比起她家简陋的盛水装备，我家的自来水设施已算高级很多。起码它经沉淀又被漂白粉漂过，不含沙质与污垢。

就是这样简陋贫寒酸苦寒心的节省，掏出来买控制心律失常的药。我的心着实地疼了一下，真的不舍。医药员对着医柜里的药物指点一番，啪啪摔出五六盒放在我面前的柜面：“心律失常是吧，可以吃奎宁丁，普鲁卡因酰胺，胺碘达隆，苯妥英钠。速效救心丸一般用于急性心脏病，你这么小，如果不是先天心脏有问题，最好不要吃。”我选择了最便宜的一盒。交了钱匆匆离去。为没有恰巧遇见同学而庆幸。买来的药一瓶自己留下，一瓶给了坐在我后桌的舒琳娜。我对她说，如果有一天，我上课时突然特别难受，记得把它递给我。她待我很好，每天都把我带到家去，每晚两个人挤在同一个被窝，打着手电筒复习功课，或在黑暗里窸窸窣窣说悄悄话。就是从那以后，我更加喜欢去娜娜家吃饭。她的家有我求之不再来的温馨和温暖，和我也许永世都无法再得到的幸福和团圆。我清晰感觉到，她似乎是在施与我什么。那种施与是比阳光还要温暖的一种东西。如果有一种情感，可以由渐微的变化，瞬间升华成直摄内心的依赖，我想，我就是从那一刻，愿意把她作为我这辈子都珍惜的朋友。在我把我的生命交给她保管的那一刻起，连带我消失的安全感，和永不复得的重组家庭的美梦。我愿与她形影不离，就像我从此真的开始岌岌可危，走向衰落和一不留神就降临的黑暗里。

2

“小傲。”妈妈在房间的夹板外隔着半米的距离轻轻唤我。那声音如顺着隔膜透穿过来。

妈妈的召唤声，和蔼永远是唯一格调。妈妈是藏族人，从冰川雪原的格尔木而来。她的脸，如藏地红花般娇嫩红渗。她的声音如藏地莽川般妖娆，似在冰河谷内久经回响。母亲除却脸部器官以精致比例分布，外形与身材只是平庸普通。不高，不矮，不胖，不瘦。她的心态，价值观，处世准则，与她的外在一样匹配，是温润，婉雅，我自觉她有着不同于这个小城的非凡气质与秉性。理性思维去看待，格尔木虽然与这城同样位于北半球中高纬的位置，北方人粗犷大条的性格，却在两个相距几千千米的位置，有着千差万别的细碎不同。妈妈的大条，不拘小节里透着内敛。她懂得张弛有度收放自如，也会在所有人都认为她会静下来的时候，做出不理智的行为。父亲的粗犷，则多表现为张狂与粗暴。他们是如此的迥然不同。我在童年时代，日日都能听到房间外传来的这声慈爱的嗔唤。即使她忙，偶尔不在家。但第二天清晨，叫我熟悉而安心的话语依然会穿越夹缝阻碍传递飘来，这沉湎于日常生活而已不足显珍贵的召唤，却使我童年枯燥无味的生活有所附丽。

就如今日。

我对她的感情，是信徒仰望经幡。即便身处邈远的沿海城市，我依旧可闻触她身上隐隐飘出藏地格桑的朦香熏韵。那里有盘旋婉回的秃鹫鹰雕，眩亮夺彩的藏袍与白皙似雪的哈达映衬分明。16年前。长长旅程配以孤落寡身的单影。一件嫁衣，几件随身行物。在20打头的年纪。她就这样追随爸爸飘远至此，并从此笃定，自己的一生将托付于这个男人。

21岁，她还是一个对爱情满怀憧憬的妙龄少女。只因在某次电台广播中，她无意记下他的地址与电话，从此频频书信来往。一沓如书厚的信笺，笃定了她孑然前往，孤影寻人的意愿。那时青藏铁路尚未修复完整，只有格尔木至西宁一带连接统合。她不辞辛劳，从格尔木启程，坐绿皮火车数个小时，又从西宁下车，转乘巴士。在数个日夜的辗转交错中，来到这个濒海望山，有她梦寐里那个男人的，小城市。与她陪同随嫁的唯一饰物，是挂坠在她脖子上一颗大小适中，青白琉璃的昆仑玉。她说，这玉万分宝贵，是藏地格尔木值得拿出手的珍物。她说这话的时候，脸部绯红，粲然而有笑意，像唐古拉高原璀璨的格桑花。

妈妈偶尔向我讲起关于她21岁跋涉来此前，在广袤无边的山川高藏与飞禽同渡，与啾鸟齐吟的反璞生活。我当然如此清晰地意识到，都市冷漠的钢筋铁瓦与柔绵席草的素茸，是完全无法比拟的两番天地。更何况她在那里栖住了20余年，1/4的人生，此前全部的生活行径、方式、习惯、民俗，都留下了怎样滂沱豪迈的印迹。我不敢想，她是怎样转变得这样完满。她又是如何做到不想念，不忘却，不赘述。

我起床，扒开床铺上堆满的布娃娃，从我的双层床第二层徐徐下来。

母亲在卫生间梳理盥洗。父亲则靠坐在客厅宽大舒适的沙发上叼着香烟一根。往照的清晨一如现在的模样，落地窗投下的黏稠阳辉，伴随烟卷飘雾，晨霭袅袅，窗因半敞散进微朦尘埃，仿若被浓气带动，随风行方向四下离散。高架的白色三角钢琴和墨色的鱼缸相邻相衬。超大的背投悬挂贴伏在钢琴后面的墙壁上方。垂直正对于它的上方的，是被固定在屋顶悬挂的白色投影机。

母亲抹上浅淡的胭脂妆从盥洗间走出，父亲刚好抽吸事毕，手掌用力捻碎发出如星微火的烟棉，投掷一旁的翡翠玉灰缸。我趿拉着粉色的Hello Kitty棉布拖鞋，走到大理石台面的洗漱池。呜呜咽咽发出不好听的刷牙的声响。从卫生间洗漱完毕，我又回到房间里，对着雪白蕾丝边的窗帘伸了一个懒腰。拿起纸和笔，在檀木桌前俯身坐下去。高面照脚灯挡住部分从东面照进的阳光。在桌面上映出一圈光晕。光环的内侧是阳光被拦截下的黑暗。因为不刺眼，所以我把信纸移进那圈暗色里，一笔一划，写一封以“娜娜”为整篇首字的信件。

笔尖在纸张上擦动，发出沙沙的响声。黑色的墨水渐渐在整篇纸张里凑成一篇十余行长，32字节宽的信。我没有哪刻比此刻还要认真。

我的字还算整洁，即使不能用俊逸来形容，但因为自己把它作为一个神圣的任务来看待，每个字都因此变得有板有眼，方正圆润。我甚至能想象到舒琳娜阅读这封信时惊喜而感动的心情。

娜娜，自我们不再见面后，我每日都很想念你。想念你带我捉鱼，捕蜻蜓，想念我们在戏台上扭屁股逗得大家哈哈大笑的时刻。想念你想念到心情不能宁静。你想我吗？

我挠了挠头，觉得这样写太过矫情，把整张纸揉成团，重新撕扯来一张新纸。

我换了一个更引人入胜的开头，是希望可以引她注意。这么久过去，我不太敢肯定她仍记得童年的一切。刻意渲染的矫情，不如直抒胸臆来得真诚。

娜娜。提笔含笑。落笔祝福。你还记得你送我上学的那一天，门口那个白衬衫少年吗？那天你见到他之后眼睛不离开，你们该是认识的吧？我喜欢上他了。但是娜娜，他身边有一个女孩每天陪着他。一想到这我就很难过。但是我已经不像从前那样，悲伤过度的时候心脏会痛。虽然我爸爸他还是一直未回家，但是我已经渐渐适应了没有他的生活，胸口也不常闷了。新学校很好，只是，我还是很想你。虽然直到现在，当我想起那天在体育课的情景，还是无法弄懂你为什么那么做，但我依旧想念你。我想念我们一起在草甸子里捉蜻蜓，在水池里扎猛子，从土坯房跳下的场景。6 年的感情，不该因为一件小事全然颠覆。你说是不是。所以我不会追问你，你也不要有压力。如果再次见面，我一定还要看见那个微笑着泛起酒窝的你。娜娜，你一直都是我最好的朋友。最好，一直，永远。

我长长地舒了一口气，把粉色少女系十足的信塞进长信封。却在最后一秒题写收信人地址的时候，停住了。

信息时代，随着社会大众热潮的顺势，小城市的纸质传媒已经渐渐落伍隐埋。几个厚实墩重的绿色邮箱桶灰突突地停靠矗立在街边，很少再有人问津。我没有舒琳娜的电话号码、电子邮件、QQ、微信，甚至没有相互可以连接得上的联系人。写信，是最保守的唯一方式，带着落寞的想念与最后的希望。

梦境里的地址悠扬怅惋地回放，我却无法确定，她仍住在那里。

3

15 岁那年的夏日尾声，我收到市重点高中的录取通知书。

重点高中远离我生活的小镇，在整个城市的最中心。

新学期开学的前一天，舒琳娜在我家门外喊我，我出门应和，见她跑过来的时候不再带着黑兮兮的泥巴，并特地打扮了一番，这让我很是不适应。我对她讪讪地打趣道，你看，我的行李真大，笨笨的。她回望我，接过我的行李，就像很久很久以前接过我的书包那样自然。

我牵着娜娜的手，站在小镇的立交桥上。从高高的桥上向下看。几片絮棉状的云一条一条地被贴敷在背景似蓝的天空。不远处的田园呈现分层次的色调，被风掠过后前倾翻涌，水渠把田地劈裂成窸窸窣窣的碎野。各片被划分好的区域瞬间模糊界限，麦浪上下起伏奔腾欢涌，仿佛从地底根系便渗出喷张的生机与活力。我所住的这个城市很奇怪，说天空似蓝，那是因为除了几片皎洁的云可以衬托得出天是有颜色，肉眼里的天却是灰蒙蒙死寂一般。打我记事起，北方的天气就一年比一年更肆虐和狡黠。隆冬季季变冷，春天愈来愈短。秋天也在一年 365 天的交错更替里失去了它原本的意义……本是主打的沌黄色成了苍老凝重的棕褐色，树干日日掉皮，被收割的庄稼地里，玉米、高粱、小麦茎秆俨然如一个个垂头丧气不知所然的士兵，裹着不健康的黑斑与棕盔，无精打采地宣告着秋天来临的消息。因此，农民的收成越来越不景气，生活水平也每况愈下。

火车在点点褪去的风景里离小镇越来越远。我们从小镇的天望向小城的天，那定是一片八街九陌、熙熙攘攘的境地。我却变得诚惶诚恐。那应该是一片更大更美的图景，而我变得不舍。虽心有向往，但身边的人事组成的繁盛青春，不足以让我有时间快快流逝这样的念头。

我们在市中心的火车站下车。刚下车时，市井街道。熙熙攘攘，人头攒动。那景致仿若是一片被放大了的庄稼地……游走频动的人头就像随风摇摆的麦穗片，交错相通的小路则是条条溪流。我要这样笃信，才能在臆想中抓住心里的惯性熟悉感，才不会被初进小城的恐惧所打倒。垂柳稀稀疏疏，像极了诗里画里描绘的秋季。偶尔有风吹过，脚边的落叶就跟着飘荡起来，发出沙沙的响声。风儿不浅不深。

舒琳娜接过我手里的行李，说，你要去上学了，或许我们的未来就此分道扬镳了。

她在我面前自顾自地走，见她不再说话，我也不说什么。除却不约相合的沉默，我略奇怪的是，她步履匆匆，就像是要赶不上什么。

我低头看了下手表，时间不多。好似懂得了她的本意，便感激地看了她一眼，小声言道，你是在怕我迟到吧。行李的轮子在石头繁布的地面上打了一个趔趄，她被突然停下的行李箱绊住脚步，看着旁边的我，突然笑了：行李啊，是够笨的。

我是这一刻，对眼前这个陪伴我整个童年的女孩有了异样陌生的感觉。是因她昏顿好久，才回复我刚刚故设的玩笑话局，还是因她莫名突然奇怪来找我，又莫名变得热情，却并不停滞地在想着自己的事，步履匆忙地赶路，仿若来不及见到什么人，像是因时间不足所以无法完成她此行的目的。

“那我来拉吧。”我有些不知道该怎么回应，一把抢过她手里的拉杆。

我未想到的是，她又回头把行李抢走：“还是我来吧，这次是我送你。”

全程走毕，她帮我背了一路的行李。即使期间来来回回反复玩笑，我把行李从她手上夺过又被夺回，客套的话不停传递响彻耳边。但包裹在落地的一刹那，终是从她的手上卸去。她拍了拍上面的灰尘，直起微驼的背，微笑着说：“给你。”

她说话的时候眼睛没有望向我，却是望向了学校大门的那个方向。有一个少年，穿着衬衫，打着好看的黑色小领结，走进校园内。

几秒钟之后，她才回眸，说：“就送你到这儿啦。”

这是一个建在城郊的学校，孤寂与宁静的格调和市中心的车水马龙的氛围并不相符。学校与住宅区毗邻，夹在住宅区和学校之间的是一个偌大的天然湖。操场是塑胶跑道，没有一丝尘土，干净得可以在上面打滚。穿着白色制服的少年，还有黑色褶裙的少女，在操场上踱步聊天。一切看起来都是那么安详。因为是新生入学，整个学校都沉浸在喜庆新鲜的氛围里。校园门口停放了数百辆私人轿车，把校门口堵得水泄不通。我在还未进入校门的前一刻已被巨大的人潮淹没在了一个渺小的角落。如同尘埃。

我在小镇哪见过这样的情景，我有些目瞪口呆，手足无措，手心不停地冒汗。

我拖着行李，走余下的路。我没有走通向宿舍的路，而是选择了跟在那个少年的后面。我在门口看见他的时候，他从一辆纯白色的小车款款而下。小车的驾驶座位，一个女人表情温润，想来该是他的妈妈。他是一个人，他的背影是落寞的。他孤独地行走，抵达学校门口，身着白色衬衫，胸口佩戴着黑色领结。

我紧了紧衣襟领子，瑟瑟寒风吹进心里，拾掇成一撮掩埋我入学期冀的灰，一抔一抔，愈堆愈高。在拥挤的人潮下，我埋头走进学校，再不敢抬头半寸，只在余光斜视下追寻少年的鞋底印，尾随他甚远。

他低头走路，完全无视周围纷纷而过的人们，哪怕是对他投来的好奇和惊异的目光，他都不在意。

定睛，我在夕阳余晖下看他走进了学校的艺术楼，心里无比沸腾。背影看起来清纯无比的男孩，竟然是学音乐的。记忆里青春校园电视剧男主角似乎都是这样子，清纯，干净，再附加一项才艺。完美至极，因此成为风云全校的人物。

我就在他的身后，看他进入艺术楼，心里又迫切地渴求能看见他在哪间教室练习。等待良久，在三层楼左数第二间教室的窗户里，我看见了他的模糊身影。他把头从窗子里伸张出来，眼睛像是在看向我这个方向。

我仰望他，他的眼神像一道光，透过习习秋风吹卷过来。四楼的高度，于地面平行距离是 12 米。我此刻正对于大楼接地距离垂直 5 米的位置，尴尬而又踉跄不稳地拖着笨重行李，一时愣住。我们之间因勾股三角的存在，只剩下腾空斜直线 13 米的距离。我猛然往回跑。行李此刻是我的累赘，因为跑得过于匆忙，轮子颠簸地在地面上发出巨大的噪音，整个校园报到的新生都在用奇怪的表情望向我。

我一边跑，心里一边怦怦直跳，脸颊羞赧如红潮，愿望他没有发现我的窘态还有脸上夹带兴奋的表情。

小跑到教室，大口大口喘着气时，我的兴奋泛滥成灾。如同开矿的人发现一块金矿聚集地。不，我那时的心情，比发现金矿还要喜悦。脑海里跳出的第一个词是“秘密”，secret。就像《不能说的秘密》里的小雨转换时空来到另一个世界一样。她最大的秘密不是她有穿越时空的本领，而是她在那个校园，第一眼见到的人。

我亦是。

第一次遇见林缄宇的片段，被定格在记忆里的便是这样的场景。我一直以为，除了舒琳娜比我最先看到他，我才是这个校园圈定的范畴里，第一个看到他的女孩。这个背影修长，无比美丽的，少年。

爱若魔法。具有幻术。

仿若《暮光之城》里沃尔图里家族的简。你用眼神控制战局，你要他疼，他便会疼。又仿若《哈利·波特》里赫敏的魔法棒，你对棒呵声而应，想变出什么，就会出现什么。

对着远距离的身影，你在心底悄悄喊。只喊给自己听。

你说，爱。

就真的爱了。就这样爱了。就这样义无反顾，覆水难收地倾泻爱了。

不管时间的隔阂有多远，不管之前是否相识，不管距离有多漫长，不管你现在脱落得风华正茂而以后或许会愈见颓茫。

就这样爱了。

这样腾空的，突兀的，毫无预兆的爱。

毫无根据。毫无起源。毫无逻辑。毫无因由。

仿若纵城之火，覆蔓洪流。一旦发生，迅疾并无法收回。

我自动屏蔽了想要探究他过去的好奇心。我宁肯他过去糟粕不安而当下遇见我，我愿望他因遇见我而失去过去全部的回忆。这是我。我看似卑微的身躯下竟隐藏着如此妄自尊大的欲望。

可这确实是我，在这个人潮涌动的校园里，这个因得到一个少年的目光而自认得到了全世界荣光的我。

4

是欲把那封给娜娜的信标明地址。我照旧写了梦境里老屋的地址。

我已不在老屋住久远。眼前这所房子，我是浑浑噩噩中便住进。但我仍旧记得它被精心打造时的那天，一个陌生男人带我来，在油漆的刺鼻气味和细碎木屑颗粒的模糊视线里，咧着嘴对我笑——“诺，小傲，这间屋子就要成型了，你看看这样设计满意不满意。”

妈妈说，他也只是做着招商引资的小生意，生意职能近乎于中间媒介人。靠人际关系走动，拉拢，建立投资体系，从中赚取他该得的微薄利润。并不是多么富有，却偏好将居所装扮得极具奢华。他该是一个恋家的男子。纵使我明白，我仍眼神睥睨，嘴角略略抽动一下，故意嘲讽对他说：“装修成这样，您这是在显摆您多金么？”

乌蒙的视线下，我仿佛看见了爸爸高大的身躯出现在他的背后，淡然地看我，继而笑靥如花。因得这一个幻境，让我有愈发的勇气与面前这个陌生的男子抗衡。我睁着空洞麻木却有所求的眼睛。嘴巴微张。

爸爸。我叫。

他不说话，渐渐消失在了迷雾一般的刺鼻油漆味道里。倒是眼前的陌生男子微微一愣，以为我在叫他。吱啦作响的钻头声还有节奏分明的锯木滞钝感，连带白色烟雾气蔓延里那个男人的身影，让我胃里一阵遽然抖动，恶心泛滥。我不喜欢他。

但我从来没有想过，狭小简单的一间卧室，最后会被这个以继父身份出现在我生命里的男人，修葺得如此特别。

墙壁是新奇的。它起先被涂料刷磨成辉煌的鎏金背景，接着由细腻的绒毛粉刷描绘着棵棵开放的向日葵。壁槽的凹陷间雕刻了轮廓分明的追风彩蝶。更有片片堆贴的窸窣嫩草膜片。镂雕浅刻的浮雕吊顶的，转角处镶嵌着几粒仿星火样式的饰灯，为的是有微光伴我入眠。出入口的门面悬挂着手工编织的十字绣图案,小碎印花边角透出淡雅清秀的字样。这沥粉描金的图景，像是刻意仿照曾存在荣兴于我童年并允我至今历历在目的记忆旧照。那描金绣凤的夸张与不惜抛金的赘墨，也仿若有意向我回述曾经的小镇时光。

童年是欣然恬美的。隔绝视线的城墙修建以前，老屋房前是一片无垠旷远的庄稼。被蚯蚓、蚂蚱尸体漫浸的土壤被小镇人叫作腐土，这样的土壤细润柔软，捞起一把并不会像沙子般从指缝间流出，也会使作物更加丰沃茁壮。因得有一块田地也被我家包下，秋季的富足丰润也在我的心里越加形象有色地刻上痕迹。秋天是金黄色的。金黄玉米饱满的颗粒被手就着其顶端一层层扒下繁复的皮而露出夸张的惊喜。圆润但并不干裂，证明去年整个一年雨水充沛，庄稼地里的植物未经受干旱也未经受雨涝。灿灿的璀黄向日葵，淡墨般向外延放展开的金菊与月季，连缀天边金色粲然的夕阳余晖，整个天地都被金黄色照亮。

记忆里的金色，是仅仅属于秋天的颜色，是仅仅属于庄稼的颜色。那年，我以萌芽于心底原始的依恋和最淳朴的赖求。排斥我生命里豁然新入的一切。

5

新学校的布局很微妙。它的最北端连着天然湖，最南端与小道浑然一体，向着不知所向的远方延伸去。而最北与最南又以常人眼睛所看不见的微小坡度顺延，北高南低。每逢下雨，南面的凹池洼地就会囤积起深厚的雨水，在那不知所向的极目远穹，水汽沆瀣雾霭白茫。

一泊色泽纯明，在阳光下泛着熹微的光的天然湖，饱受学校的爱戴与关怀。这表现在，学校不仅未给湖泊封栏，让它最大可能保持在天然原始的模样，还在它的周围栽种了大量乔木，灌木，花草，竹枝，甚至是藤萝。挨得紧密的樱桃树，樱桃果粒伴着叶子簇簇排列。红果实，白果粒，黄橘颗粒，随着躬身仰合的树干跳跃摇摆。这与桃子、橘子、李子的坠挂不同，因它体积小，只能相傍互生。即使随风儿抖动，也只随着变幻忽隐忽现，透漏出点点微红。是与抚养它的树干相依相存的美。谨小慎微地泛映出泼墨般的血红，像缩小的盏盏灯笼。有些樱桃被其他早期烂掉的樱桃粘连，溃烂。即使很红，但已不能吃。落叶乔为主，灌木在下陪衬。最耀眼的莫过于银杏，长枝散生，短枝簇生，叶扇形，拾起一枚夹在书本里挤压晒干，一周之后就会变成叶脉分明的标本，夹在薄层的透明纸里，写些祝福的话于上，最后做成书签，泛着青涩专属于大自然的古木清香，陪伴我的翻书行踪。乔木多，自然还有另一件私密窃喜的事，便是在雄壮浑圆的树的主干上刻字。在地上捡起一粒有尖锐锋端的石子，一道横也要反复磨划，有时为了写一个字，要花去一个月的时间。那字才可长存不朽，随着树枝的生长不断攀高。

小乔木和灌木夹杂，最常见的便是桂花。长椭圆形的叶子对生紧立，革质平滑，边缘锯齿密布。花冠分裂，花朵微细簇生，乳白色，橙红色，金黄色，耀眼夺目。一旁的玫瑰颔首抚眉，娇羞至极。玫瑰带刺，五六月间吐蕊，因此格外引人珍惜，每逢那时，学生们都争先恐后地一赏紫红花苞，或是乳白花心。一旁的月季就略显卑微了，因它长占四时春，绚烂频繁，人们已见怪平常。就在这花圃四季，时光重合，上有高大乔木迎合，下有灌木蔷薇陪衬，引申新枝，凋落旧瓣，植物的清诱里，我们已然窥出百味良杂。

湖是倒悬过来的天。十米深的池地，周围并无掩护措施。只有层叠的麦秸与垒摞的石头，一层层降级，给湖水与平地之间连接起可通途的引向。去水深危险的湖周围，反而成了一件轻而易举的事。没人理解，这是隐患。安分守己的高中生，有谁还会大胆试跃？湖水一直那样明净地存在着，不设栏，不挂障，突兀，宁静。偶有芦苇穗子随风仰合，无风便静息。

这就是小城市校园最大的特点。它完全可以将现代建筑与自然花草相互结合，天衣无缝。华丽里带着朴素。校园偏角一隅有高墙铁栏。断偈残垣，亘壁稀落，因为整修不完善，所以透露出无人管理，无人问津，无人整饬的凄凉感。若是旧时，我必然和三两个要好的女孩在高墙处窜上跳下，在这无束缚无约制的乐园放浪形骸，招摇本性不亦乐乎。

金盏草。波斯菊。鸢尾花。

密密簌簌的植物树木拥簇着，追赶着，争相开放。大片夺目反射太阳光的绿波花海，一拨一拨翻涌前倾。

严肃刻板，死气沉沉的教学楼因这花树的存在。显得复古又小资。

进入高中后，我依旧保持着往日练琴的习惯，端坐在古筝面前。八个指头被裹紧八片义甲，小腹与琴身保持两拳的距离，一脚踩支凳的横梁，两膝从大腿根部紧紧地贴敷，又从膝盖以下自然分开。脊梁挺拔，颔首抬臂。做好一切标准且刻板的演奏姿势，轻轻带着微笑陶醉其中。时隔那么些年，我依然不会忘记当初父亲对我严厉且细微的要求。在我尚不知道他在这件事上缘何处处对我要求颇高之前，我还是下意识或者潜意识地认同关于古筝弹奏的每一处苛求。

某一天，我像往常一样，静坐在古筝面前，用手拨弄琴弦，听古旧的琴弦和鸣，长约 1 米半的琴箱里于琴孔之上余音缭绕，又轻溢着从两个琴孔飘荡出来，蜿蜒弥漫地包围我周遭的无声世界，爱抚而小心地拍击我的耳界和听觉。耳廓外半米处，密咒一般如蝴蝶振翅的音响，空明且朴素，仿若一只巨人的手，让我倏然钻进了一个迷境般混乱囫囵的境遇。就在这时，大脑像是被外力夹住了中枢与下垂脑。右手骤然僵硬，发不上力，整个人眼前一黑。

我唯恐这是幻觉，又期盼这一切只是幻觉。可这一切真真实实就这样发生了。

我的右手无法发力，第二次去试的时候整个手掌已经变得僵硬。再次发出悠扬的乐音就像是上辈子一般遥远。

第四章　梦境

1

这是一间新式漆砖高层楼厦学堂。建筑时间并不久远，因此整个教学楼内都陈杂蓬勃，充满浓烈的甲醛气味。如果恰有飞机飞过，俯视下可看见框定圈界的铁杆栅栏，牢狱高墙的形状，将整个校园围聚拘禁起来。设计人在造型构建上出人意料地增添了更多的现代元素。学校楼道转角处张贴卡通海报，有提示学生们脚步轻放的字样摹印于上。每间教室的灯光开关都被装饰一圈釉质配饰。课桌不是老旧漆木，而是硬朗铁筋搭建而成的塑面斜板。教室后置垃圾桶，被好看的粉红色的 Hello Kitty 方寸壁纸包裹。但该学校最大的亮点是镜子。很难想象，一所高中会为青春期的少男少女设立随处可自观的镜子，楼道走廊配置一面大约两米高的宽镜，教室则装设长约半米宽的短镜。

我常常就在这样的环境里找寻林缄宇。地面上的格子图案间距分明。条状排列。人眼望去，平行而立。从班级的一角，抬眼去望另一角。稀稀落落的格子变成散落小块，愈来愈倾斜地向远处蔓延。他在远方。我望不清他。或地板纹理也像被扭曲。很远的距离，他站在彼端。视野呈倒三角，他是那个尖端。

一开始我只是装作不经意，从他面前踱着小步子飘过去，然后迅速躲在一个角落里，观察他有没有注意到我。有时看到他因看见我的路过而回望，整颗心都像提到了嗓子眼。

我胡思乱想。

他则像一个陷阱。

可是我爱上这自卑与兴奋交替于体内的游戏。每天可以见到他，成为我最大的惊喜。

体育课的时候，有三三两两的学生手持一本书，择一圆滑光平的石墩，靠近湖。湖面波光粼粼，岁月静好。寻找，如同大海捞针，舰艇寻物。惴惴之情夹带欣喜。疲惫之余感受浪漫。他习惯穿黑。我从此常常觉得身边的一切黑都仿若发出光源，让我眼前一亮。心陡然觉得揪闹。如果那黑不是他，心里淡淡失落。如果那黑正中我瞳心，真如我所料想般是他。整个人都像被莫名物夹住。精神顿时一振。满眼放光。那少年不管多么闪亮，自己却仍是这样稚嫩可笑的娃娃头，细致紧凑的皮肤，娇小的身段，眼睛散发着对这个世界最单纯的好奇。

寻找林缄宇的过程成为我的一个习惯。

上课间操的时候，我如卧底侦探一般，丈量挖掘我们之间的距离，存在的人际组织，生活作息交汇点，在这校园可以谋面接触的地点。侦测的结果便是，我们离得不算远也不算近。他很高，但是他调皮地不往后面站。他喜欢站在第三排的位置，这样远远看去，高个的他突兀在小个男生里面，特别显眼。隔着每班两排的队伍数过去，就可以知道，我在 9 班，间隔着 6 个班级，240 号人的人马，他在三班。我变了一个人。并且是，变成了一个我以前从未谋面，从未设想，从未希冀过的一个人。我感受到自己潜移默化的改变时，却已收尾不了这趋势。

行为习惯改变。心态也随之改变。我渐渐地不再接受小镇里孩子们脸上脏兮兮的状态，变得爱好整洁，甚至有些微洁癖。我开始喜欢做面膜，开始在意自己脸上的所有斑点哪怕很微小，开始试着搽粉液。开始有规律地变换我校服的样子，我无法想象，在自我的想象力被挖掘时，关于校服，自己哪里来的那么多的鬼点子。大街上有卖那种几元钱一贴的卡通补丁，我一口气买来 20 来个，每周换一个。运动系的萌系的非主流系的，千奇百怪，被我贴在校服的背面空白处。校服裤子挽起来可以当短裤穿，上衣系在胯部就是运动风。可以套上很高的脖套，然后把校服上衣领子拉开。露出唯一可见的棱线分明的锁骨。我变得诡异而矫情，愈发不像自己。

但这些微小的点缀，改变不了任何。走在人群里。我仍旧会被湮没。自卑与不安更加强烈地在身体里抖动起来，就像要把我整个人搅动得五脏俱裂，我从来没有哪一刻，更渴求自己变得美一点，艳丽一点，特别一点，夺目一点。好让我有勇气在他面前说一声：“嘿，我叫刘艺傲，认识一下吧。”校园里的高消费生活已将我打击到底。唯一的琴艺也愈见颓然。我不知还有何资本靠近献媚，索性把自己埋藏更深。我如此惊慌，更恐慌学校里的同学一不小心就会窥见我的药。那原装药瓶极小，用棕色小陶器具打造，药品于上面的凸体字样极其明显。但凡一个识字并不懂医学的人，也会知道那药瓶子是用来装治疗心律不齐、间歇性房颤的药。思来想去，我扔掉了这个堂而皇之的原装药瓶，换上清口的口香糖铁罐来装。这样一来，一是其他人并不知道我有心脏病，二是平时拿出手也无妨。口胶用来清口，没有人会觉得异常。

我想接近你呐，少年。我该怎么办。我想接近你呐，哪怕让我离你近一点。我只想接近你呐，让我离你近一点就好。太苍白的呐喊被淹没在心底那些复杂膨胀的情绪下。男孩，我的梦魇因你而来。

2

有一日，我看见下了课间操的林缄宇迅速地挤进了人群中。他的周围聚拢了一攒人海，有一个头发蓬蓬的女孩，正对着我的视线。那女孩对我露出好看的一笑，说，我叫雅木楠。

在这个学校认识的第一个女孩，就是雅木楠。

她穿公主的蓬蓬裙。她的肤质因为保养得很好，水水嫩嫩，所以也像极了公主。她打着粉红色的腮红。她的课桌必须有碎花布来点缀，她会把她30种眼霜15色眼影全部装进香奈儿的袋子里带进学校。她的课桌上有牛奶酸奶果汁奶。化妆品补妆镜还有小抱枕紧紧靠着书架的位置。她有着无论何时何地都能保持下去的微笑。

她就是雅木楠。无可替代的姓氏，全学校只有她一个。

新班级，我的新同桌就是雅木楠。

她并不好看。她留着蓬松有刘海的波波头，烫出微卷的造型。松垮地搭在头部两侧。她不能用美女来形容，甚至有些小胖，但也不能用平凡、平庸这样的字眼来形容。因为她平时的着装打扮，确实不庸。几千元一件的Prada小短裙，精致的小高跟，泛着油华光亮的小皮夹。走在人群里，像是散发着与生俱来的，公主的高贵。

她并不高。但是因为日日不离高跟鞋，同学们自觉把鞋跟那一部分算做她的身高。她虽不美，但是因为每天坚持化妆补妆，同学们也就自然认为，粉底乳液的白是她皮肤的正常颜色。因此她活得高贵富美，在外人眼里也渐渐有了美女的称谓。

在这个学风严谨的学校，如何只有她化妆不被追罚？她的出奇我并不关心，我唯一对此事好奇。

物质条件决定气质层级。不用怀疑。这与身材、气场、气质、修为通通无关，她是金钱与华服堆砌起来，不露瑕疵的精致外皮。

3

金咸玉以全镇第一名的成绩考进了这所高中。

学校知道她家境贫寒，所以给她开了先例，学费全免，住宿费减半。这样优秀的学生，学校没有理由不接受的。

金咸玉坐在林缄宇前面的位置，我喜欢跑去金咸玉的教室，对她讲起我的心里话。我去她的班级看她时，她总是一个人，静静地坐在她的位置上。班里饭味飘香，她只是啃着手里的馒头，吃着咸菜，眼睛没有一刻离开课本。外面多么喧嚣，多么吵闹。她都可以静下来。她会让我抑制不住去想象，假若这是一个市井繁华的集市，她静默不语地捧一本书在一旁。不笑，也不抬头的场景。超俗得像一个从天上下凡而来的精灵。她似乎从来不在意外界的骚动。

她是这个校园里唯一一个知道我心脏有问题的女孩。我告诉她，自己心脏有问题，或许以后连飞机都没法坐，只能留在这个小城市一辈子。

“飞机。我没有坐过。该是很兴奋的一种体验吧。”她缓缓回应道。

“等你长大，毕业，找工作，出差，自然就有机会坐飞机了。可是我不可以。”

“即使有机会，我也不敢坐。”

“为什么啊？”

“你知道吗？艺傲，我很害怕动荡不安的事物。尽管我知道宇宙的规律就是物质处在不断地运动和变化中，这也符合哲学里所讲的规律。但我真的很惧怕改变。我喜欢安静，喜欢沉稳固定一成不变的东西。我恐惧狭小的机舱。我总觉得，飞机在空中悬浮而行，本身就是一种极没有保障的交通方式，人被圈进指定的空间，一旦空难来临又无处可逃……”

“你想多啦。物理讲飞机的飞行原理，机翼因高速压强降低，导致托浮。只要速度不减，它不会落下来的。”

“这正是我担心的问题。一个靠运动而维持静止，靠改变而维护稳定的事物，能有多大安全性？”

我永远不知道，童年某段微不足道的记忆，会给一个姑娘带来怎样的触动与阴影。后来，在我反复和金咸玉踏上远行的路程时，我常听她讲起。某年某月，在她人生起头的单位数字年纪，她的外公因她作业未写完，在庄稼土壤上，用麦秆为笔，画了个圈圈叫她常坐不许动。她听话照做，在长达 3 个小时的驻守里，看到暮云叆叇，倦鸟飞驰，狂风大作。从此她惧怕一切桎梏，枷锁，栅栏，甚至害怕幽闭狭窄的飞机舱，更害怕被圈禁下的外界动荡不安的环境，全因很久之前这场类似玩笑的惩罚而起。她是这样的女生，即使她自己深知她对飞机的恐惧来源于幼时外公的惩罚，但她仍喜欢用哲学定语来解释她的所有心病。以后每每想起她的这番话，大脑神经都自觉警惕而洞悉，她对外界某些改变的适应和趋异性，都差得很。

她其实很脆弱。如同瓷娃娃。

在初中从来不在意班干部头衔的她，开始不遗余力地去讨得一个学习委员的头衔。她进入新环境后妄图很快地找到一个出口，兀自进入一个能把她包裹、封闭和保护起来的社交圈。她为此想了种种方法，这企图疏离过去朋友而改新自己的行为过于明显，以至于我有察觉。

她和我一样，骄傲而犀利，缺乏安全感。表面上的风光和霸道，其实只是为了遮掩内心的不安和自卑。但是她比我更沉稳。她的性格。因内秀而格外引人探究。让人遐想。引人深思。而只有知悉她过去生活的我，才明白在她护膝蹙眉的某些瞬间，隐隐透露着怎样的自卑与不安，她企图融进这人事杂乱的高中新始，以善美的姿态。这神情我也可察觉。

她找到了方向，但并未找对出口。她如金蝉脱壳的蝶，经历了一番苦痛挣扎，但尚未学会飞翔。

客观事实上，外界的力量远比她内心的渴望更能决定大局。她的努力只见一点成效。因为那些人并不接纳她。

有一天，我去找她，坐在她旁边的位子，无意窥见她课桌上的纸张。令我惊奇的是，那不是我预想中的几句心情状态。却是大批量的数学方程式和几句我看不懂的概念定义。看见她课桌上的纸条团成一簇，纸张杂乱无序。却又不是整齐紧凑的文字。

“关于x开口向上的二次方程式是一个类投球状抛物线，低点开始，低点结束。正有限，负无穷。正如我们的生命，从上个不知冤孽何在的轮回中开始新生，又在不知缘由的死亡中悄然消逝，留给后一代子子孙孙不知名的业力课题。”

“帕累托最优是资源分配的理想状态。假定固有的一群人和可分配的资源，从一种分配状态到另一种状态的变化中，在没有使任何人境况变坏的前提下，也不可能再使某些人的处境变好。资源是有限的，人群也是被指定的。那么假使他为我们社交圈的稀缺资源，他被分配给A，又同时分配给B。而他因有意识地倾向自愿流动到C那里去。3人占据同一资源，必定有限。三人各得 1/3 的爱，显然公平。这是最优的。”

“我要疯了。”

“帕累托最优没有考虑到人群的更迭。数量并不决定一切。生活远比理论来得复杂。”

“墨菲定律告诉我们，最怕的东西总是会降临。我想，现在死亡才是最好的解脱。”

“那就去死吧。”

我心头一震，尽管很多话语我并不是看得那么透彻，但是反复提起的字眼“死”终于将我从对她和善平静的假面下抽离，原来她的心境已经糟糕到不可复加的地步，为什么我后知后觉。我别过头去，假装没有看见那些字眼。心里怦怦在跳，有泪水在眼眶悄悄打转。我要救她。我一定要救她。

可我不知她反复提及的“他”，是谁。

对于生活在社会底层的劳动人民中，孩子一步步靠学习考上这所市重点，已经是一件皆大欢喜的事。而对于生活在富人顶尖阶层的人，方圆百里不再有更好的学校，把孩子送进来，合情合理，省时费力。不同阶层下的人，他们的孩子就这样在一所学校相遇。

地域因聚落形成城市，人因聚集形成密不可分相互粘连的圈子。前者是因为父母实业打下来的基础，后者是学生个人的努力奋斗至此。前者有前者社会上根深蒂固立足的资本，后者亦有头脑里冷静客观发达的思维优势。两个在之前从未涉足的团体相遇，某些事情迅速发展，膨胀，酵造，成型，所有事物风生水起般涌现上演。如戏，更如一场博弈，较量。

常青藤以攀爬的形式缠绕，狗尾草以匍匐的样子蛰伏。柔柔的青草，风一过便如波浪起伏，大团的蒲公英密密麻麻向上扬起。这世间植物都以不同的体态存活，何况生物。个体存在差异，接纳它却需要勇气。

或许她是因为这些不公与差异而心情沮丧，所以我试着与她谈心。

她是愿意说些她的心里话的。有一天放学，我刻意等她，与她一起走在路上，她主动提及她现在的生活。

“凋敝落漆的墙壁，以及紊乱布皱的被絮，那样破败寒酸的环境，现在想来也有些韵味所在。因为环境是不令人满意的，致使心里总有一种念头，为着逃离开这样逼仄差乱的环境而努力。可深处优雅和谐的校园了，反而心生疲倦，觉得不管环境好坏，自己的命运都无法被改变。时时刻刻为着像她们一样优雅而作秀，内心终究是空的。这么想着，常常怀恋过去的小日子。还想回到那些寒冷，饿，难过，痛苦，但内心是微笑着的小日子。”

“你该这么想，既然有人看不起我，我就该更努力地去做给她们看。让原本看不起自己的人最后看得起，然后昂头挺胸地走近她们，那感觉要多爽有多爽。”

“这是报复心态。我不是这样的人。”

听完这话，我有些微微吃惊，以及不解。她既然心态如此淡定豁达，又为什么会在意身边的冷眼和嘲笑呢。如果不是为了报复，不是为了解恨，不是为了平反，不是为了让周遭的人看得起，那么她最初对这些风言风语的在意，本心又是在哪里呢？

我开始略看不透她了。我继续说：“那你想怎样？”

她回我了一个淡漠的眼神。用我愈加不解以及模棱两可的语式回答：“我该让看不起我的人后悔。”

“后悔，不就是让她们从看不起到看得起的一个过程嘛。和我最初说的，意思差不离。只是我下口更重，用的是‘报复’二字。但大方向无偏差啊。”

她不搭调。用只有自己才可以听得见的语音小声低喃着：“后悔，是让他们永永远远都记得我。并且只要一想起我，就会痛苦，伤怀，恐惧，不寒而栗。”

我听得不是特别清楚。凉风袭过，我瑟缩打个抖，感觉整个身体的毛孔扩张，连汗毛都竖立起来了。她却马上转移话题，“艺傲，你总也不练琴了呢。”

我静静不语。心里对她发出经久感怀：“我自觉我已经在失去父亲之后失去了一切。”

“所以艺傲的琴艺没法恢复到以前那么好，是因为爸爸，是么？”

她看着我的眼睛。似乎想得到答案，似乎又不奢求答案。

“那么你觉得你爸爸对你好吗？”她并不理睬我的沉默，继续问道。

“该是好的。”

“该是好的？”

“嗯。爸爸不可能对女儿不好的吧。”

“爸爸离开后，你的生活是否发生了实在的改变？”

“改变是有的。我常常觉得心里有一处被掏空，被挖掘，整个人被陷进静湖一样。挣扎，窒息，似乎就要没有活气。我感觉不到他此刻在世界哪个角落，为何音讯全无。我们同在一片天宇方圆下，为什么我想象不到他此刻的行踪现状，却只觉得自己内心一片荒芜？”

“可是他酗酒，家暴，打你妈妈，抽烟，打架，脑袋不清醒的时候还要带你在大马路上飙车。他无能，没本事赚钱，他养活不起全家。他面对年轻时选择的爱情退却。他以暴力极端的方式表达他的抑郁。他并不想放手。可他不得不放手。人是渴求死的。因此常常违背事情缓慢隐退衰落的规律，兀自寻找迅速破落之道。比如酗酒、抽烟、毒瘾、做爱。肉身在化学物质或物理作用下磨灭、销毁、沉堕。或许你该想，人的命运，一半由人自己的心性决定。他这样逃避压力，对你妈妈施加暴力，也许是预料自己身体有恙。你说呢？或许他已经将对你的爱收走。冥想，记得那爱的来头。随着香味寻找踪迹。”

我对着她望眼欲穿的眸子打颤，她似乎有看穿我的能力，而我却越来越看不透她。

“可是金咸玉你知道吗，我对他的感情也不正常。我喜欢他做的一切暴力疯狂的举动。尽管我会吓得瑟瑟发抖。可我也爱。”

“可他不要你了。”

“我……知道。” 说完这句，我自以为的坚强全部退却，再也继续不下去，哽咽起来。

“我真的不懂，一个人对另一个人的感情，应该是怎样的态度与回应。起码对待爸爸，我是这样的，因为我笃信他爱我的事实，所以我毫无负担地把对未来的期冀投给他。我记得每一个和他相处的琐细时间点，记得他给过我的美好时光。我以为他会带着同样的态度回馈。不求他回馈我，是求在感情的态度上，我们站在同样的高度，因此对于感情的共鸣和需求，我以为我们是一样的。他倏然离开，就真的不要这个家。他怎么做得到？他忘记了吗？从前的十多年，他的记忆是失效的吗？他对我的笑，背后有隐匿的别语吗？他眼里的真挚，全部是我的臆想吗？他怎么做得到……你是说，他也许已经病了，不想让我知道？那妈妈呢？妈妈为何也不说？”

她不回答我的问题，看着我哭泣，反而像是达成了目的，诡谲俏皮地对我说：“不要再哭了，我告诉你一个秘密，想不想听？”

“嗯。”我擦干眼泪，睁大眼睛看着她。

“这个秘密和舒琳娜的童年有关，舒琳娜是怕游泳的，小的时候她爸爸为了试探婴儿游泳本能，把她放进浴缸里。看她起落。也许是因为这个原因，她天生怕水。在河里游泳也是克服了不少恐惧感和心理压力才做成的。”

“我们三个女孩，每个人各自都有属于自己的童年创伤，这算是巧合，还是说这个世界上的所有人都会这样？”

“大概，这个世界上的所有人都会这样，只是带给我童年创伤的那个人，我的外公，在我 9 岁那年便离开了人世，以后每每想起那个午后罚站的过程，虽然内心仍有恐惧，可我不怨恨，强烈的感觉像是给内心扎了一个孔。漫溢的情绪像液体倾泻。这大概是我可以怀恋他的唯一的方式。”金咸玉如是说。

我们并肩站在一起，听她说起这一切，那时，我觉得这个女孩始终温暖如初，我们的脆弱如此相像。我们倾诉彼此的眼泪和伤痛给对方，互相舔舐，互相安慰，在这个并不属于我们的城市和校园，颤颤巍巍，相依为命地存活。

她是这个世界上的另一个我。

第五章　发生

1

我也开始学会了争取。

我走了艺术学校所规定的一套程序，动用了自己所有曾获的荣誉证书，用了一个礼拜的时间申请，奔波。获得艺术校长的批准，成为艺术生里的一员，从此梳起了长发，扎起了马尾。

青黑交杂的大理石地面。清洁人员定期清扫。上课时楼道悄寂无声。下课后三三两两的男孩在其中打斗，玩笑般扯闹。铃声一响，又马上归置之前的宁静。经过全市中考选拔的学生，果真素质良好。遵守规矩得麻利行动，如同被设置好定时程序的机器人。即使学生踩踏也会做到标语上的轻步慢放，如同漂移过去。

有一次下课，我在经过楼道的途中遇见林缄宇。

他在和周围的男生说笑。16 岁的男孩仍颇具孩童的稚气。我翘着高高的马尾辫子，经过他身旁，引至一阵风过。我原本踮着极其轻的脚步路过，不想惊动过多。更未想到他会警觉我的存在。原本还微笑挂于脸上的他，倏然，凝固了。表情僵住，身体动作也变得呆板。

我明白他注意到我了。

我的努力收到了成效。林缄宇微笑走近，好奇地打量我，你是新来的艺术生吗，你叫什么？

我眯着眼睛说，我叫刘艺傲，艺术团的新成员，你呢？

他学我，眯起月牙一样的眼睛，“我叫林缄宇，很高兴认识你”。

我终于微微嚣张并得意，自己有了可以引他注意的资本。

有了第一次的交集之后，我们开始渐渐熟络起来。我找到了可以让彼此有更多时间相处的活动，在中午留校吃饭后，拉扯着林缄宇，唯唯诺诺叫他陪我去捡叶子，在粗糙老皮的树木刻字。一枚山楂果，红嫩至极。银杏树结果，偶尔投下青涩微酸的果体。我不洗，就放进口里，也这样给他尝。他蹙眉，说，这样就可以吃么？但他还是吃了。我吃果子的这一边，他吮那一边。16岁的年纪，这样的举动已经相当暧昧而亲密。我心有斐然，面颊绯红，游离怯懦地对他看。他也如此。

我们在老榆树下驻足。我捡起一枚清香远溢的枝叶，放置他鼻下叫他闻。他嗅着，做出大幅度的吸抽动作，我被他夸张的演绎逗乐，抚着小腹笑得不行。夜晚在星光下驻足。夜空浩瀚。两个人如此微茫，渺小不足道地相互扶持，相依站立。又因为午时两个人共吃一枚果子，全身上下都洋溢着幸福。

大概再也不知道更好的美与爱，还会是怎样。这样我已足矣。

所有初衷将掷的瞬间，我们往往是被路人打断。我不解的是为何常常有打量的眼神投向我们。他见那眼神，缩偎躲避，转过头避开我的眼睛，做出我们不认识的模样。我记得最深的一次，是我们在即将枯黄的红枫树下谈天。仅仅是两个人绕着一桩树木打转，没有半点肢体纠缠。我们之间的亲密，最近没有逾越过一臂的距离。我心底奢求过的，愿意与他好的念景，也仅是亟待他把更多的心里话说给我听。我愿做他最朴实的青睐者。

可是，为什么他会惧怕别人的眼神，为什么他会在意别人的评头论足？

在一个昏默的午后，我玩笑似的对他说，你是不是生来就是一个不该被人知的男孩。

他突然微怒，眉头紧锁，样子吓人。那是我第一次看到他的表情呈现扭曲并狰狞的不自然，容颜也不那么清爽耀眼，是苦痛和老成横七竖八镌刻在脸上的印记。我好害怕，又后悔，不该这样与他说话。

探究你。研究你。琢磨你。思考你。我所有的猎奇欲全部指向你。

我不知道自己缘何会为这种感觉迷失而不能自拔。并且这种感觉，在我过去十几年的生活里从未出现过。我甚至不曾希冀它的出现，不敢想象它的色泽气味，不敢妄想我会沉溺在这感情的苦海里起起伏伏挣扎求饶。但它就是这样来了，这样声香俱备地到来了，它的豁然出现不给我一点预兆，更不给我留一点防备的余地。

我能感觉到自己在16岁这一年动了情。我亦知道这属于早恋范畴。我很努力地克制自己内心泛滥翻涌的情绪，并用理智努力说服自己，它们只是我体内化学物质作祟而导致的性萌动。压抑得难以自制时，在某个瞬间再次窥到少年对我好看的一笑，整个人就像被扒光，不知该怎样面对因见我猥态而心照不宣的同学。赤裸裸地面对做嘲的观众时，我扭捏、克制、僵硬、麻木，无所适从。企图以僵硬的行径掩埋内心的温柔，却不能两全其美。我是如此卖力认真的小丑，台下观众每一次的哄笑都让我情难自控，难过得就要流出泪来，却说服自己大笑，笑到嘴巴咧开到耳垂。

我能想象得到自己回馈给外界是怎样狰狞分裂的表情。恐怖且丑陋。

当我留恋它带给我的悸动与好奇时，我会放置一个莫大的希望投掷进去，连我自己都不敢想象，小小的躯体竟可萌发这样多的热情与爱。哪怕我猜测得到，替我接收它的容器只是一渊深不见底的悬崖峭壁。可我还是愿意这样忘乎所以妄自菲薄地奉献与投入。它让我变得傻。它让我流连忘返情不自已，它让我在明知玄幻与花哨，空囊与蒙骗共存的探究下继续做出掏空的姿态。它让我颠覆十几年所有的经验，习惯，常识，信仰。我的信仰从此便成了它。

少年留给我的没有标准答案的疑难，让我的生活和心情时刻处于忐忑的状态。

心锁没有来得及解开，为了靠近他而申请艺术生的事端却弄巧成拙，高一冬至前，他突然找到我，问我："学校跨年晚会要开始了，你来参加吗？"

"是吗……或许会吧。"

跨年晚会是全校性质的，自然少不了艺术老师旗下的艺术团。自然也少不了曾经主动去找艺术老师申请进艺术团的我。

这个消息公布之后，为了跨年晚会而准备节目的同学还有艺术生们，都开始纷纷齐聚艺术楼。艺术楼从来没有哪刻比现在更热闹。我开始于固定时间出入艺术楼。很兴奋，同时又好心慌。兴奋的是每天都可以看见林缄宇，心慌的是，当艺术老师告诉我们每人要各出一个节目的时候，我知道自己根本无法胜任这个任务。当初明明是为了虚荣心和得到林缄宇的关注才去报的艺术团，用的也是过往的那些证书，而其实自己心里很清楚地知道，我的右手得了怪病，无法治愈。琴艺也再没能恢复到从前。

尴尬着，想躲过一个又一个人的目光。

音乐是靠耳朵感受的，不管我怎样躲避着他人的眼睛，所有的这一切终还是被林缄宇收看在眼睛里，听在耳朵下。那天，所有人都离开的时候，他迟迟不起身，要我留下来。

我傻呆呆地留了下来。

他走近，看着我的琴，说："你有没有试着用左手弹主旋律，右手弹副旋律？我的意思是……别把右手当主手，试着把注意力放在左手上。"

左右手互换旋律，这对我来说是一大挑战，我在他的注视下颤颤巍巍试着弹了一小段，琴弦发出并不愉悦的声响，甚至有几声噪音。我的脸刷的一下就红透，再也不知道该怎么抬头望向他的眼。

半晌，他温柔地说："你钢琴有基础吗？我教你弹钢琴吧，跨年会我们一起合奏——好不好呀？"我麻木地点了点头，内心又深知，我并不是真的麻木，心里冒出极端的两只小怪兽，激烈地争吵，我要不要收起我的骄傲，谦虚地向他讨教。还是继续保持我高傲者的姿态，对他骄傲地说，你这是觉得我古筝弹得不好么？

从那晚开始，为了找回自己的自尊，更为了在林缄宇面前找回自信。我开始不遗余力地练琴。从此，艺术楼内最晚走的必定是我，在整幢楼都处在暗黑下时，唯有我在的那一间是亮着灯火的。而这一间，正是我在第一天认识林缄宇，他探出头的那间琴房。

右手没法发力，我就把主旋律改用左手弹。曲子改了又改，左手练了又练。

我从没有如此认真过。

2

跨年演出就这样来了。

演播厅里聚集了3000人有余。来表演的除了本校艺术团外，有外校学生，还有为了考入这所学校而来的初中艺术生。他们有很多是音乐专业，自小学琴很多年。

面对人潮似海的表演者，我知道自己竞争力不够，但已尽最大能力弹我的曲，我的节目完毕时，紧接着就是林缄宇的钢琴独奏。

他依旧身着白衬衫，打着耀眼的黑色小领结，上台，对着台下的观众鞠躬，绅士风度翩翩，“下面的节目，是我与刘艺傲四手联弹”。

我在后台惊呆，整个人刹那间恍惚。年少时爸爸对我的伤害，似乎再一次情景再现，我惊恐，我颤栗，我瞬间不知所措。我在大脑空白状态下，神情呆滞地上了台，坐定他旁边后，看到钢琴谱架上赫然摆放着的是周杰伦《不能说的秘密》的“Secret”谱。他在我耳边，低低对我说：“你弹左手就好啦，我知道你右手弹不好。”

大庭广众，千余号人，我坐在林缄宇旁边，眼睛急急地去寻找属于我自己的曲谱。左手就像机械般的在做和弦，但是我不能做出不愿意的表情。他的那句“我知道你右手弹不好”，就像戴了透视镜，把我扒了个精光不漏。

晚会结束回程的路上，我恸声大哭，眼泪在脸上横七竖八地划出痕迹。我最得意的资本，什么时候却已经成为他眼里不可多留一秒的钉铆，我不得知，抑或是从一开始他就是想要这样折磨我。我愤怒，我激动，我却在兴奋。我疯狂，哭泣，我也不可理喻。两种情绪夹杂在同一大脑皮层下，我的心揪裂一般的疼痛。

半晌，我的身后突然出现一个温暖坚定的男音。

确定是林缄宇之后，我回过头，怒目而视。他推着他银色的电动车，静静地走近。我有种想要扑到他怀里抓烂他衣服的冲动。我想要在他怀里放声大哭，鼻涕眼泪全部抹在他的衬衫上，把他的形象弄得狼狈不堪，就像在台上当着那么多人的面狼狈不堪的我一样。

“为什么，为什么？”

“看我出丑很搞笑么？看我弹不好你特别得意是吧？明明知道我做不好，为什么还要叫我上台？”

“我告诉你，刘艺傲的右手不是这样的，若不是因为爸爸，我……”

在意识到自己把“爸爸”这两个字眼脱口而出的时候，我还是下意识地闭了嘴，再不知道该怎么继续下去。眼泪，还有被风即将吹落的鼻涕，已经把我最丑的一面展露给他。但是最后那一句话却被自己当作最深的秘密封在口边。

我突然清醒地意识到，我还在维护着我最后的尊严和骄傲。我的秘密，我藏在心底的事情，远远比我的形象要重要一百倍。那是我的家，我的爸爸，那是我未遇见林缄宇之前，所有的骄傲，资本，得意，幸福，快乐，执念的源泉。

他不说话，依旧慢慢走近。我哭得没有了力气，平静下来开始打量他。他在我身旁，脱下他的衣服，给我披上。

“天太冷了。我载你回家。”

夜晚十点，距离晚会结束已经过去很久，整个寂寥的大街上找不到几个行人。我就这样尴尬的，在前一秒还让我怨恨至极而接下来就给我巨大温暖和安全感的少年面前，惊慌失措。我坐在他电动车的后座，用臂膀紧紧抱住他。他在前面平稳地掌控着方向和平衡。不说话。

他的肩膀宽厚而温暖，让我觉得踏实。车速不快，却有呼啸气流从脸边倏倏滑过。所有生息被大风掩埋，喊出去的声音也因这剧烈抖动的流风卷进无边黑暗，刹那间降低百倍分贝。要说话的时候，需要别样用心地在声带上用力，刻意喧染，声嘶力竭地长吼，才可让他听得见。我又找到幼年在空无一人的大街小巷，爸爸载我在摩托车上狂飙的感受。

我听见自己心里有个声音，悄悄地在说，林缄宇，不知道为什么那一刻想把所有的心事告诉你。告诉你，我不接受我的新家，我抗拒我的新爸爸和所有的一切。我怀念过去，我的右手僵硬，也已经好久不再练琴。但是，为了你，我什么都可以。

“你知道吗，小时候我爸爸也是这样载着我跑。那时我可开心了。”我情不自禁地对他袒露心里话，双手并没有松懈抱他的力度。

让我就这么抱着你，任我内心的声音像一波波海浪，任我在巨大的海浪里浮沉，让我幸福地窒息。

“讲来听听？”

“童年时代，家里不景气，买不起车。爸爸唯一的交通工具就是一台老旧摩托车，借它代步，载着我跑东跑西。老旧摩托车开动的时候总是发出嗡嗡的怪响，噪音极大。可是每次他驮我在身后，弓着身子，手转把柄，向前匍匐前行时，我都觉得他好帅。这种感觉涨潮一般无名状升起，找不到缘由。”

“每个男人都希望有一件代表他力量的事物。一旦他找到了这个事物，就会极其喜欢，爱不释手。你爸爸是喜欢那样的速度感，把握方向时精准的辨别力，还有突然发力时弹簧般弹跳起来的冲击感吧。”

“只说对了一半，喜欢摩托车其实完全是迫不得已。如果有钱，他最喜欢的还是汽车。”

“每个男人都喜欢车啊。”他竟然微笑起来。

“你也喜欢吗？”我小心问他。

“当然。”他突然躁然开讲起来，“我最喜欢的车是迈巴赫，独一无二的标志。好比定制服装与带logo的奢侈品。后者虽然也是奢侈品，可买的人多了，也就大众化了。迈巴赫不一样，世界上没有哪两款迈巴赫是相同的。每一款迈巴赫都是为它的主人量身定做的。只可惜喔，停产了。”

我把我的认为最难以启齿的秘密讲给你听了。但我仍无法做到完全将信任交付于你，无法袒胸露怀，无法像那个和你在大庭广众下合奏的自己，完全曝露于众人，我无法承担自己的秘密倒地3尺被挖掘、被晾晒、被日射。因我自己也不知道，已埋在心底经年累月的秘密，是不是翻出来是已一副虫蛀、腐霉、干臭、浓化的样子。

我坐在他身后，萧萧的寒风吹着我的头。

“我爸爸还不是那样吗。我给你讲，有一次我爸载我上学。车要起火时候突然发现钥匙插在上面一晚上未拔下，电量早已被耗尽。他找来邻居，找来电池连接器，正负两极相接。一端叫我拿，那时我不太懂得接入点，接错了位置，烧坏了电瓶。他把我骂得狗血喷头，责怪我延误他上班。那时我突然觉得，眼前的爸，不是我亲爸。不得不承认他在工作上确实恪守尽责。可他对我在生活上某些微弱的细节，让我渐渐对这份压力庞大的父爱，感觉失望与退却。”

我们之间的亲密，最近不过如此。没有袒胸露怀的赤骨，没有耽于需索的妄念，没有急功近利的欲求。只有这样炳如日月的星光，在夜的最深处裱糊呈现。

“别生气啦，今天的事，我不是故意的。” 他向我道歉。

“带我走吧。” 我不理会他的话，自顾自地说着起来。这样寂寥而凄凉的大街，只有我们两个人，多适合私奔。

“去哪儿？”

“只要逃离我的家就好，离开就好。”

“嗯。好。但不是现在。”

我不可信地瞥他一眼，只当他是玩笑话。不摇头也没点头。

他的话语还没落定，我们身后突然出现一个言行举止疯疯癫癫的女人，大叫着向我们跑过来。

她衣着凌乱，衣服上的布匹脱落成碎片，头发绿藻纠缠般蓬乱，对着我们无节制地笑，做着狰狞的面容还有张牙舞爪的手势，又热情地讲东讲西，口中似乎还嗫嚅出林缄宇的名字。

我抱紧林缄宇的小腹，缩紧自己的肩膀。颤栗，发抖。全身已经哆嗦得不成样子，“她……认识你？”

他回过头，小声问：“你怕吗？”

我点点头，看见他欲言又止的样子，还有加速向前的动作。那一刻我就明白，他同我一样怕。他却不再言语。笃定而神秘的样子，又像外来的所有危险讯号在我们之间也不过是个游戏。

我愿意沉迷于这游戏。爱上夜里他带我逃亡的光景。他的背影和侧脸，是我深信不疑，可以永远赐予我安宁的镇定剂。

两个人并排站在一起，审视人间烟火与荒芜，在夜幕下一起回家。没有私欲与索取，只是相互为伴。我讲我的心事与你听，你也同样将你的秘密，诉诸于我。这样的小欣然，我已得到。不求永远拥有，只求时间绵长，空间扩张，脚踩踏下的大地可以连亘推置下去。这样你一直在，我就好心安。

我赖求你。我是赖求你而活。就像植物赖求肥硕的土地与丰润的水源。我赖求生，赖求成长，赖求茁壮发育的急迫性，不亚于三月天破土而出的植株。

爸爸始终都没有回来。他消失了，一去就是一年。 然而我开始为了林缄宇而疯狂练琴。所有不情不愿转化成心甘情愿的蜕变，就是在我遇见林缄宇的那个瞬间。像是一个交接仪式。我就这样把我曾经异常排斥的习惯，心甘情愿地交给他保管了。无条件地信任他，依赖他，依恋他，因为在爸爸离开之后，他是第二个给我安全感的男子。

总觉得我们哪里有些相似点。这种相似似乎表现在性隐藏上，一样的神秘，心底有故事而不说破。对任何人都会微笑，不会刻意掀起口角。但他的光芒与低调来自他的谦逊收敛。我的孤独与懦弱，却直来源于我的自卑。他在这个校园里绅士一般地存在。他什么都好。只有秘密与缺失，弱点与阴暗处，他似乎一直在隐藏。

你在藏什么呢？林缄宇。

我常常望见他容颜凝练简洗，表情孤立兀自沉醉。眼神永远有着天然的防备与与世隔绝之感。猜测他一定在我生命前景未曾遇见他的时段，经历过被迫孤立，不得已沉堕于自我哀伤世界的某个阶段。那阶段因时间拼凑，由零琐变得完整，最后圆润地成为他性格的某个部分。从此我无论怎样试图钻进那谜语般不可解读的灵魂内，他都以我的不可担当拒绝、回避、掩饰。我从未走进他前十几年的部分。他的缺失不是我当下就能看得懂。因他在这缺失的过程中，已经自我包裹、承压、受难。最后缺憾地完满，变成眼下的他。

我的琴艺还是恢复不到曾经那样好。但是我记得我为了在林缄宇面前找回自尊而拼命练习的那首曲子。那是我至今都没法忘怀的，弹得最好的一首曲子。

虽然左手是主旋律。但是一点也不影响乐音。

总是想在年少时期，得到一份完美无缺的爱。截取捷径一样，就这样逃离伤害我的家。却从来不想，这是一份多么乌托邦似的理想。如幻如梦一样，让我陷进，无法自拔。所以，有时我会想，林缄宇在我生命里，充当了救物主的角色。这样的比方，似乎很是浮夸，但是事实确确实实就是这样。我把他当作了我唯一信赖的人。

可我是如此的无理取闹。他尚且未成为一个独立的人，自己生命里的重担尚不可担当。他如何就能负载得动另一个人毫无缘由，沉堕难抵的伤濯与哀痛。而我把他当成我唯一的救世主。在爸爸离开我的日夜，把他看成我聊以慰藉，情感诉诸的宣泄出口。

或许行年渐晚，才发掘拯救别人这一行为的跛行与力不从心。爱不是相互担当，更不是互相汲取彼此的施舍弥补缺失。而是两个人，各自感受对方的苦，相互扶持，照应，对待彼此的弱点与阘茸，不说破。起头做得更好，让另一个紧紧跟上。

我却是如此的脆弱。在坚硬的外壳下舔舐生命不可承受之轻。并且要拽上另外一个毫不相干的人。

3

那晚过后，我开始频繁出入他的班级。和他做各种看似无关紧要，但其实在我心里想要讨得亲密的游戏。比如，给他测塔罗牌。

这样的游戏让他蹙眉沉思。他一本正经地说："塔罗牌起源于古希腊，其实我是不信的，中国的阴阳说更加让我信服。臆造的形象不可能反映实在的本质，拼凑的形象更会出现无法弥合的代沟，难以体现出客观的逻辑，我觉得，塔罗牌太抽象了。"

"那么依靠阴阳学说建立的预测占筮体系有什么呢？" 我看他有

兴趣深入，和他探讨起来。

“《周易》是中国古哲书籍，是建立在阴阳二元论基础上的。比如中国八字啊。易有太极，是生两仪，两仪生四象，四象生八卦。这是演绎八卦的基本程序。太一，两仪，五行，八卦，甚至十二地支，二十八星宿，亦出自道教。我们这个小城市，东北迁徙人口良多，道教最始初也是从东北地区传来。”

“八卦就不抽象吗？”

“起码我觉得，八卦已经把抽象感觉用理性模型表达出来了。这世上所有占卜的东西，其本源不是相同的抽象么？”

“所以呢？你同意所有的占卜都只是人类运气思维逻辑？”

“阴阳学认为这个世界上没有偶然只有必然，无论多么微小的邂逅必定会影响未来的命运，缘分缔结不会消亡。可所谓的缘分，其实也不过是抽象的名词。”

半晌，他继续说：“你是否知道原本存在在中国东北部的契丹族最后迁徙到了何方，为何他们消弭并失踪，杳无音信，留给后考古学家无数的难题。其实契丹被金灭后，一部分逃往东北沈阳附近，其耶律部归顺明朝，被赐予刘姓。后有归顺蒙古的契丹人随征兵分散到祖国四方，考古学家在云南一带找到他们的后裔。而雅木楠老家实则在辽宁丹东，雅姓亦是清代满洲人流传下来的姓氏。这座小城市东北人口甚多。可我是地地道道土生土长的当地人，城市教会我如何面对纷杂混乱的人淡然自居，亦教给我迁向其他城市的能力。或许我会如当年归顺蒙古的契丹人征兵南下般去中国南部某个不知名的小城市。你知道吗，契丹族有一种流传了很久的占卜方式，那就是用石头占卜，我想教给你。”

石子取光滑鹅卵石，卦象以奇数偶数各占频率为判断标准。亦说这为古老游牧民族，契丹语系族人遗留的占卜方式。真正的游牧族石头占卜大抵早已失传，他教给我的一定也不是最古老的那一种。但是这都不重要。

“这样你就不会再害怕再有意外发生了。有石子保佑你。”他对我笑，露出洁白好看的牙齿，那笑真像个孩子。

我真的寻来数个鹅卵石子，尺寸大小刚刚好，静静埋在枕边，每天早晨都要卜卦一次，判断一天下来的吉凶祸福。半当真半玩笑。

有些感情，不急不缓，切肤感受它时，如何沐浴在家的爱河里那般缱绻自然。有些感情，激荡狂烈，必须要在爱与恨，快乐与痛苦的边缘感受它稍纵即逝的存在。还有一种感情，说不清道不明，似真非幻，似远若近，不能信服于近墨者黑的教条，因它本身就在那里挥之不去，不费言教唆你成为一个神明的人，也不妄自切断一个人该有的七情六欲。它就在那里，不是善意，也非邪恶。它不引人朝觐，也不逼迫人从良。它接纳一个人全部的存在，如它自己。

我确信我对他的感情属于最后一种。他是如此细致的男孩子，灵性到通晓卜筮体系，知天文懂地理。调皮捣蛋，偶尔搞怪。这种爱让我甘愿他以孩子的形象存在在我的心里。无条件地包容他，迁就他，让他开心，让他洋溢起孩子单纯澄澈的笑，而不是假面而老于世故的笑。

两个人联系密集并频繁，我甚至想到以后。想到毕业，工作，甚至结婚。但我深知我除了有吸引他怜悯的怯懦，并不是个温柔并善解人意的女孩子。我所能付出的，不及雅木楠对他 1/100 的照顾。我也深知，精神上的互动永远不可替代物质与行为上真切的照料。关于这一切，雅木楠做得甚是细微。

4

有一天晚自习下课，我跑去他的班级，在他的课桌上趴着。因为太疲乏，我竟然睡着。我睡了一觉，做了一个甜甜的梦。梦到学校里那个大大的自然湖，那湖很大很大，方圆千余平方米，连着另一栋新开发出来的住宅区。尽管入冬，但是那里仍旧没有结冰，自己则变成一个会飞的白色天使，肩上长着一双白色的翅，就在湖面的上空翱翔。我飞呀飞，飞呀飞，啪叽，就掉进了湖里。我的头一沉，猛然便醒。看见面前的雅木楠。

雅木楠用高嗓门对我说，哎，刘艺傲，醒醒啦，你睡在林缄宇的课桌上干吗？快回我们班级，要上课了。

我被镇痛叫醒，眼前温暖如春光的少年林缄宇竟在面前，他嗔怪地对雅木楠说，别那样打头，会很痛。

我起身的时候，无意识地看到他的课桌。却看到特别显眼的一个字母，凹嵌在桌面上，似乎是用小刀刻上去的。我眼神呆滞地望着课桌上凹下的字母，显眼的“Y”字，就像闪电般掠过我的脑子里，我不知道这个字母，是雅木楠的“雅”，还是刘艺傲的“艺”。所有欣喜被浇灌窒息。多个月以来积累的心事，通通因为这个字母而轻触爆发。

回到我自己的班级，同桌雅木楠递过来一张纸条。

“你怎么老是往三班跑，你不知道那里是是非之地吗？”

是非之地？我百思不得其解，全年级14个班级，为什么只有三班这样与众不同？

见我不回复，她又塞给我一张纸条：“你不过就是喜欢去找徐扬嘛，我告诉你，不要和那个女生交往，你根本不了解她的过去，她的内心，丑恶尽有，百烂聚烩，肮脏积芜，贱婊一个！”

我心里微微放心，原来她不知道我是因为林缄宇才常常出入三班。

雅木楠的第三张纸条传过来：“我知道为什么你爱往三班跑。林缄宇刚刚与初恋女友分手了，你想伺机而动。”

我开始心慌，她知道我喜欢林缄宇，并且，这么些天我与林缄宇的亲昵，全部是在他有女友的情况下完成的。我竟然不知道这个事实。

半刻钟后，她又传来一张纸条，这第四张小纸条，几乎打破了我所有的幻想和美梦。

“对了，再告诉你一件事。林缄宇现在在和我交往。”

我的手指开始变得发抖。先前的心慌被一并激发出来。胸口那个位置愈发的不安，不安。

原来她的前三张小纸条都只是一个铺垫，她绕了一个大圈，最后给我重重一击。直中要害。

她赢了。

第一天见到雅木楠的画面在脑海里愈发地清晰起来。

那天，她穿着蓬蓬的公主裙，正与林缄宇在操场上亲昵地交谈。在周边女生低调的服饰下，她的裙子格外扎眼。而其实日常生活里，她的服装总是异样的华丽，家境该是相当殷实。她的肤质是任何女生都羡慕不来的嫩滑，唯有林缄宇可以与她匹及。对于林缄宇水嫩细滑的脸蛋，我甚至都有过嫉妒。

林缄宇刚刚与初恋女友分手，可我甚至不知道那个女孩是谁，因雅木楠的光芒义无反顾地惊诧了林缄宇周围所有的女生，那个所谓的初恋女友，恐怕也如我一样，是这个校园里的丑小鸭吧。

原来他们在一起了。

我曾经以为的，他对我的喜爱，这么些天，我们的亲密，交谈，对话，其实仅仅是他送我的暧昧。

接到雅木楠的小纸条那天起，两个拥有同样细嫩皮肤的男孩女孩，开始一起上学，一起吃饭，一起放学，一起回家。雅木楠去三班的频率开始渐渐高于我。每天晚上，雅木楠给林缄宇买好晚饭，必胜客麦当劳肯德基，换着花样被热乎乎地送到他的课桌。男孩吃完之后就去打球。雅木楠就坐在他的位置给他削苹果。

我一个人在被子里哭。蒙住头，尽量让声音压得低低的，脑海里却尽是他们并肩而行的画面。我不敢去打开他们的 QQ 空间，因为只要一打开，大朵的花一样的自拍合照就夺目而出，甜蜜的留言会充斥我的眼睛。眼睛没法转移，耳朵没法闭合，大脑无法腾出空暇来想其他的事。世界全全被别人的幸福排挤得很满，不留缝隙。

我拖拽着夜夜让我生砺疼痛的嫉妒心，度过我艰难的，暗恋时光。学卧薪尝胆的精神，在课桌上的角落贴满纸条，上面写着激励人心的话语。为自己打虚无缥缈的强心针，逼迫自己在这个学校顽强地存活下去。

可我仍无法忘记，无法抹除我对男孩的喜爱。

第六章　她们

1

我有心间隔他，故意与林缄宇形同陌路，不再与他来往。

我在女生圈里跌爬滚打，渐渐与雅木楠、徐扬打成一片。这是多么可笑的组合，我与我最爱的男孩的女友在一起，雅木楠与她口中的贱婊在一起，我们3个揣着对彼此最真实的厌恶，披着假面慈善的羊皮，各怀鬼胎地去接近彼此，却玩闹得热火朝天。

放学时，我们相伴走到大街上，听到雅木楠用高挑的嗓音宣扬："看，这条以花为界做的隔离带，是我爸爸的工程。呵。你们知道这是什么花么？"

我和徐扬连连摇头。

"这是瓣纹兰，热带牵引栽培过来，需要高温保护。所有花圃采用中空，安装有Low-E和热反射玻璃。头大脚小，呈倒梯状搁置。是为了聚集水分，整个街道也因此精致透亮，不是吗？我爸的设计专利。"

她的洋洋自得之情不表尽露。何况她还表演得那么明显。

这城市的各条道路似乎已经被雅木楠爸爸的工程霸占。小城市被成人的构念围解，改造。身为孩子的我们向着不由自身控制的社会臣服，对着自身社交网背后的家长发出无奈、妥协、不得已的叹息。这是成年人尔虞我诈声色犬马的欲望森林，是尚存天真的孩童望着这被贪念裹紧的塑胶城市无言的绝望，是孩子在成年人的教条下懂得欲求的最初学堂。出身起点的不同造就的悲哀，在少年时代已初见端倪。

那些生来家境优渥的孩子，毕竟只是少数。

一年过去。高二冬至那一天。林缄宇突然出现在我身边。他笑吟吟地问我：“我要过生日了，你来参加我的生日晚宴吗？”

听到这句话的一刹那，我本来是开心的，但是想到雅木楠，心里的疤结痛苦地扭曲在一起，我没有马上答应，问他：“雅木楠会去么？”

他对我沉沉地点了一下头：“会去的同学有很多，她不是特殊，我总不能断然拒绝吧？”

“我不想去。”我否定得很坚决。

再无言以对，余下的道路是冗长的寂寞和沉默。夜晚的风轻微窸窣，月的皎洁光芒铺满整条街道，像是给大地柔和刷上一层色质均匀的乳白色漆料。偶尔有疾行的车以光影模糊的超速度呼啸驶去，是整条落寞阒静的街道里一声重力的叹息。抖动的气流夹带着和缓涤人的风，留下经久不息的空白呼召。

少年在生日晚宴仍可想到我，我心里有着淡淡的朗悦。但接下来发生的事，如在繁花似锦的岁月里，突然眼前落下一个可以将一切夷为平地的炸弹。

那晚过后，我的生活开始彻底颠乱。

林缄宇生日的第二天，雅木楠再次神秘兮兮地递给我一个小纸条。

“刘艺傲，林缄宇昨晚把我带到他的卧室里去了。”

比较这句话的威力，她在一年前递给我的那4张小纸条显得太逊色了。

我顷刻间不知道该说什么好。手里不停地渗汗，想要知道他们做了什么，却又不想知道他们做了什么。我好奇。我想象。我最不希望发生的画面，和我认为的最好的结局，通通在我脑海里电光火石地掠过一遍。但即使这样，我仍不敢开口问雅木楠一句：“他对你做了什么？”我怕我想象的画面会成真，我怕我会控制不住地失声痛哭，我怕我一直坚信的最后底线被她口里的描述轻易击垮。

我缄默着，没有回复那张小纸条。

可是凛冽的寒风并没有结束，这个冬天才刚刚开始。下课，雅木楠拉着我的手，在篮球场边看男生打篮球。尽管隆冬逼近，可是因为高强度的体力运动，打球的男生依旧满身汗水，有的甚至脱掉外套，露出健壮的腹肌。她突然转过头对我说，傲，你知道么，其实男生大汗淋漓地扑过来，然后把你拥进他怀里，那种感觉特别好。

“为什么啊？”我问道。

她讪诮地眨眨眼，“昨晚，林缄宇把我叫到他家里去，他就是这个样子把我抱到怀里的。”

我听后心里轰隆一下,有什么本来就不很坚固的东西,一下子倒塌了。

我努力伪装平静，问：“然后呢？”

她的脸出现了所有小女生应有的绯红，“他亲我了，好用力。时间好长。”

我不知道我的脸是不是变紫了，变紫了还是变黑了，总之颜色一定不好看。不然，我怎么会在雅木楠眼里看见她隐藏得并不缜密的小欣喜。她不断地在一旁说：“傲，你怎么了，不舒服吗？”

我蹲下来，脸埋在膝盖好几秒钟，又坚强地抬起头。“然后呢？他没对你做什么吗？家里有没有人，只有你们俩吗？他为什么大汗淋漓，他刚洗过澡吗？他除了亲你还有没有做什么？然后呢，然后呢？”我的难堪是那么的明显，我的痛苦是那么的显而易见，不用再伪装了，我难过，我是真的难过，我想我现在就应该死过去，死过去才好。

一句接一句的问话没有半点喘息的空余，迅即的速度，似乎连雅木楠都有些应接不暇。她开始变得慌乱。“你没事吧？要不要送你去医务室？”

我埋下头，告诉她，我有心脏病，现在有点难受，你等我，等我几分钟。没什么大事。

我的大脑一片空白，耳朵急急地探寻着她接下来说的话。

“傲傲，我们什么也没做，他把手放进我的衣服里了，但是我拒绝了。”

“你没事吧？我现在就去医务室给你买药。你等我啊，你可千万不要有事啊。”

我听见雅木楠脚步跑远的声音。我对着她渐渐远去的背影，在心底默默地喊，慢点跑，晚一点回来。等我忘了这个世界，等我闭上眼睛，等我不省人事，等全世界与我无关。

下定一个决心，就仿佛埋下一尾深怨火种。你要守住这捧火种，不得掉以轻心。听见唤你的声音，也不许动弹。闭眼，抱紧双膝，就当他们不曾来。

她给你送药来。听她蹦跶跑跳的声响。

或头髻上方有你一直苦苦等待的，林缄宇的解释与呼叫。

你也不许起身。

等到他误以为你真的对他心境不起波澜，等到女孩小跑着回来，你笑着对她说你已平安。等到万事都仿若不曾起惊蛰。

你才可抬头。

2

很久之前，那个我很在乎的姑娘，舒琳娜，也曾决绝地把生命垂危的我孤单地遗弃在砂砾操场。

15岁那年，接近中考的夏季来临。

是日夏鸣，有声蝉鸣。四季更迭后，知了在树上吱吱叫不停，如同串联起的口哨音响，催促着即将上战的女子八百米长跑。枪声响起的那一下，所有聒噪都变得模糊不清陡然消失，我把所有的注意力都用在了脚下快速起跑的腿和配合协和的摆臂。6月三伏的最后一节体育课，我以我此生都没用过的最大努力，祈求中考体育可以考一个好的成绩。我用着最大的力气向前跑，就是在这时，我的胸口却突然一沉，心脏就像电动引擎一样不受我的控制开始高频率抖动起来。我把身子深深地低垂在操场的沙砾上，用微薄的力量支撑起向右抬高的手。娜娜跑在我的后面。她靠近我，接近我，又跑远于我，我感觉到了这贯穿始末毫无征兆的淡漠动作，有风吹过的颤抖。

我说，娜娜，给我药……

我是讲不清楚话的，就像被卷进了一个黑洞，我的所想，我想表达出来的话语，通通被投进一个无法抵达无法回声的黑色旋涡。那个黑暗的世界我仍记得是哪番模样，我在里面挣扎残喘，就像被投进了一个深渊，而有各种声音和气息，就像水一样倒灌我的口鼻，那一刻，似乎一秒的时间也可以想起整个年轮的事迹，我在那里，看见了娜娜淡漠的脸庞和鄙弃的神情。

面前的影像未像我想象般全部黑屏，半分钟，宛若整个年轮那般漫长，我被重新投回这个嘹亮的世界。一切就像是梦境，一场恐怖的，走向生死攸关的梦境。我慢慢恢复力量，微微把手抬起来，摸索着自己口袋里药瓶的位置。轻轻地把盖拧开，含了一粒进去。轻轻的，微微的，怕是再多施加一点力量，我的体能就会被耗尽。世界重新开始恢复光亮，一切又回到到原来的样子。我慢慢地抬起头，等待呼吸顺畅，抬头看了一眼舒琳娜，她带着淡漠而疏离的表情，就像我们之前横亘了千万座山。

在整个世界寂静无音，没人发现我的时刻。

在黑色旋涡里挣扎，低垂着微弱呼吸的我。

在离我最近的位置，可以听见我求救声的你。

在我即将生命垂危闭上眼睛的时刻。你可以救我。可是你没救我。

你为什么，不救我。

就像远远天边有被投掷下的希望的火种。我双手捧接，愿望它们一直闪亮。后来，火熄灭了。我不知那最初送你火种的人是谁，因此也无处诉寻火光熄灭之后你的失落无力感。或者我知晓那些明灭希望的来源者，却再也无法走近，再也无法触摸。身边的杂言碎语说，其实原本它就会在这指定时间失去燃光的。我偏不信，只因最初我接下这幻美灼烈的火光时，就设下它会与我同在的念局。失落。难过。绝望。这样的形容词全全不够直击心魔。

真正的心痛，是摧枯拉朽般拔光内心深处所有欲求，强烈迷失虚无感。却无物可依。无迹可寻。无途可归。

几年后，伤害我的姑娘，第二次，把我陷入这样垂危的境地。

我只有在她渐行渐远的步伐中，祈求她，跑得慢一点。慢一点。

阳光刚刚好，我抱着膝。低垂着脸颊。那是最卑微的一个姿势，没了信仰，我向万物俯首称臣，甘拜下风。

万事一念间，蹉跎岁月，原不过如此。

第七章　因由

1

我是如此嘴倔而心软的姑娘，在林缄宇向我发出生日会邀请的那个夜晚，我并没有睡好，在朦胧稀疏的月色下起身，偷偷取走了继父的储蓄卡。第二天，我踏上去往银行取款机的路，企图取出一大笔来自他银行卡里的份额。给我爱的男孩，买一份昂贵的生日礼物。

那天，我攥着刚刚从取款机里提出来的一大把钞票，没想到恰巧遇见徐扬。

“刘艺傲你哪里来这么多钱？” 她瞪着惊异的眼睛问我。

我整个人都慌了，疯了似的向远处跑。如果我当下滞留，我连谎言都编造不出。可我是虚荣的，我是要面子的，我经受不住别人瞧不起自己的眼神。

我在珠宝店，定制了一条透明的钻石项链。那是一条蒂芙尼（Tiffany）皇冠式样项链，链坠可以卸下来，戴于小拇指当戒指。更可在手颈多缠绕几圈，当作手链。蒂芙尼品牌响亮，做工真是精密细微。坠链螺旋形纹理，钻石多面切割，皇冠顶端耀眼的明珠以八爪镶嵌为工艺。银物精湛，动人。又迷你，剔透。可以在光的反射下闪出刺眼的亮，亦可被藏匿于蛋糕某松软糕体夹层之中，轻轻插在蛋糕里。藏起来。等待有心人无意发现。真是 super suprise。

林缄宇生日那天，他的课桌周围围聚了大批的人马，女生居多，男生也不少。他们的礼物一点一点摆满林缄宇的书桌，有女孩子送的粉红色布娃娃，有七彩八彩的鞋带，有书，有球鞋。

我被隔绝在人圈之外，手上尴尬地提着那块藏有钻石项链的蛋糕。

犹豫了好久，我也试图挤进他们的圈子，可是当我挤了进去，却看见了徐扬意味深长的目光。我尴尬地抱着那块蛋糕，不愿讲话。如何让林缄宇知道那里面有一条钻石项链。它太珍贵了，如果他没有发现，我又该怎么对着那么多人，大声告诉林缄宇，我给你买了一条钻石项链。他会质疑，会嘲讽，会问我哪里来这样多的钱。

在所有人的印象里，刘艺傲是最普通最平凡的模样，她怎会突然买来条钻石项链？

她们会笑话我的吧。她们会从此把我视为敌人。她们会从此警惕我来到这个有林缄宇的班级。 而我最怕的，并不是这些。我怕我最在意的那个人，根本没有把我的礼物放在心上。即使它那么昂贵，即使它花去不菲的金额。如果他一个眼神否定，我会颓然倒地。在那个从来没有告诉我“我喜欢你”的男孩面前，在那么多蜂拥围绕他的女孩面前，我的卑微如此明显。

最后，我想到一个折中的办法，我悄悄把蛋糕放在了他每天放学都会骑的电动车上。

那个载过我的电动车上。

我怕它会被盗，离开三班之前，我拍了一下金咸玉的后背，我指着窗外林缄宇电动车的位置上一块硕大的蛋糕，对她说：“喏，看见了吗？帮我看住它，别被盗。”

金咸玉诧异疑惑地回望我。铃声骤然响起，我没有那么多时间解释，匆匆离开。

梦魇结束于我把蛋糕安心地托付给金咸玉保管的瞬间。她是值得我信赖的姑娘，我相信她不会风言风语，更不会马虎大意，让它丢失。

林缄宇却在生日之后消失了。

他不来上课，电话也无人接听。我完全打听不到他的任何消息。似乎一瞬间，整个与他有交集的圈子都在有意回避提及他，气氛变得诡异且不正常。

2

林缄宇不来上学的后几天，妈妈找到我，略带商量口吻地对我说："傲傲，叔叔他有个妹妹，你叫姑姑好了，她平时一个人在市郊生活。市郊的落寞冷寂你也是知道的，她需要有人陪她说话。妈妈希望你每周定期去看看她，陪她说说话解解闷。好不好？"

我听从妈妈的话，去拜访那位神秘姑姑。

那是建在城郊一所半新半旧的双层宅子。外皮是褐色古木般的砖瓦墙泥，周围杂草丛生，没有人工修葺的野枝、烂窠、荒叶，疯了一般在地上蔓延，长成半个人身的高度，寂寥地矗立在宅子外围四侧。宅子在杂草的映衬下，倒显得有些突兀，却又有种落寞无援形单影只的意境。借以扶助的手栏杆有微积的灰尘在。整幢木梯破落颓败，走上去，三步一颤悠。发出吱吱咯咯的声响。

"姑姑……"

我的话语有初次见面的戒备感，加上最后那句连自己都未意识到的上扬的语气，我明白自己内心有微微的惧怕与怀疑。是当作任务一样的前来探访。是素未谋面的中年女人。是还未熟悉便要谈心问话的所谓亲戚。我有些尴尬，不知怎么继续。

"来，你坐。不要拘谨。"姑姑这样说。

屋子里侧。有香薰，有蚊帐。有分散寥落的纸张，零碎不规则地分布在带有檀香味的书桌上。书桌右端靠墙位置上，有很多草纸，翻来看，黑色隶书圆润墩胖的字眼，一笔一划。看来她是常常练字的。我心有异样感觉，但这感觉忽闪而逝。反倒是对这女人的惧怕与陌生感，渐渐被敬畏与景仰所取代。

两个人随意聊聊，不分主题。与姑姑畅谈很久，回程时候已经星月稀疏，独自走在回家的路上，却看见一群向我走来的少年，一种不祥的预感突兀袭来。

他们追赶到我走路的方向。我在寂静无人的大街上跑。身边疏影迷晃，几盏微微泛黄的路灯是唯一照明工具。我的心怦怦直跳，拼命地跑啊跑，警惕身后那些节奏变化分明的脚步声，甚至不敢回头去望。我拖着沉重的身躯和颤巍的步履，这样一直跑下去。气喘吁吁，筋疲力尽，虚脱乏力，筋骨麻木。

我躲进一个又一个屋子，终于在钻进小树林的一刹那，累得再没了力气。

他们的脚步声越来越密集了。如同鼓点。节奏沉然，愈加敦沉。

我眉心深锁，抽搐的神态不知已经扭曲成了何种曲度。该是极其丑陋且恐怖。

我的正对面，突然出现了一张让我熟悉的面孔。那是一个女孩的脸，阴柔而狡黠，半隐在树枝外一侧，向我望。我定睛，不敢相信自己的眼睛。她有着苹果脸，婴儿肥，夸张的眼线，以及潜意识下似曾相识的身形高度。

我抽出躲在口袋里的手，向她比划。我们隔着约 4 米远，没有墙壁，没有东西可依，我用手指在空气中腾空画字。我想说，救我。

她不动。不说话。不靠近。不挪半步。她甚至连眼睛都没有转。

她只是轻微地向树林内侧微微靠近。原本半露在外的脸，此刻只有 1/3 露与外沿。我再也看不清楚她。

1 秒。2 秒。3 秒。

那群少年追上我，蹂躏地在我腹部抨击乱拳，我忍住痛，不妥协。直到毫无防备的蛮力击中我的膝盖。膝跳反射。大腿下部向下弯曲，大腿以上骤然接受来自背部的重打。我轰然倒地，料想 3 分钟时长保持膝盖 45° 的姿态，关于尊严最后一丝的反抗挣扎，也荡然无存了。

我含着泪倒下去。不知道在倒地之前，自己就已是哭的，还是在倒下之后，眼泪才不争气地落下来。我听见了自己的声音顺着倒下的姿态遽然呼出，我急坠直下，声音扶摇直上。声音不大，但我自己听得见。

林缄宇。我叫。

我在小腹被踩踏到剧痛失声时，心里念念不忘他的名字。绝望的那刻，我多想让他听我的呼救，让他感知我的挣扎，让他的耳畔传来我瑟瑟发抖的嘶喊。可不可以让他在我最无助最脆弱的时候，来救救我。手机就在口袋里，快捷键 2 是林缄宇的号码，可是他真的就这样消失，我联系不到。

在我倒地的前一秒，树林丛中那个向我张望的女孩子，依旧默然。半分钟之后，她忽然跑开。那步履撞击地面声宛若一记尾音。她的脚步微慌，频率我却熟悉。

这么多年过去了，我的脑海依旧残存着午后阳光漫射天地的记忆碎片。

14 岁那年的春季，阳光以恰到好处的温暖肆意点触人们的小心绪，大片山茶堇花，竟然有褐红色。黄绿红交杂排列。分层远近陈列。风飘拂过，随着层层起浪。花楸树果实幽红诱人。芟夷杂草，嫁接新枝。向阳花散发眴焕璀璨的金黄。麦秸竹竿联第拔起，挺立而贲然。一切都平静而安详地存在着。远方的天湛蓝湛蓝的。目所及处尽是连接天与地的树木枝椏，天上的浮云静静飘过。

那是我们 14 岁那年在饥寒交迫颠沛流离下最真实的祈愿。

这所有带给我的感觉，就是这样的天地，这样的图景，它们会永恒地搁置在我今后的岁月。

所有的这一切变得声嘶力竭是在 15 岁的年华，中考逼近的那几日。

中考在望，同学们拼了命的学习，舒琳娜的成绩全班垫底，整个学校流传她与社会混混走得很近的消息。班主任下命断绝我们的交往。我不语，看着舒琳娜把写好的绝交书递给我，上面的字清晰可见：闹闹，不想影响你学习，你要加油。

她变了。她不再嬉笑着跑来找我上学，她不再要我去她家做客，她见到我甚至可以装作不认识我，她见我在操场倒地也如过客。

我一如往前，乖乖地做好老师留的作业，上课认真听讲记笔记，放学一个人静静地走回家。我平静的生活模式一如往前，谁也看不出那机械般的躯壳下虚空了的内心，唯一一次极端的表达，却也不过是在日记本里写下：傲傲。不要再和任何人产生联系，再也不要。

春天过去了，炎夏的中考也平静地结束的时候，那是我们 15 岁那年因物质现实被迫分割开的分岔路口。

那年，她送我到市重点中学的门口，眼睛默视林缄宇迟迟不动。

也许起源于一纸绝交书，也许起源于我决定戴上面具生存的那一刻，我再也不敢发自内心交朋友。然而只有我晓得，当夜晚降临，月光静静地倾泻下来，安抚着熟睡的人们时，我的荒凉与无助。那颗因憧憬而渐渐膨胀，最终不得不慢慢枯萎的心，无时无刻不在渴望着别人的介入。这种需求因为长期得不到满足而变得歇斯底里，正如我在班级里日益孤僻的性格和他们眼神里叫人陌生和不安的防备神情，我亦能察觉。

我与舒琳娜已经很久未见。

那个女孩的脚步微慌，频率我却熟悉。是谁小跑着为我送杯杯瘦肉粥。那年她的脚步声，也是如此。

我抱着被拳脚打踢的小腹，嘤嘤咽咽。我衣衫凌乱，头发如海藻。我向她呼救，默念她的名字。

舒琳娜。是你吧。

在最无助的时候，如信仰扎根在我心底的两个人，竟这样硬生生地从生活里幻灭。

天隅还没有展露出一点点的光，是清晨。手表的指针指向5点整。我从路边一个隐晦的小座椅上揉揉惺忪的睡眼，被揉的眼睛发出的阵痛使我明白我竟然在这里睡过去。可我睡得并不好，梦境一波又一波来袭，我无法理清这一切的逻辑因由，我的世界，就这样突然坠进我解释不透的无底深渊。

3

林缄宇消失了15天。

石子轻抛，在空中滑下一道美丽的抛物线。

石子石子，你告诉我，这15天里，他到底发生了什么。

而我，又是被谁这样陷害。

大雪茫茫。白鹭，鹭鸶，鹧鸪，都来拼汇。

他戴着一顶红色帽子，在微蜷的背影下走向远方。

他消失后的这几天，这是我不止一次梦见的画面。

赤道下雪。

赤道如何会下雪。

你是否在向着她行的方向张望。

北国雪光常常苍茫得如同万事凋敝。一派颓然。我看见他向我并未预料到的方向走去，一步一颤巍，那景象有我无法言说更无法解释的异点和奇怪。他为什么要向小镇的方向走去，为什么弯腰驼背，步履如此沉重。那个我一直探究挖掘的秘密，是不是正安然并自顾地在我眼前就地发生。可我没法看懂。

或命里注定不该出现在彼此生命里的那个人，也许是他。

我自知自己妄自菲薄地存活在这贵族学校的校园内，只是试图藏匿自己，并未伤害任何人，因此无理由证明我的出现对他而言是负担，是不可回避的错。反而他怪诞的言行和动作，叫人费解，因此徒生恐畏。

我变得越来越耿耿于怀，那个嵌在桌面上的字母Y，那个七零八碎的塔罗牌阵。那个代表不祥与灾难的大阿卡那牌。石子在天空中打旋又落下，在桌面上划出不同的聚落。圆滑的石子挤挤错错，多是从路边拾来的光滑鹅卵石，被抛掷，静止，落地成格局。每天早晨，我靠着他教给我的方式卜筮吉凶，并保持这习惯，如它已成我生命中某项必不可少的仪式。占卜方式并不正统，古老的游牧占卜模式，多随着消失的契丹族群一并失传。即使有被保留下来的寥寥凭照，也不足以完全重现史上石子占卜真实的轮廓。我好奇少年是否是契丹族或是蒙古游牧民族后裔。他的身世叫我着迷。

我们在这世间匆匆相逢，仓忙一瞥。又各自分离。其各中因由，我至今想不懂。猜不透。放不下。他是那样令人欢喜的一个人。冬末岁月，他着一身正装黑，悠悠不变的步调和语速，历久弥新地陪伴我了几时日的春秋。温温侃侃的话语，亦步亦趋地紧依相随，彼时他的存在如一阵淡雅却不起眼的风，那风并不急速也非寒面，如平流层里的大气层，是足以抵达触碰我身体周遭发肤的温暖晕润的光芒与氤霭。你再熟悉他不过了，却无法定义和明述他的存在。他说是相依相随的，却也是摇摆不定，不可捉摸的。试想平流层里艳阳明朗的宁和景象，于清醒和穹远之中，又看似蕴含了虚幻和疏离。他给我的感觉便是如此。彼时阳光依旧暖照，却因天光甚是平静而显得连暖都变得徒然假寐。

其实仅仅是从被双手紧攥的石子的温热里感受这特属于青少年时代的朦胧爱意，就已足矣。他的出现让我更信命，从此日夜过着占卜的生活，筹划着下一场灾难什么时候降临。

你开心吗，你有没有那么一丝后悔认识他，你为你更加警惕的生活姿态保持着拘谨保守的小妇主义，还是愿意骄傲睥睨地对他回应……喏，我不过是得到了一条更为神秘的，预知未来的捷径。

在我十多岁的尾巴上，自己爱过这样一个少年。他将我的人生转向，从此教会我如何惴惴不安，小心翼翼。

我将这习惯烙印于我的生活轨迹，伴随我整个人生的下半场。

最好的爱不是我记得你，而是我的生活方式，已经潜移默化地，为你颠覆了全局。

15 天之后，林缄宇重新回学校上学。他回到学校已是整个隆冬的最冷季，但正午仍有明媚的阳光把偌大的校园照得通体发亮。金咸玉不在，雅木楠正在筹备去北京上学的事情。高三在即，所有同学都已经到了预备状态。而这 15 天内，他，到底发生了什么。我一无所知。

我并未问及他的去处，他也不主动提起。

林缄宇是钢琴专业，小提琴特长。他不仅在音乐方面有所造诣，也喜爱篮球，运动起来亦十分活跃，十足的孩子形象，静下身又马上能投入在指定乐器上。我曾见他徜徉在钢琴乐声里沉溺陶醉的神情，亦见他修长的手指在提琴的拉弓上骨节突起，随节奏顿挫上下起伏。又因他皮肤白皙，脸廓锐利，身材高挑，这样无可挑剔的男生，成为我们高中的校草无可厚非。其煽动效果亦是可想而知。很久之前，我把这一切理清出头绪，也曾突然感觉很滑稽。原来在我生命里这些林林总总的女孩，却都是靠一个男生维系起来。

可在这些林林总总的女孩中，他予我的暧昧最多。林缄宇无数个夜里坚持尾随并守候在我身后。我不说破，他不道明。我们彼此保持20米的距离，刚刚好。朦胧含蓄的坚守，我已倍感深厚与荣耀。他一直在悄悄保护我。我不敢多求。

唯独在我最需要他的那一晚，他消失了。

人与人之间没有被设定好的救赎与施悯关系，只有恻隐心躲避羁绊破栏而逃，对生命脆弱渺小的本质最真实的呵照。毕竟在这庞大森然的世界之下，我们都是微茫虚与的生灵。他可感知我的疾苦，我的孤独，我的无助，我的阘懦。他是个善良的人。他日日不离的奉予，让我明白，假使我所笃定的慰藉与信念都不复可求，我还有他的施予。这施予与爱无关。全全依赖了他苍遒的博爱存活。

所以，我不怪他。

这天，他把我带到艺术楼。因为站在整个校园的最高处，有风从耳边呼啸而过。放学的少年少女们脱掉沉重的校服衫，说说笑笑地从校园门口走出去。密密麻麻的人潮向一个方向涌动，那个画面让我觉得好笑又孤寂。那么多人，彼此面对彼此的脸，说着相似的客套话，装载着同样容量的秘密。这是一个怎样的世界呢，是通体发黑，还是异常透明。他看不懂我眼神里的凄凉，却对我说他要走了，去另一个城市找老师，专攻音乐。艺考结束之后再回来。在高高的顶层弹琴，他像个调皮的小孩子一样对着窗外喊。

“你们听到了吗？”

他喊出去的一瞬间，我整颗心都跳到嗓子眼里，所有人都在低头忙着寻找脚下的路，脚踝相碰，四目相接，肩肘相迎，这整个校园全部的所有的人，都在我们脚下。他嘹亮的嗓音从高高的楼顶传出去，足可以震动半个校园。我瞪大眼睛，急急地关上窗子，埋下头试图隐藏自己的存在。吓得说——“你要干吗？”

他“咯咯咯”笑起来，完全不顾我惊慌失措的模样。

“你不觉得这种感觉特别好吗？在最高的地方，对整个世界的人说，你们听到了吗？这种感觉不是特别好吗？”

小城市走出去的艺考生压力颇大，而他并不是艺术附中的学生，我能体会他身上承担的压力种种，心里替他着急担心。他在琴键上肆意起伏的乐音可以传开，他们听到了吗？我只知道，这间琴房，是我第一天来到这个校园，他向外张望的那间。我不曾想过，这一天，我们也会并肩一起坐，在同一个地点，对着楼下所有的人张狂而毫无忌惮地笑。

他说，你弹琴吧，我听。

我说，我弹不好。

他说没事的，慢慢来。

他温暖的话语解冻我的尴尬和犹豫。偌大的琴房里只有一台钢琴，我生硬的手在上面来来去去，错了好多个音。我想起，很久之前他不顾众人的目光，霸道地把我叫上台的事端，想起雅木楠告诉我他抱她亲她，想起她说的大汗淋漓和把手探进她的衣。我一甩头，重重地放下琴盖，对他喊，我不弹了。

你不就是想笑话我吗？从过去，到现在。从那天你嘲讽我右手不会发力的那天，到后来你把雅木楠叫回家的那天。

你的心里，从来从来都没有我的存在，不是吗？

我决定在他离开的这个当口，孤注一掷地选择伤害。那正是报复的好机会。我们两个人独处一室。我放下琴盖，转过头来，轻蔑地对他说：“雅木楠去北京了，你不知道吗？”

他愣了一下。我想，他一定是不知道吧。我见他不说话，又抬高了音调，骄傲地对他说：“你以为你们的未来会是一样的吗？她要读政法类，你不过就是一个学音乐的男生。你觉得你是会成为帕格尼尼还是贝多芬？如果我也愿意低下头来求助我的爸爸。我也不在这个小城市待了。我早走了。”

话一出口，多个月的委屈和怨言顷刻发泄。我的眼里有泪涌出，但是我努力向上扬了扬头，叫它们无法流下来。

我的心坚硬如顽石。

——我曾经抱与重大期冀的男孩。此刻就在眼前。可他的心从不属于我，我还心软什么。

我转头向门外走，报复的快感在心底肆意流淌。

可是当我离开时，我却听见身后传来一阵低沉而悲哀的男声，那落寞和失望，顷刻就要把我的心融化。

“你是说，你也有离开的打算，是吗？”

我继续往前走，眼泪吧嗒吧嗒往下流。林缄宇，你竟也会在意我的离开？

“我要去北京了，你会去找我吗？”

他的声音在身后不近不远，不高不低，却充斥了哀伤和悲凉。

“我为什么要去找你？一直以来，我都摸不到你体内的情绪到底在哪里，我在你心里，根本没有半分的地位，不是吗？”我继续头也不回地往前走，脸上泪水纵横，像个花猫。

“可是你以为呢，你突然甩手不弹琴了，是因为你嫌弃我的要求，还是另有别的原因？你不觉得你自己太过善变了吗？我从来就未觉得我抓得住你。我感觉不到你的思维主线，可我想要感觉得到。我感觉不到你的情绪波动，可我想要感觉得到。你难道不知道这么久以来我都在为了了解你而努力吗？你感受不到吗？”

我骤然停住脚步，回头看他。再没了任何驳斥他的理由，一股暖流从头部灌顶，倾泻而下。

这个矫情的女生，从来没有在你口里得到过真正的肯定。

她只是敏感地觉得自己得到的温暖比别人的多，所以一再幻想，你是喜欢她的。

你的这句话。却猛地一下触碰了她心底里最最柔软的那道防线。

她会去找吗？她会的。

因为你永远不知道她是冒着多大的压力申请了艺术生。用半残废的右手在琴房尴尬地练琴。在众人睽睽之下配合你弹琴。在孤寂而落寞的岁月，守候着仅有的，可怜的，和你一起回家的夜晚。

我会去找你的。你要，等我。

4

“傲傲，吃饭啦。”

第二天早晨，妈妈的声音从餐桌方向不打折扣地传进耳朵，我从我的房间轻踱着步子走过去。餐桌上莫名多了好几道菜肴。继父坐在餐桌上，并未动筷。妈妈把最后一道菜端上餐桌，两只手在解围裙。继父拿着手中的筷子，笑着对我说：“今天的菜好丰盛，你要多吃点。”

妈妈向我的碗里夹菜 “怎么样？和姑姑谈得怎么样？和我们讲讲？”

我轻轻地，从口中说出了一个，令全家都诧异的两个字：“爸爸。”

一年前，林缄宇送我回家的那个夜晚之后的一个月。我去我的邮箱翻看是否有我的信件，意外地发现里面有一捧日本糖。小小的，袖珍的，迷你的日本糖。刚好可以投进到邮箱里去，里面大捧大捧的，大致一数，有 300 颗。我惊讶地捧着那些糖回家，把它们全部摊在了妈妈的床上。

我想，是我亲父，他一定还在哪个角落，默默地挂念着我的生活。

我生在小城市，长在小城市。此地经济发展不及大中城市，但又有自己独特的周转运行方式。城市繁华程度不及沿海开放城市，但已经甚于很多人口面积相当程度的小城市。这样的小城市，你说不出它哪里好，然而它确是如此的适居。生活节奏慢，因而城市居民生活步调稳健和缓，不会感到压力。这里是底层劳动人民为了谋得更高一级生活可间接踏下的起承阶梯。这里是偏远地区人民选择迁徙投资，风险最为低微的折中良方。这里是大城市人民受尽高步调城市压力散心、减压、避暑、旅行的胜地。这里如此尽善尽美。它是迫切想要改变自己生活现状的人们热血、辛劳、勤奋、希冀、圆梦的温床。大批外来人员未精确计算城市就业分配与迁徙人口数量比，就一时兴起，慕名而来。在此地渐渐筑窝，扎根，延续后代，适应这个白天静谧夜晚奢靡的小城市，成为它的一部分。底层劳动人民接纳小城市声色犬马的物质文明，渐渐被渗透此地经济不亚于大型城市的意识，失去向更高城市爬行奋斗的力量。大城市白领见它冬暖夏凉，有海有山，在沿海景致购下房产，成为城市固定拜访者。小城市因它独具风情的魅力，截留、培养、抚育大批本并不属于这个城市的人们。

从小镇搬进市区这么些年，我已经看惯了城市迁徙的现象。方圆百里尚且存在这样大规模的劳务输出活动，上至城市与城市之间，甚至国家与国家之间交换劳动力的场景，也不足为奇。日本是一个老龄化现象极其严重的国家，劳动力大量匮乏，近些年来小镇底层生活水平的农民，搬运工，建筑工，甚至刚刚成年的少年少女，纷纷投奔至日本打工，数量之多，规模之大，见怪不怪。

那些年，爸爸始终生活在社会的最底层，生活压力迫于他不断向上攀爬。我从心底猜测，爸爸是去了日本。他已经在这座小城市寻不到他得以生存的方式，辗转去了别地。只是我不知道他是以何种途径，依靠了怎样的人际关系，花费了多少钱，抑或是否用非正当途径悄悄潜去。这些年他过的怎样，语言不通的他要经历怎样的磨难和与人打交道的苦痛。而他，除了要经受必然的体力耗费，是否想过我们，想过这个家。

“爸爸”。

亲父走了之后，眼前这个男子来到我的家庭。他有着矫健的身躯，还有磁性的嗓音，这么长时间以来，却是我第一次亲昵地称呼他爸爸。自他到来之后，我的世界重新恢复了原来三口之家的模样。我跟随他，永远远离了小镇，也从此远离了那个日复一日替我背书包，送我皮蛋瘦肉粥的姑娘。

这两个字从我嘴里脱出口之后，我尴尬地半张着嘴，又不知道该怎么继续下去。我想对他说，请给我一笔学费，我要去北京和我喜欢的男孩一起学音乐。但是良心谴责我，我欠他已够多。在这之前，我从来没有叫过他爸爸，林缄宇生日那天我偷了他的银行卡，在上面输入了4个0，取出了一笔17岁的我，说出口都觉得颤栗的金额。我轻易地用偷窃的方式掠夺占用他辛苦打拼来的，属于他的东西。他，会原谅我吗？

两年就这样过去了。我心里始终对我的妈妈耿耿于怀。我独自存在在整个家，对我的新爸爸有着天然的疏离感。来自家庭里的安全感处于空缺状态，我又不是一个足够坚强独立的人。内心空虚匮乏的时候，只能向外界谋求安全感与精神需索。我的秘密，或许终会向我父亲倾诉。在我17岁这一年，有一个男孩代替他的位置，不断给我向前的动力。虽然，或许，他并不爱我。或许是因为那个梦境，那个广阔的湖面上我悄然飞过又重重摔落的梦境。醒来后我的温暖别无其他，只有他站在我身边说，别那样打她。是不是女孩的心都这么容易就被感动。偏偏少年如此像爸爸。他虐我，他叫我出丑，他让我无所适从，却又会在背后默默关注照看我。这都是爸爸曾给过我的爱的模式。我嗅到了这味道，感觉到相近的频率与香气，触摸到相同体魄的身躯。

可是我骗了他。

我不是艺考生，我申请艺术生，根本不是在准备艺考啊。那么他会原谅我吗？

或许我只是将弥补的爱兀自转移到毫不相干的男孩身上而不自知。

但我根本就无法做到忘记。

关于生、死、爱、家庭、信仰所有困顿。让你因为他某个引力的存在，而皆被一时间冷冻、驻停、贮藏、压抑、控制、放缓。仿佛一个处于精神压力崩溃边缘的病人兀自拾起一枚可以暂时麻痹神经的药丸。而这药丸可以给她虚幻的兴奋、刺激、圆满、解脱。药理作用是错觉。药效只是那人愿意给予她这感觉时，一瞬的须臾。

虽然，或许，他连给予都是无意。

脑海里又一次闪过几天前琴房里林缄宇在我背后低沉而又压抑的话语。我用右手狠狠地掐了自己大腿根一把，在痛苦的呻吟声还没来得及蹦出口的时候，想要说的话终于从唇边被空气摩擦得口齿清楚，音节分明：“爸爸，我想去北京继续学我的古筝。”他喝粥而俯身的动作戛然而止，猛然抬起头，皱了皱眉，但他很快就低下头去，没有再说什么。

良久，他用低沉的男音对我说，你想去就去吧，不管做什么，坚持做自己喜欢的想要的，就是好的。他的肯定意味着，我去学音乐的学费住宿费车费，还有请老师的费用。他都会为我出。

这个承载我厚重感情的小城市，是井，是海螺里的旋涡，是日暮隐匿于地表另一侧的红阳。是什么都好。此前的经历大可就此隐去。从此，日月齐辉，眼界追随朝日暮阳反复于地球环绕，爬遍全身的温暖触觉，不应仅仅是光亮。我与这个世界千千万万的生物无异，追逐日辉，向阳生长。

我踏上征程，坐上火车前往北京，去找林缄宇。

为着迷茫且并不自知的微薄信仰。这才是一场真正意义上的远途征役，长途跋涉。

5

列车在窗外呼啸而过，在变幻模糊的景物中枕着车轨的轰轰声，以几里一次浩荡的颠簸极速前行。我坐了长达 3 个小时的绿漆皮火车，在深夜到达目的地。学校极其偏僻，我把手上的地图翻来覆去仔细查看，才在地铁和出租并用下抵达去处。艺术校的女生们穿得花枝招展，整个大厅人声鼎沸，容不得我藏身的地方。我把所有行李通通打包进我的寝室，在学校的餐厅吃完晚饭，小道上徒步缓行，内心一点一点开心起来。身心逐渐沉没于自在和安宁中。

第二天，在学校安排好一切事宜后，我准备去主城区买些生活用品。学校距离主城区有一段距离。我走到附近的地铁站。

我坐着地铁几乎把整个北京城绕了个遍。为几个铜板就能享受到的短途环游沾沾自喜，好不得意。每停下一个随机站台，心里有下车的悸动，就随着心性下了。根本不考虑太多。这轻松惬意，不胜欣忭。我走过北京国际飞机场，路过 T3 航站楼，看到形形色色来往的旅客。金发绿眼的外国友人，埋头提箱的中国旅客。我从未见过这样繁杂欣然的情景，各路小火车纵横捭阖，在眼界下形成壮观的景面。我简直要看呆了。我来到故宫，途经回音壁，长城，圆明园。清华，北大。西土城，八里屯，公主坟。看着面前完整木质结构的建筑群，轻声自嘲，同样是木质，为何北京城的建筑就可以被保存得如此完好，没有腐臭与虫蛀。小镇里并不多数的老木房屋，经上好的松木建制而成，却早早殆坏朽蚀了。接着再次嘲笑自己，小镇岂能和帝都比。这里是几世帝王休憩共事之地，之所以重修再漆，是因为其中蕴含的典故事迹如星繁多，这事迹包括国疆山河，亦包括妃嫔争艳。某个地点，途经时空的高度凝聚，不随时间迁徙，不做空间革新。它就会成为万花筒般粲然的谜。帝都是这样，我的小城市，也该是这样。

我又前行，向着更多的名胜走去。徒步，偶尔换地铁乘坐。惺忪惬意。

比起周围任何一个人，或是近些年自己走过的路，曾经的迁徙都无法算得上是真正的迁徙。因它平移距离短暂，甚至连省界都未跨出。而在我贸然踏入一个大城市后，曾经的景点显得相形见绌。我明白，迁徙的含义，往往与颠覆自我以往生活惯例息息相关。带着属于另一个小城的人文特质，来到另一个小城，接受另一种环境的交流与熏陶。是固化性格分解、裂痛、重新组合、自行圆满的一个过程。

这是如梦的旅途——出发前炽热的念想，跋涉途中隐忍的戚微，抵达，安顿，最终一步，逗留此地，熟悉这偌大京城的每一寸每一地。为着梦想努力，最后扎根在这里。

庞大而完美的构想。

可我想不到，几分钟之后，一个人的突然现身，彻底让我的完美构想倾翻，甚至连并着我的价值观随之一起颠覆。

想要去主城区的时候，地铁 5 号线挤满了来往人群。我嘟囔着嘴：“唉，我说能不能不挤啊，这么赶着往前冲是要干吗啊……”我的下一句话已经在嘴边要冒出来——“赶着去投胎吗？” 可下一秒钟，一股莫名的力量就让我噎住了喉咙，我半个字也吐不出。

在地铁里，我看见了自己终日惦念却陌生了几个月的背影。

“林缄宇？”在两秒钟的确认过后，我疯子一般地开始挤地铁。

6

我从来没有尾随过一个人——

静静地在他身后走，悄悄地躲避每个他会转头的瞬间，屏住呼吸，蹑手蹑脚。直到到达他所到达的那个地点。

轻轻走到他的面前，说，呐，好巧。

忽略头上因为跟随他而渗出的细细汗珠。

收拾好因为匆忙或是小跑而凌乱的衣衫，带着一贯的，温暖的笑容。

“呐，好久不见。”

迎面而来的会是少年一贯的好看的笑吧，还有他身上扑鼻而来的香。设想好的相遇就是这样子的，或许还会多加一个大大的拥抱。

我如愿以偿地挤进了地铁，却悄悄地选择了离他最远的一个位置。有些紧张，有些尴尬，手心里渗出了汗。兴奋和紧张在狭窄的心房里呼之欲出。

林缄宇啊，好久不见。只是，该怎么打招呼呢。告诉他，别生气了，那句话是无心说的，帕格尼尼再优秀，那也不是林缄宇。告诉他，不管他的未来怎么样，我都一直支持他。地铁人多嘈杂，不知道该怎么挤过去再说这些细腻的言语。那么就等他下车，再一同下车。选择一个安静的小地方，道个歉吧。

我的离奇乖僻，离经叛道，要留给身边人怎样的难题，我不知晓。我只知道，自己体内总是有一只企图控制全局的猛兽。我时刻受它的控制，它一声喝令，攻击。我便毫不留情地就这样出击，对着自己在乎或不在乎，相识或不相识，熟悉或根本就是陌生的人，给予言语和行为上的严重打击。这一切的趋势在父亲离去之后变得尤为强烈。

所以，那天在琴房里，对他的伤害和攻击，我尤其记在心里。

地铁外呼呼的风声在耳边呼啸而过。接着，车轻微地颠簸了一下。

到站。面前的少年下了车，我尾随了过去。该怎样去做是设想好的，所以只要照着脑海里的情景照做就可以。

——不会出错吧。

走出地铁口的时候，我特别好奇。灯市口站，这是一个小站，并不繁华的模样。

好比黄土高原是落拓凝重的沙质厚层，踩在上面黄土迸溅飞舞，都不觉有何过分。再比如小镇，稀泥碎石铺就的旷地，怎样拖拉邋遢行进都不被觉唐突。更比如小城石灰质面的路道巷街，不干净，不脏乱，恰如其分的步履行在恰到好处的街巷，刚刚好。但北京城不是如此的。硕大的北京城如多水的江南，温柔地存于我心。我所踏的每一步，都极甚小心，就如沥漆的道路也是易碎的玻璃。

北京城的各街小巷都由坚实的混凝土沥漆筑建，唯有老胡同四合院前的甬道土尘掺夹。那条小路，踩在其上，敦实厚重。

他穿过了很多条小道，最后走进了一条狭窄拥挤的小胡同。北京东城区的小胡同不计其数，但多数是人家。这个小胡同，前看不见头，后可见尾，但是尾部并没有什么特殊的地方。这不是一条卖东西的胡同，也不是住人家的地方。对面有一所高中，学生们正在起劲儿地打篮球。他就坐在石墩上，不动弹了。

一切突然变得好安静，我在小胡同的末尾，骑虎难下。向前走过去吧，问问他自从从高中退学来音乐学院找老师，过得都可好。可是他呆呆地望向一侧，就像是在等什么人。向后退吧，可是自己好不容易跟踪他走了这么远，又不忍调头返回。我在逆向的阳光下思来想去了好几分钟，就在最后打定主意走过去的时候。

他站起来了。

他站起来了，那动作就像是要迎接什么人。然后，紧接着，他的对面走过来一个女孩。穿着类似运动服但比运动服要好看的衣服。是校服吧。可是连校服都那么好看呢。我擦擦眼睛，想看看那个女孩长什么模样。

在下一刻，我呆了。那个女孩有着极其完美的肤质和侧脸，是雅木楠。

半年没见，雅木楠在新的学校留起了长发，梳上了马尾。

转学到北京的雅木楠变美了。我更尴尬了，不知道该怎么做。只好用大大的眼睛眨巴眨巴地看着眼前的一切。林缄宇靠近她，第一个动作，就是用大大的手臂把她抱住。他甚至企图要给她来一个公主抱，只是他太瘦了，抱不起有些小胖的雅木楠。他放弃了。

我松了一口气，可是紧接着，我看见了我这辈子都不愿意看见的画面。

侧头上扬 45° 的角度，雅木楠的唇透过从西面射来的阳光，被林缄宇的唇紧紧地包裹住。

1 秒，2 秒，3 秒。前 3 秒我没有反应过来。在第四秒，乃至接下来的一分钟——他们长达一分钟的接吻时光。

我蹲下身，用自己的臂把自己紧紧抱住，泪流成河。

她不算很美。不算很巧。不灵不动人不瘦削不高挑。她太普通了。只是家境略略好些，懂得打扮，又自得其乐地活在自己的小世界里，生活的所有重心都集中在林缄宇一个人身上。可他爱她。这已经足可以颠覆我所有对她中肯平庸素凡的定义了。灰姑娘也许很普通，但身边有王子陪伴，依然可以很耀人。

我往回逃。疯了一般地往回跑，在返程的地铁里号啕大哭。第一次，我知道原来哭的时候双肩颤抖哭到抽搐苦到呕吐，不是电视里的场景，是真实存在的。

眼睛吧嗒吧嗒地掉泪，眼前的世界没有一刻是清晰的。我的手机被我的泪水淹没了，键盘上浮着一层水渍。

我用被泪水模糊的手机给林缄宇发信息。我说，我看见你了呢。你一点也没变。嘻嘻。

我不知道我发出去的字有没有因为我泪眼模糊打错字。但是我还是那样发出去了。

我努力克制住自己的情绪，装出一副镇定的，什么也没看见的样子。做回我们的好朋友吧，我的期冀，我的企盼，就当是场过场戏。

半刻钟，他回复了。

“嗯。我刚才也看见你了。”

我的世界天旋地转。就像有一只手，强硬地塞入我的胸膛，继而拔出我的五脏六腑。心脏是空的，体腔里的一切都是空的。

什么也没有了。

第八章　颓败

1

我提着带来的行李，统统打包回去。重新回到学校。

隆冬即将离开的学校，暮色浸染的大地，夕阳余晖为校园建筑镀成阴郁的灰黑色。时有跳跃的金黄光芒，为它增添古铜色韵格。久有时日不见的校园，似乎随着年岁的流逝增长了年纪，愈加苦闷阴沉，没有了那些盛大与繁华，一影一物都显得单调。

我惯性使然地又一次去了三班。照例，我坐在了原本属于林缄宇的课桌的前面。因为他还未正式退学，他的书稀稀疏疏地零散在桌面上，没人帮他收拾。那个显眼的“Y”字还是那么明显。我已经好久都没有来这个位置。自从雅木楠在布满阳光的篮球场告诉我林缄宇企图用手伸进衣服摸她的这个事实。 我心里就出现不知道该怎么形容的情绪。自己内心对待少年的感情是哪一类，现在开始渐渐知晓。这个与我一样隐匿自己的陌生人，我却总幻想与他独自享有最私密的空间与时光。

这种迫切并且不实际的要求，本质源于自己太过鄙弃自己的家。尚未安顿好自我私事的人，如何投射给外界自己纯良安顺的讯息。

他们说我自从回来，眼神总是处于呆滞的游离状态。像是缺失了某项类似指引的光。

我知道我再无希望。

春季来了。这是个适合读书的好季节。生活开始变得乏味，平淡无奇。我过得简单并抽离。常常于三点一线里穿梭反复，琴房，教室，回家途中。固守着枷锁般的路途行迹，像是故意以此惩罚自己。每日定着与早鸟鸣啾相同时间点的闹钟，在疲惫困倦中努力支撑自己完成八节课的听讲任务，在自习课的时候疲惫睡去。在下课铃的刺耳声中迷糊醒来，回家路上路过街边商摊，买小巧精致的工艺品，装饰物，带回家放在桌脚。这是我枯燥无味生活里，唯一的乐趣。

除此之外，剩下的唯一企盼，便是在梦境里找寻他。现实里不敢做，不能做的事，在梦境里统统可被大脑变为实现。

比如，拥抱。

比如，听他对我说心里话。

比如，在空旷的琴房听他弹琴。

我会常常想起他。

高三已至，大批量考生外迁寻出路。在人烟逐渐稀少，寂寥，空旷的校园里。我常常又习惯性地做出寻找的程序动作。只是姿态的预兆刚开始，内心里理智的否决就出现。我明白他已不在了。而我因想念，因不甘而臆造出来的少年，时时处处将我魂牵梦萦，这样的体味让我徒增烦恼，分裂膨胀，抓狂耽第于过去的种种场景。心力交瘁。这种感觉真的很不好。

什么感觉呢？这种感觉就像他死了。

他死了。可你明白他并没有真的从这个世界消亡。他只是在你浩瀚如梦的悠长希冀里，在你翘首企盼的漫长时光里，在你惴惴不安渴求最后答案的幻境末端里。平白无故忽而无踪的，死了。

我的感性接纳不了。我无法面对空旷冷漠的校园里，再也找不到他的影子。

可我知道。他好好地活着呢。在另一个城市，和他心爱的姑娘。幸福地，满足地，甜蜜地，一步一个脚印，有质感地在那片土地留下苍茫有力的，生存印记。

他死在你走向末路的爱情里。他无恙地活在另一个女生青春年少的小时光里。

你怎么接受得了？

我抱头痛哭。在楼道。在琴房。在大树下。在食堂里。每一个有过他足迹，亦存留我记忆的地点。现在那些地点不再一片寂然。它们全全留有我的眼泪。

我的眼泪。我的绝望。我深深的祭奠。我的爱。

我就这样再一次鼓起勇气走进琴房。看见了窗口扉侧舞蹈教室里的徐扬。她迈着轻盈的舞步，踮脚，旋转，摆臂，侧身。在 180° 优美侧翻之后，她望见了我。

徐扬走过来，喝过我递给她的水，在我耳边轻轻地嬉笑："刘艺傲啊，来啦。"

"嗯，来练钢琴。"

"你帮我看下东西，我去趟洗手间。" 她把她的手机和钱包放在我面前，小跑着离开，舞鞋都忘记脱。

她放在一旁的手机，几秒钟之后，突然有短信发入。发件人姓名，在密密麻麻的小字串下映进我的眼，刺痛了我一直深深在意敏感打颤的灵魂点。那个名字是林缄宇。 我的整颗心都颤抖了，良心驱使又不敢点开。过了许久她都没回来，我的手罪恶地、颤颤巍巍地打开收件箱。

"我是真的喜欢。" 是林缄宇的回复。

我又着急地去看收件箱，想知道徐扬发了什么。却听见徐扬脚步临近的声音。匆匆放下手机。惶恐自己偷窥的行径有伤害于她，可又想起林缄宇对她说话的腔调。不知道她在背对于我的时候，已和他私密联系多少回。

自他走后，有关他的流言和传闻并没有消匿，相反，它们如火焰一样，越煽动，架势越生猛。

"林缄宇分手之后仍忘不掉初恋女友。" "林缄宇的初恋女友不是雅木楠。" "林缄宇喜欢雅木楠 。" "林缄宇和雅木楠亲亲我我的样子让人们觉得他们真是绝配。" "林缄宇周围的女生太多，喜欢谁是个谜。"

而今我看到林缄宇回复给徐扬的短信，终于明白为什么雅木楠要在小纸条里把她骂成那样。林缄宇的初恋女友是徐扬。原来我们早已随着我意识得到或者意识不到的时间里，渐渐走远了。

这不是曾经自己最害怕的事情么?

那种怕，就像我在深海里被浪头拍击，猛一股潮水又把我淹没，我在这样间或起伏的过程里，看见日星月夜，看见整个尘世，看见我最在乎的人们最后一眼。

塌陷。下坠。掉落。沉堕。粉身碎骨。

这是我无数幻想过的，与他分裂分离的场景。

还好曾经它们都未成真。

还好它们现在真的来临。

很多天过去，我不再想起他便有恨。我不再梦见他就觉得欢喜得不像自己。所有大悲大喜，大起大落，终于被某些淡定温暖的情愫收纳装裱。我要陷下去了。我要在深海里陷下去了。可这一次，我连不舍都没有。他已经被这校园密密麻麻的言论包裹得密不透风，如果我继续缠他不放，他会陷进这舆论制造的巨井。我庆幸我抽身及时，我要放他走了。我必须要放他走了。

如果这样他可以幸福的话。

2

我开始频繁出入艺术楼。

只练习钢琴，并不触碰古筝。

我的右手永远保持在了一开始弹古筝就僵硬的状态。这怪病在遇见林缄宇后开始慢慢好转，却在我回学校之后不断恶化。

我次次出入学校的艺术楼。有时是在闲暇的周末，校园里一片冷清，举目四望，没有几个正在行走的学生。清亮而荒凉的校园只有寥寥落落几个人。我便是其中一个。更多的时候，我会在妈妈已经熟睡的夜晚，悄悄溜出房门，带好家门钥匙。在凋敝凄寒的夜里与星光同行。下过雨的夜晚，天空是微亮的，头上因此有灼耀的繁星闪烁以赠我微光。阴沉死寂的夜也不要紧。盲目的黑反而给整个路途带来亦步亦趋仍须探进的神秘感。我是不怕的。只因为我心里有着比执念还要魔怔疯狂的期待。我似乎笃定我踏进艺术楼的每一瞬，他都会在梦里随我而至。我愿望他潜入梦境，为此即便多危险也乐此不疲。

我在入校第一天便喜欢他，高一被他耻辱叫上台表演，被他载着送回家，听他唯一一次讲给我心里话，为他占卜，又被他倒教石子占卜，成为习惯。高二得知雅木楠与他在一起的消息，在数个夜里掩着被角哭泣。高二冬至，悄悄偷钱为他买坠链，偷放在他的电动车上。第二天意外收到雅木楠与他亲吻的消息，在操场难受到昏厥。高三他要走，把我带到琴房，我于心不忍，随他来到北京，却不想亲眼见他与雅木楠亲密。

第一次见他如小鹿眼睛般黑亮的瞳孔。不畏惧，不躲避。第一次说话，他温侃又不失诙谐的声音频率。第一个一起回家的夜晚，第一个被依靠，被青睐的拥抱。第一次见他流出泪来。第一句响亮的，你会去找我吗。他是许我梦与期冀的少年。南无乔木，古巷锣声。他张开玻璃窗一角的那一天，他不知道我就这样爱上他。覆水难收。

起落，波折，百转千回，却逃不掉的命运。

不是放不下。是不忍放下。心里一直有一根弦紧绷，为探究他那些奇怪的举止和心理而紧绷的弦。即使揭开那层真相的一刻，我明白他并不喜欢我。但我总该要明白，那所有一切的因由，到底是为何。

即使我没有在林缄宇的生命里留下痕迹，他却真真实实地在我的生命里留下了痕迹。

这痕迹是幻灭的，具有毁灭性的。

我在回程的多个夜晚，辗转反侧，难以入睡，脑海里尽是林缄宇亲吻雅木楠的画面。睡不着，就坐起来。可是即使坐起来，也会坐立难安，索性拿起一盒烟，黑灯瞎火里穿上衣服，带上钥匙和书包悄悄溜出家门去，在网吧，在 KTV，在酒吧，在迪厅。一坐就是一晚上。我慵惰的生活方式激怒了母亲。母女的关系一度恶化，常常恶语相向。

我和妈妈进入互相压制与臣服的恶性循环。然而她是无法管住我的。她在我日复一日的昏迷生活里，渐渐失去了对我的信心。最后索性不再管我。我在这近似自残的行径下得到报复的快感，借以为爸爸不明不白的离去申冤，在她每日愈增的皱纹和愈加花白的头发下，仇恨以更畸怪的方式幻化、变形、孳乳，外形下的丑陋、恶毒、衰败，比起心底的恶魔相形见绌。

我竟然重新遇见了舒琳娜。

她在迪厅领舞，下来的时候看见我，大呼我的名字。当我反应过来的时候，才在胭脂红眼影绿的浓妆里看出她的模样。她拍了拍我的肩膀，“好久不见”。

“娜娜，你怎么会在这里出现？你在这里上班吗？”

“对啊。你呢？你现在家住哪里？”她脚上的一双细碎装饰鞋叮当作响。

时隔两年，我们相遇，却不曾想我是以现在这副模样。

不可否认，这些被称为顽固放浪，不思进取的孩子，却比那些被禁锢在校园铁壁栏锁内的孩子，更加早早步入社会。她并没有从我的眼睛里读到失落和绝望。

我喝很多很多的酒，舒琳娜就在我的一边陪我喝。

我一边喝一边哭，稀里糊涂地不知道自己在说什么。

我对她说，娜娜啊，为什么我就找不到一个让我觉得特殊的男孩呢。舒琳娜在一边狂笑，调侃地说，怎么两年不见变得这么矫情啊。

她接着说：“上高中上傻了吧？现在这个社会，谁特殊啊？”

喝到深处，怀念爸爸。想起他当初嗜酒时的疯狂，竟然渐渐理解并原谅。酒精真的有麻痹大脑的作用，尤其对待心底抹不去的伤，硬生生搁浅在心底，不如暂时遗忘。我甚至想念他的暴力和发泄，他所带给我的动荡和恐惧。如果他未消失，或者我不会来到这所学校，认识这个叫我难过的男孩。可他若不消失，我若不认识这个让我癫狂的男孩，我又怎么可能在酒醉里将他原谅。

人生似乎是一场持久的逆命题。没有答案。

我明白自己终究会走，只是走的时日，去向哪里，我还未可知。但是我时时刻刻在为离开做打算。向着更远的地方去走，有多远，走多远。

再见，林缄宇。

3

大半年过去，初夏的阳光渐渐笼罩，校园的学生们脱去毛衣，换上短衫。

某个阳光明媚的下午，我在琴房胡乱地翻着一页页的五线谱，用别扭的手法和让人忍俊不禁的节奏弹奏时，一个瘦瘦的男孩走了进来。我并没有在意。他瞥了一眼我手上的谱子，不屑地说：“还在练巴赫三部创意曲啊？赋格弹过么？”

他坐在我旁边的位置，打开琴盖，熟练地练习起《柴可夫斯基创意曲》，我走到他旁边，他并没有抬起头看看我，沉醉的姿态亦如另一个林缄宇。对于眼前这个陌生的男孩，我突然感兴趣起来。

“嘿？”我叫他。

“你和别人打招呼就是叫‘嘿’吗？”他停下，抬起头看我。

“我想和你学曲子。”我努力微笑着，希望不会因此打扰到他的正常练习。

阳光透过窗子，稀稀疏疏地在钢琴上留下几抹小影子。他接过我手里的谱子，每一张都仔细看过。半晌，他抬起头。

“其实曲子都蛮简单的，我考级的时候都用到，只是这首《Secret》有点不熟……所以我要是想教你，还要重新学，不如我先把会的教给你，不会的你自己再找老师学吧。”

我缄默不语，只是低着头对他露出牙龈，天真地咧开嘴一笑。

“好噢，那你就从最简单的教起吧。”

他一下子就吸引住了我的视线，如一道鲜艳明灭的风景线。我从他的侧脸望去，他很瘦，很高，就像是另一个未成熟的林缄宇。这让我产生一种错觉，以为坐在我旁边的是林缄宇。那个我因为骄傲而拒绝他教我钢琴的事端，其实一直以来都是我难以放下的悔事。

“发什么呆？”他突然停下手中的动作，转过头来，盯着我的眼睛。

“啊……没什么。”不知道是责怪自己的突兀，还是被他的突然转头吓了一跳。我刻意躲过他投掷过来的目光，心怦怦直跳。

“换一首新的吧，这个？”

我尴尬地挪着身子去看，看到是更加复杂的五线谱，心里更慌了。从小到大学民乐的我，对五线谱的识谱能力很差。试着弹了一小段，就再也坚持不下去了。

“你学得真的好快呀，只是识谱太慢。你不是学西洋乐器的吧？不然五线谱敏感度怎么这么低。”

我尴尬地吐着舌头。我只对简谱敏感，现场识谱，那不知道对我来说是多么大的压力。不然，在那个林缄宇叫我上台和他弹琴的时间点，我怎么会紧张得一塌糊涂。

“那么以后我就带着你练琴吧，好吗？”身边的男孩在浅笑，我欣然地点点头。有一瞬间，恍若隔世，他有着稀疏的小胡子，稚嫩的，叫人无可挑剔的脸庞。我问自己，如果我晚几年出生，是不是我爱上的，就不是林缄宇，而是面前的这个少年。

“……你多大啦？”我装作无意地问他。

“刚过16岁生日。”他回答的时候没有抬头看我，却低头在摆弄着手机，像是发了很长一段信息给某个人。

“对了，我叫林咸喻。”他停下手中的动作，抬起头，对我露出好看一笑。

我想要离开，却被他叫住。他继续保持微笑，露出好看的牙齿。“你有没有去过小城郊区的海边？要是你下了课没什么事，可不可以陪我一起去？”

4

我们搭车几十分钟，来到有海的沙滩。

我动身时，不停反问自己为何会随他来。或许唯一的原因便是，他与林缄宇太过相像。我禁不住，便情难自控。

海风萧瑟。远处的天，尚未完全褪去的夕阳留下最后一抹调皮的余晖。小城市的海岸线全长 126.4 千米，沿海渔民世世代代以打鱼为生，最多的时候有 4000 多条渔船，一年捕捞量超过 5 万吨。不远处有几艘大型货船远洋返程，捆捆麻袋缠束成群的鱼、蟹、虾、蛰皮、海蛎、紫菜、贝壳。新鲜凛冽，冒着从遥远云风里传来的海腥味。尖头船锋在镜状的海面敲碎浑浊的蓝，层层絮状云朵般的白沫，像擀饺子皮一样叠起累积，攒成聚集的一坨，又舒匀放缓。远远看去，它们在激流湍急的外围打着饱满均和的卷，氪微隐去。这里每年鱼虾产量小有收成。海带与贝类日益均增。海色是可被排名数一数二的清洁颜色。海鸟低掠擦过海面，撩拨起与身体形状大小一般，扬洒激越的水花。这水花与渐暗渐缓的暮色合拍成悠扬的水墨画。船长把船列列停驻码头，严严巍峨，是海平地界线护卫忠诚的士兵。

这便是濒临渤海小城的福祉。大海，这陆地的天，这深入内地城市的居民无法时刻大饱眼福的景致，在小城市，就像路边公园街边绿树一般稀松平常。耳边汐来潮往凉风习习的动响，因为从小体会到大，不觉得有什么特别。

不远处有穿相同紫色队服的学生，走着方正的步履，喊着嘹亮而整齐的口号。围聚他们的有他们自行带来的矿泉水、面包、书包和衣物。看起来像是一次集体旅行，但透过巨大横批上威武霸气的条幅字眼，就明白他们并不是来旅行，更像是在排演一次展习。其中有个姑娘，似乎因为崴脚，静坐在一旁，向我们的方向投来目光。

“他们是哪个学校的？” 我问身边的男孩。

“我不清楚。”他摇摇头，躲过我质询的目光。

我不再问。见他在一旁搭帐篷。

赤色的太阳，橙光尽头与金色霁云端末相接的高楼大厦。黄色旗帘招摇摆动。绿茸茸散发清新息泽的草木时代，青翠鹏辉的高大乔木毗接蓝钴般耀眼灼目的旷远碧天。葡萄紫的队服连接成一片璀璨神秘的波潮暗涌。七彩俱全，绚烂夺目。已经不是眼睛高分辨的像素可以应暇承接的繁荣景光了。

总觉得有些场景似曾相识。

比如队服。

比如眼前这个与林缄宇微像的男孩。

比如他迅速抽离开的神情。

比起那些欢声笑语里有事可做的孩子，我们的冷寂无着似乎显得极不合群。一时间我甚至责问起自己这样轻浮盲目地随他来这里搭帐篷、吹海风，动机是什么。

我静坐在他的旁边。闻着他身上好闻的清香。是洗衣液或沐浴露的味道，总之，很好闻。耳边有浪潮阵阵拍打海滩的声音。仅仅一层薄帘之隔的帐篷被海风吹得呼啦作响。海的那一隅是山崖。山嵚崟嵳然，挟带咸湿盐沙的海风从东边裹面而来，细碎的沙粒如锋利的小刀刺肤割面，把我们彼此的脸都蹂躏成了紫赭色。不久我便哈气连天，他脱下衣物给我披。远处的彤云隐退在山巅下，匿藏着不再现身。我们一路走过来，留下虚与委蛇的鞋足印，在沙滩上变得杳渺空无，帐篷里没有可枕的东西，我们头下是被帐篷隔绝的溽热沙土。头部因此不觉得生痛。只是偶尔有细碎的小石子硌得头皮一阵轻微刺痛。

在这朦朦微妙的氛围里，他转头背对我，是不想让我察觉他已很明显的靦颜，我亦装作精神委顿的样子，草草躺下。他的呼吸声在我身边渐渐抽吐分明，他用臂膀环住我，我的胸口一阵痉挛，在感受他的狎昵渐渐肆意靠拢的时候，在这芜秽无人的大漠沙烟下，我听他熨帖的话语响起：“你，冷吗？”

这话过后，他就再也没做什么。因为那臂膀余温够多，我并不感觉寒冷。

身边的男孩渐渐睡着。

我一点睡意都没有，潜出帐篷，一个人静静在海岸线行走。这里人多眼杂，我孤身一个女孩子，夜不归宿，和一个男孩在这里搭帐篷，一旦传言出去，我还怎样在校园里存活。

我拿出手机，给金咸玉拨个电话，要她来。

她住在学生宿舍，我知道她出行并不方便。可是除了金咸玉，我想我找不到第二个叫我完全信赖的姑娘了。

可以完全不涉足我和林缄宇的琐事的姑娘，安安静静脱世超俗的姑娘。我把我有心脏病的心事对她讲，我把对爸爸的怀恋对她讲，我要她帮我守住那夜的蛋糕。从来，她都是那么让人心安的姑娘。

5

男孩醒了。

我拉住金咸玉的手，向她介绍林咸喻给她认识。

男孩惊住，一句话也不说。

他望向她的眼神，疏离，幽微，以一种不可自制的深沉抵达悠远之境，如穿过蛮山旷野下黑黢黢隧道的有轨车体，经历昏暗，深彻，拘泥，覆灭，浮靡百转形式的刁钻，最后映跃白日光天下，是一副凛然铁臂钢身的姿貌。他的眼神趋于耿直阔达，身子却微微颤栗，我甚至轻闻他抽咽了一次喉结，发出低沉生闷的玄响，却紧闭双唇，把唇部的毛细血丝勒绷得毫无红意，并不发声。他的眼部呈现出凹陷的轮廓，我知道，他在注视着她，以悠长，绵久，笃定的姿态。似乎他们之间，已有微妙孳茂的通道联结，不需要我这个外足人插脚。

是我未曾想过的尴尬。

一向沉默的金咸玉变得强势并粗暴，她拽着我的手兀自向外走，在星光闪烁扶疏树影下，与我搭乘一辆车离开。她说，你知道吗？我已经很久没有和舒琳娜联系了，最近突然知道她在一家酒吧打工，就在我们学校不远，我偷偷逃出学校，不仅是见你，也是因为她。

她把我带进那家酒吧，那家其实我早已经知道舒琳娜存在的酒吧。舒琳娜已经趴在酒吧桌台上喝多，意外的是，徐扬竟然也在。

我恢复了昔日和小镇里的朋友频繁联系的时段。我仿佛又闻到夏日我们在青草丛附近捉鱼的清香，有爆裂的山楂果子不断从树上蹦跃脱落。娜娜提着皮蛋瘦肉粥，咸玉冲我们挥舞手臂。只是有些场景似乎已经渐行渐远，有些气味与记忆，与现实里污浊喧闹的酒吧氛围排斥并错位。

但我依旧高兴。她们仍是她们。

酒精的作用涌向大脑，模糊中又想起 15 岁那年，某个校长聚集同学们在操场上开大会的日子，那天是应班主任的命令，我和舒琳娜绝交的第 30 天。我很清楚地记得那片天，就是在我转过头去望她的那片天。灰蒙蒙的，没有鸟儿飞过。与此同时，我在距离她 1 米处看见了班主任的身影。我没敢多说什么。她也不敢多说什么。因为绝交是班主任下达的命令，每一个过于亲密的细节，都是她严厉禁止的场面。而我整整 30 天没有和她说过一句话，她亦如此。

不知道是巧合还是捉弄，那场大会持续的时间特别长，我清晰地听见她在我背后每一次的呼吸，还有她脚底每一次因为摩擦沙砾而带来的震动感。后来，大会结束了，同学们一个一个搬着板凳排好队回班。我向后看，她已经走了。

她脚下的那个圈，被她磨得十分光滑，但还是可以辨别出，她留下了两个字。

“沉默。”

老师们说我锋芒毕露。所以无论如何也要把我的光芒遮盖成荫，把我的棱角磨砺圆润。班主任以为把我身边的朋友圈清理成她想要的模样，是为守护我。而她们私下里和娜娜说了什么，我并不知道。

徐扬走过来问我：“这段日子你怎么了？天天趴在桌子上连动都不

动。无精打采的。你怎么了啊？”

“我看见林缄宇和雅木楠搂抱接吻了。”

“这就是你从北京回来的全部原因？”

“我去的全部原因是什么，我回来的全部原因也是什么。都是因为同一个人。”时到今日，我喜欢林缄宇的事实，再也不必对她隐瞒，那天她偶遇我在取款机取钱，如果我没有躲避，经受她的冷嘲热讽，我早早被她打醒，或许不会是现在这样的结局。

“就因为他？就你这样，你能有什么出息？真不像是原来的你。你可真让我失望！”她骂我。

我扬起她放在酒吧台上的手机，对她嚎叫：“收起你的真知灼见！你以他初恋女友的名义，仗着他对你的喜欢，就这样教训我，有意义吗？”

“他……对我的喜欢？你看我信息了？”她皱了皱眉，却很淡定地拿起刚刚放在一旁的酒水，呷了一口，并不慌乱。

“对，我看见林缄宇说他是真的喜欢，真的喜欢你，不是么？”

她淡定地用手拨回那天的短信发件箱，让我看到清晰的，她发给林缄宇的一句话。

“你若是真心喜欢，就祝你幸福。若不是真的喜欢，迟早放手吧。没什么好说的了。”

我头脑凌乱，理不出头绪。

“刘艺傲，我劝你放手吧，我是为你好。林缄宇他分明就是在玩暧昧。你要知道，真正的爱，大抵忘情到不关心外人眼光，不在乎舆论评论，不意会任何闲杂噜苏的风言风语。它就是那样唯心又稳固地存在，不关乎第三者略微的星沫。但他连承认都不承认你。你竟然还自我沉醉，自我欺骗说他爱你。还有，你不知道林缄宇的初恋女友是金咸玉吗？”

我彻底酒醒。

我质疑而恐慌地去看金咸玉的脸。她的眼睛里满是风沙。我不懂，我望不穿的淡然是真的平静和释怀，还是那保持距离的目光，其实早已忘却我们之间曾经有过的亲密和亲爱，取而代之的，是假戏真做的同仇敌忾，配以内心耿耿于怀的障栏与碍结。这个姑娘，这个时时刻刻都可以保持宁静的姑娘，我不知道，原来在我心里缠绕了几年的心事，已是她的旧故事。

“林缄宇初恋女友是……是金咸玉？那……那现在呢？”我已经开始变得结结巴巴。

“现在什么？那天我在短信里说的女孩是雅木楠，林缄宇回短信说他真心喜欢的女孩，也是雅木楠，现在我清白了吗？”

不远处天空突然变得压抑起来。夜空的星星只有稀稀拉拉的几颗，似乎被什么东西掩盖了一样。即使是夜晚，天空却并不因为夜黑得以展露明朗的星，反而愈来愈阴沉，似乎有雾霭遮住一般。近在咫尺的舒琳娜看着眼前这一切的发生，静默不语。

就在那一刹那，所有的所有都压得我喘不过气来。我再也忍不住，泪水决堤。

第九章 混沌

1

女孩眼里的女孩，和男孩眼里的女孩，有什么不同。

或是笑，或是回眸，或是交谈，或是低头的瞬间。到底是哪一抹特别的气息会吸引到一个男孩。而又是哪些举动，会成为女生们嫉妒的焦点。女孩嫉妒和男孩的喜欢之间，会隔过多少不可用尺寸丈量的距离。男孩眼里的世界，到底是什么样的境地。

怎样的境地，会让我在面对金咸玉是林缄宇初恋女友的事实面前惊慌失措。

我一直觉得金咸玉是个天才般的少女。这不仅表现在她的智商，更是情商。姑娘她以独特的柔美和善意鼓励过我。那时她就早已经猜到我喜欢林缄宇的事实。

一个大雨滂沱的夜里，大片铺泄的紫箩、紫藤，如头丝一样顺直浓密，倒扣在成堆簇直的竿子边侧。我和金咸玉在紫箩另一侧缓缓行走。咸玉低声耳语，艺傲，你有没有想过，在家里最困难的时候，你爸爸他都在做着什么？

我不作答，也不知晓。心里早已结痂的伤疤经她这么一撩拨，重新化脓流血。就索性转移注意力去闻那花香。她见我微阖双眼，在我耳边仿若催眠似的对我说，喏，艺傲，现在想象自己走在一个大大的场地，四下无声，也无任何介质的隔阂。你只是步履稳健地向前走，迎面传来好闻的香，而后，连空气似乎都随着这香味飘动起来，倏倏的气流就在你耳边呼啸作响。

而这个世界寂寥得仿佛只你一个人。你会不会觉得，这香味是为你而设计，奔你而来。你是这一切美的缔造者。它们辉煌绚烂，悠扬永恒，皆是因为你。

我睁开眼，迷糊里赞同似的点点头。

她又接着说，只因为这花香曾在你记忆深处留下印记，在往年某个瞬间，当你嗅到这香味时，刚好经历某件无比欣喜的好事。从此这花香就永远刻在你心里了，就仿佛再闻这花香，那好事也会情景浮现一般。

这难道不是形而上的认知么？我反问她。

更貌似是刻舟求剑吧。你在心里刻下印记说它未走，世事未变迁，便真的以为它永恒存在。这存在嵌镶在你体内某个角落，因你个体的存在而滞留，又因你个体的消亡而不复存在。

这是一个理性思维和感性思维共同组成的世界。男人侧重理性思考，而女人颇向感性回应。你要知道，男人的爱，和女人的爱，是完全不同的概念。这亦是一个生者和死者共同组成的世界。生者以肉体的形态存在，死者以精神之辉共鸣。你若相信这些，什么都不会消亡。

不要难过了。不管是爸爸，还是年少时代第一次萌心的人。或许他有难言之隐，不敢与你会合，交流，达意。不管命中注定他是否最终属于你，可以始终陪伴你，这都不重要。我们要做的，只是静静等待命运的安排，做个善良之人，光会照耀你。

自从上高中，从前那么不喜欢交朋友的一个她，突然开始拓展自己的社交圈。她的朋友变多了，每晚她的课桌前都能围着一大圈人。她会用小碎花布做书皮给大家，女孩子们喜欢去她那里预订款式，然后她拿回家去做。她会织围巾，织手套，各种花式都会。女孩子喜欢围在她身边，叫她给她们的书包织一个娃娃挂坠。她用她的温柔吸引了大批的女孩子。不像高中那个眼神倔强坚定的她，高中，她笑得更大声，更开朗，更讨巧。

高二，林缄宇生日不久，我却在楼道的一个角落里，看见她抱着双膝哭得泣不成声的样子，我甚至可以在她眼里读到绝望。

而那时我并不知道她为何而哭。

她哭泣的样子深深烙印在我的记忆里。而现在我终于明白，金咸玉的故事说远不远，说近不近。她的故事的多半成分，就是林缄宇。

2

金咸玉说的话，我记忆犹新。为何自爸爸走后，我觉得某些东西、情感，流失得如此迅速。而我自己并不得知原因。

这些个夜晚，反反复复，我开始梦见爸爸他疲惫而敦厚的笑颜。醒来时，枕头上是一层淡淡的水渍。不知道自己是做梦难过，还是因为被子里太暖和。那一层淡淡的水渍，也不知道是因头上的汗涔涔而下，还是泪水宣泄而流的结果。

我梦见了砖瓦房里的那张大床。这一次的地点，很明显就是在曾经爸爸还未离开的那个家。琉璃灯忽上忽下，忽明忽暗地闪动着。窗外风雨交加，不时有闪电霹雳作响，把深暗的夜空撕成两半。那盏有粉色碎花边的灯就这样摇摇欲坠地闪耀着。倏尔放大，又倏尔变小。他静静地坐在床边，不言不语，亦不笑。他只是用他空灵的目光望向我。我看得清他，他有着让我熟悉的突出的颧骨，瘦削的肩胛骨，性感的指关节。我看不清他的面容，所以迷乱中急急握住他的手，慌张地说话，好怕他稍微一被触碰就会消失。

“爸爸，是你吗？”

突然，他消失了。

我惊醒，跑下床，在妈妈的柜子里粗暴地找寻着他们的离婚证。若是离婚，必然有凭证，若是消失，凭证不存在。我只能靠这样的证据证明他的消失或存在。

柜子里证件很多，零零散散。有关我的，有关父亲的，有关整个家的。

我的出生证。

我的百岁照，上面婴儿时代的我被当年并不先进的黑白音像技术刻烙下微浅的笑容。

我的小学毕业证，我的初中毕业证。甚至每一次三好学生的奖状，每一次升级之后的毕业合照。背面写着日期与箴言。

我的保险证。我的户口证明。

妈妈的身份证。妈妈与爸爸好看的结婚照。虽然已因为时间的流逝磨砂，画质不清，但依稀可见母亲当年幸福的笑容以及爸爸爱抚的泰然，轻轻罩着妈妈的肩。

我的手不由自主地向下翻动，企图找到些岁月更深层的东西。我看见了爸爸的保险证。

爸爸的献血证。

爸爸的死亡证明。

没有离婚证。没有离婚证。他们从来就没有离婚。

我呆滞地手执最后一张证，张大的嘴半晌说不出话，大滴大滴的泪就顺着鼻梁滑进嘴边，滴在地板，滴在手里的白纸上，上面的字迹因漫漶不易辨认。

死亡证明用方正大字明确写着，两年前，我的爸爸因为突犯心脏病去世。

那天，正是我中考前的第二天。

我哭得极其狼狈。身体呈现出扭曲的姿态。我的眼睛哭得生疼，眼角膜干炙而眼皮酸涩肿胀，肿胀到只要用力眨眼就会被流出的眼部排泄物黏滞到一起的程度。很久前那柔光的来源，必定是因想起了爸爸。那个幻象的他，消失后就成为一个谜存在在我生命的他，一直活在我期冀里等待回家的他，竟已经不在人世。

我不知道自己哭了有多久，这样抱紧自己的身子缩成最小状，躺在冰凉的地上睡着。

那觉并不惬意更不深熟。半梦半醒之中，我看见一只纯白巨大的翅膀带动着爸爸一起飞上蓝天。在他的脚还未离开地面的一刹那，他回过头来静静对我笑。我在梦里可以看见自己的样子，我迈着最快的步伐追上他，鼻涕，眼泪，还有因为剧烈跑动而带动周遭大团冷湿气扑面，在脸上变成交错纵横的浊流。

我说，爸爸，爸爸，您为什么要走。

他不说话。

爸爸，爸爸，你为什么不要我。若说不出因由，就带我一起走。

他还是不说话。

假定年长的人比幼童更能领悟这个世界的真、假、存在、虚无。那么垂死之人，是不是比年轻力壮的人更懂人事之细微。在濒临死亡的那段时光，他的视角，思维，感知，必是高频顺受于这个宇宙的。怎样赤身裸体的来，就怎样两手空空的去。真如襁褓与耄耋。一面是近乎于世事不谙的天真，一面是人情百穿的老故。一面笑人太痴念，一面笑其看不穿。处于人生翘板的两端而各自做着有悖平衡的事，以十步笑百步的嘲弄姿态，相互排斥疏离。而其本质，终究是空。零。无。

念念不忘，必有因由。自己内心无法想得明白，必然是某些外界的事不为自己所知，困住了内心。而如果寻求别人也得不到解惑，我很想知道，这样复杂繁乱的因由，到底与什么有关。

到底怎么了。

3

我还可以梦见他的一切。他结满老茧的双手，愈加苍老的容颜，脊椎弯曲定型的佝偻。30 多岁的年纪看起来像是 50 岁的模样。

我的颓倒不无理由。母亲的沉默和爸爸突如其来的死讯，17 年前我的存在与降临，愈加卑微与窅然。在月色蒙尘的漆黑小路，我一个人攀爬那个乔木围聚坍落的山头，试图寻找爸爸的坟冢。我明白，小镇的习俗不允死去的人掩灰土葬，每一具被焚化成灰的尸骨，都必安至那片山林大小不一的土坟里，不落窠臼。我只身前往，只愿此行不会落得一个空落无言的归途。

是怎样一幅芜秽的情景。祁连的片状老树，黑魆魆的乌鸦昏天黑地地叫嚷，不曾停歇。满目凄逶，夜光下被映照波光灿然的陂池，与天边悬挂的星辰簇云接壤，整个山地因光芒反射相称，被渲染成一片斑驳陆离的奇景。这景致苍茫褊狭。让人产生说不出来的悲哀感，更有道不明的拘塞感。

山冈的风拂过苍茫杳渺的土坡与林木，飒飒婆娑，轻揉摩挲我的身体发肤。带着失落与空白的记忆，我幽静伫立，仿佛回到了过去他曾存在的那段时光。我仍旧是那个央求他托起我的女孩，他仍旧那样安详且和静。我被他撑起，眺望远方庄稼地里的层层麦浪。

我千方百计寻找他的坟包。在一处荒蛮罅漏，无人问津的小道，我看见一荒墓地。整双手又脏又痛，被一路的荆棘蔓条割裂流血，狼狈颓然。这片荒冢本身无人管辖。每隔 5 米就被安置一个坟头。整片山地被最初发现商机的买家买断，每平方米的旷野最少万元起价。没钱安葬的穷人死无置尸之地。大户富人家将墓围修得阔气堂皇。不如将尸骨焚烧成灰，把把洒进大海，任波流激荡，被带向远方。生，生的不坦荡，死，死的无体面。

就是这样的凄哀。

荒草离离，萧风索面。筚路蓝缕。

回程的痛苦是撕裂般的，比我前去寻找他的坟地的疼痛更烈百倍。

这次真的是渺无希望了，爸爸已不在，甚至不能安宁的长眠。若还是那段我浑然不知的时光，我起码还抱着他仍活在这地球某一角落的希望等他回来，甚至这希望的地址已经具细化到了日本东京。若再有一年他不回来，我一定会去日本找他。而后偶尔迅速地得知他已经不在人世，希望如放飞甚远但突然破灭剐裂的孔明灯，摇摇欲坠地下降，进而苟延着它面目全非的模样，破败于我的面前。

回到家时，我的整个臂肘都已经被荆棘条和锋利齿状叶片划伤。交错纵横的伤口愈合又被撑裂，涓涓不止的血液缓慢滴淌。委屈，怨愤。

我终于得以有资本恨他，得以在雷鸣彭生闪电交集的夜里，对着浩荡如砥的天大喊一声积累多年的哀怨。跌落无着般，内心因为极度的恐惧，压抑，失落，愤懑，心疼，开始急剧分裂，脑部神经线条自相矛盾。这个我无法恨起来的男人，带走了我关于这个家重回圆满的愿望，连一丝破絮都不肯留。

妈妈像往常一样换好拖鞋，便衣，洗手，洗菜，预备做家人的晚餐。

我确定自己哭肿的眼睛渐渐消散，恢复平常的模样，故作轻巧靠近，闻到她身上淡淡的香，试探，小心翼翼。刻意提起爸爸。

“妈妈，不知道是学习压力大还是精神状态不佳，我睡着，竟然梦见爸爸。爸爸他为什么不要我？我在梦里看到他，他也不说话。他虽然不给我答案，但是那种茫然的失去感，我在梦里替你承担。只是梦里有个人反复强调错不在我，我对爸爸来说，真的不重要吗？我是不是生下来只是个可有可无的存在？”

“爸爸他是爱你的。”妈妈第一句的解释没有半点空闲与犹豫。

接连的第二句话，她却迟疑了很久才说出。“小时候的记忆你应该还珍藏着。现在他心里也爱你，只是因为很多原因，他没有表现出来。父母离婚，是我们之间没有爱情，对孩子的爱不会改变。”她淡定地表示，爸爸心里仍爱我，他们分开只是因为离婚。那一刻我无比钦佩眼前的女子。她背后有着怎样可被支撑的力量，让她可以在隐瞒一个谎言的时候面不改色？

“你们之间没有爱情，那么怪胎我又是从哪儿冒出来的？我来到这个世界上的缘由是什么？只是你们一时的性冲动吗？”

我料想妈妈愠火直上，会迎头给我一巴掌。若是激起她的怒火，是件好事，或许我们会在争吵里，渐渐暴露出事实与秘密的真相，让隐藏在深海下的那部分沉浮于表层浪涛。或我从此可以轻松放下，不再纠结。

她什么也没有说。摆摆手，黯然并颓顿，走到厨房去。

曾经的爱情是纵血的狂盛，由母性十月怀胎，承受分娩的疼痛。而后诞下幼婴一枚，成为记载，纪录，印刻母亲父亲所有爱情历程的结晶。

孩子的意义大抵如此，她成为整个家庭不可分割的一部分。孩子是家庭里联结爱情又忠于爱情所有自生自灭途径的效死者。她忠心耿耿为维系生养自己的双亲某段过去因激情，冲动，热血，机缘而结合在一起的感情而效劳。她没有选择权。父母间的爱情死了，无人赋予她拥有力挽狂澜的神力。她只能在日复一日的自责与扪心自问下，咽食本不该属于她的罪孽与苦磨。

爸爸。这些年，我已经为你的消失想过千般种可能。所有假设都如同心底的蹦豆上窜下跳，搅得我不得安生。

你苍老的背和愈加颓然的姿态，这些年来，在数个日日夜夜，都不曾脱离开我大脑记忆里的每一寸。

我终于知道你已经死去的答案。

我似乎是想要对着生我养我的父母索要一个可以解释得清几年来所发生一切的答案，又明白这本是徒劳与幻念。对于屋子里勤恳卑微为全家做饭的母亲，我更没有资格指责。

那些年，他越来越把自己活成了沧桑之人。心里因沉淀过多的良杂，积攒于体下腐朽恶化。心也慢慢衰老。人无精神支柱所撑，就成行尸走肉。他不会越来越年轻。当不再有活力的体魄时，连坚强卓跞的气血都不再方刚，只会见岁月的洪流泛滥成灾地在身体发肤刻下沧桑皱纹条理，伤疤痕迹。这因自我颓靡而累月的皱结褶纹，不仅表现在外形上，更可深埋于内心某个隐晦的角落。在某个大难降临的节点，它腐蚀脓化，飞血喷溅，人因此变得声嘶力竭，迅速枯槁，濒临死亡。

他就是这样年轻过又老去。坚强过又颓然。向上过但终究被拉带着坠堕。存在过而后永远消失。

他消失前几日，总是向我提起要去山头的坟地走走，消瘦，不言语，但是眼睛常常望向我，似有一汪深不见底的湖泊，让人坠陷很深，但我并不理解他想要向我表达什么。他会提起幼年托起我看对面庄稼的场景，提起小时候我为了偷懒不练琴，提起我尚未成熟的性格。现在回想那些话，我常常觉得人在临死之前，是有预感的。那或是一种寂静空无的超脱，带着凄凉的悱恻。又几度在我耳畔余音绕梁。奥修说，死去的人，会在他曾经赋予爱的人身上抽取这份爱。他走后，我在不知情的情况下也觉得内心荒芜。只是父母对孩子的爱，如果死后便可以消亡，孩子对父母的爱，又在他们死后追随、挂念、铭记、怀恋、封存多久？

这是不公平的。或许死亡并不代表着终结。它代表的反而是回归与释放。

或那是缄默的父亲最为尊严的，爱的释放。

第十章　隔阂

1

我爱上急行的车在马路上、土道上、隧洞里穿梭的感觉。窗户半开，可以听见耳边的风以耳膜不能承受之声响动，声响如此迅疾，我似乎可以在这渺茫的瞬间，感觉爸爸的魂魄远在青天，躲在厚重积淀的大朵云彩里，以我陈乏的肉身、庸气的思维无法感知得到的频率默默注视着我。死亡是一种怎样的体味，这是我永远无法在清醒时感知的盲区，因此不停猜测，反复并茫然。

我想不到为什么，爸爸会选择了死。

想不到答案，就坐着大巴车来到小城市的教堂。

扑鼻而来的恶臭气味迎面而来，一条不知已被垃圾腐蚀了多久的黑流，稀稀疏疏缓淌着浊热的污流，脚下的砖石小路开始变得愈加破碎，走到最末，已经不见几块像样的砖瓦石样，取而代之的，是大片大片如同幼年在庄稼地前的砾块土路。破旧的砖瓦房，带土的泥灰字样，远远看去，整栋楼是被尘灰笼罩的样子。雾霭尘烟，四下游离，把这建立于小城偏僻角落的驻地变得愈加阴暗幽闭。

早期教堂建设源于罗马，仿照大型会堂的形式，由长方形大殿构成，尽头处半圆形高台收尾，极其庄严肃穆。君士坦丁大帝的母亲建立巴雪利卡教堂，成为众教堂修葺的例样与典范。1500 年后，教堂经过不断改建，已很少有巴雪利卡风貌，但面前这一座甚至从外观颠覆了我对基督教堂的认知。这是间颇有回教穆斯林特征的基督教堂。白漆面外墙上是圆润的罩盖封顶。是因小城市胯下三镇中某镇自有回族自治区，因此回民较多。建造人并不专业，以为在厅堂摆上十字架就为基督教堂。

在进门的那一刻。我竟然再一次遇见舒琳娜，她穿着粉色的小棉服，在教堂里擦拭内堂的桌椅板凳，原来她不仅在酒吧做夜班，也在教堂做着替人清扫的粗活，领着微薄的福利金。

看到她粉色棉服的一刹那，终于我确定，那晚，我在躲避少年钻进小树林之后，是她追过来。

我确认那女孩就是舒琳娜。那晚我口干舌燥，咽喉如含沙般沙哑无力，我对着那穿粉色棉服的姑娘，在空气中毫无介质可依的空白界面，轻轻向她比划出救我的讯号。她不语。

就是这件粉色棉服。

我没有叫她，悄悄离开，在教堂的附近找到了一家奶茶店。点了 3 杯奶茶。一杯奶蓉，两杯巧克力。

4 年之前，这个小城市的奶茶店风靡所有学校，霸占所有街道，垄断所有以“学生休闲饮品”为市场竞销旗号的饮品店。不久，这股流行之风也从小城远行百余千米，以强占之势成为小镇饮品里最受欢迎的卖点。几十种有着鲜艳亮丽颜色的口味汁液，几十罐颜色各异口味迥然的植物香精粉末，配上冰柜里舀出来的香甜纯白的牛奶汁，再加几粒黑色黏稠的糯米颗粒。机器打封包装，直径一厘米的粗饮管。整个程序下来，香甜可口的奶茶被吸进嘴里，我们只需要交 1 元钱。喝完剩下的塑料奶茶杯被舒琳娜小心翼翼一点一点收集珍藏在一起，她每天早晨递给我她妈妈做的皮蛋瘦肉粥用的就是这些杯子。

我返回教堂，举着手里的奶茶叫住她，嘿，好巧，竟然在这里遇见你。累了吧，我们一起坐坐。

在教堂的棕木色靠椅上坐下之后，她看了看我，用淡漠的口吻对我说：“我早不喝奶蓉的了。”又迅速回望我手里的奶茶，加了一句：“你还一直在喝巧克力啊。”

我摇摇头，倏然以为，在我的信件投递到她的手中之后，她可以像我预想般那样热情而开朗地回我一封。信里虽未讲我是如何一点点沦陷到对那个男孩子的喜爱里去，但是所有苗头和我的亲口承认，其实已经可以让她猜到，那天我凌乱不堪，醉酒微醺的疲乏模样，是为谁。

“闹闹，我记得这个小名还是我给你起的。”

我大名叫刘艺傲。她们“傲傲”、“傲傲”地唤我，久而久之，有些喜欢恶作剧的同学故意叫成“袄袄”、“嗷嗷”、“挠挠”。她干脆取最后一个，改成四声，叫我“闹闹”。我很喜欢“闹闹”这个称呼，这也是陪伴我最久的一个称谓。

“那么闹闹，你还记不记得最初叫你这个名字的人。”她突然眼神狡黠地望向我。

“最初叫我闹闹的人，就是你啊。这个问题，不是莫名其妙吗？”

“那是因为你忘记了一个人——如果，你还记得，那个叫曲胜的男孩。”

那个我曾经深深喜欢过的一个男孩。

他很高，很健硕，戴着四方黑框眼镜，走路从来都是急匆匆。他成绩并不好，书法却特别好。各大书法比赛他都参加过，而且获得奖项，骨子里个性到不听课，甚至有课时只在书桌上写字写文。他内向，他没有朋友。了解他的唯一媒介便是文字。

他是温暖如初的少年，我尤记得他的侧脸。因为孤独，他常常一个人伏案写字，我恰好可以在这时静静注视他眼睛与书本的距离，以及锋利有弧的侧脸轮廓。

宁静得如呼吸都可被我闻见。

此起彼伏。

他是用石膏塑封固定的少年。他清高寞寡的孤独感是与生俱来的。他的宁静与寂然镌刻于他的每一个表情，每一个神态，他的眼窝，他的骨骼，他的肌肤纹理，他的身形曲线，他的灵魂——如果我所看到的纯净透明就是他的灵魂。

难道……这么些年，舒琳娜一直和曲胜有联系？

“你是不是在想，我怎么忽然提到他？”她仿佛看穿了我的心思。

“嗯。”

我并不是在奇怪，而且在恐慌。很强烈的直觉告诉我，她和这个男孩一直有着联系。

“那是我男朋友，而且一直都是。初中交往了 3 年，一直躲着老师和家长。他是从什么时候开始喜欢提起‘闹闹’这个称呼的我都记不得了。名义上的好姐妹，背后里的竞争者么。”

听到这句话我惊呆住。

我记得，曾经我最初认识的这个，傻傻的，只知道在我身后跟着转的小女孩，在初二那一年，突然开始变化。她开始喜欢在我身后小声哼唱爱情歌曲，她开始喜欢化妆，喜欢换衣服。最主要的是，她开始变得神秘兮兮。她放学不再和我一起回家，她总是叫着有事先跑掉。她上体育课的时候总是在老师点完名后消失掉，不管怎么样我都找不到她的影子。她会写各种我看不懂的小情绪，唯美到可以连成一本诗作。她甚至从没告诉我她有喜欢的男孩。

直到现在，每每想起那个漫天阳光的操场，我倒在地上无法起身，而她陌生里带着一丝狰狞的脸，我的心里都虐过一丝寒意。我可以什么都原谅，我可以什么都假装，我可是试图一切很好，我可以为她圆谎说她仅仅是没看到。可我心里很清楚，一个人，以异常的姿态倒在她的面前，她怎么可能看不到。

2

可是我还是打心眼里乐意为你狡辩。我什么都已经原谅，唯独不能原谅她藏在自己心底的小世界的秘密。偏偏那个世界，她不肯向我言说。这么些年，我一直在把当年她和我绝交的原因推诿给我们的班主任，却没想到，竟是因为一个男生。我傻得可以。

15 岁，不懂爱。最清纯的年纪，因为不懂，所以并不付诸理性均衡与量夺。只是凭感觉，轰然陷进。覆水难收地投放。不论得不得到回报，一厢情愿全情倾注地包裹与收纳，付出与网罩。因此这最初爱的感觉，如同一块深深溃烂于皮肤的疤痕，因时代渐渐久远，印记分明。没有忘怀。

他几乎每个月都会有那么两天不来上课。后来我明白，他的家乡并不属于这片土地，他是千千万万从东北方向迁徙移居来的人中的一个。而他每个月那两天不来上课的原因，是要去赶票价极其便宜但是时速极慢，并且时常会待避的火车时，心里的好感慢慢转变为心酸。14 岁的年纪，我第一次切肤感受异居独处时将会遭受的恐惧闭境。那年尚小，不知道其实相比较市中心这样迁徙成群的现象，小镇则是小巫见大巫。可圈子规律永远如此，某件事物愈是独有而稀缺，越是被更多的人视为异己。

大潮流下的小趋势，在小城市的某个小镇，以微小畸怪的露尾形式，初现某些苗兆和端倪。那是他的家乡，他愿意不惜一切代价回去，再长途跋涉地赶回来。不管小城的泥土多么芬芳，空气多么清凉，天空多么微亮。这不是他的家，他不会留恋，也永远不会将这里作为归宿。所以他不会试图融合这个小城的一点点人文气息，一点也不会。

同学们只要看见他便忍俊不禁。平时下课，只要有他走过的地方，通常都会引来蜂拥人群围聚，对他的举态行为评头论足。 我私下打听原因。男生们不屑地昂着头，“谁让他不是本地人呢？这校园这么大，几千来号人，偶尔一两个外地来的学生，当然被视为奇葩。”

他心底的某块位置，一直在抗拒着外界对他的熏陶和感染。所以他的口音一直也没有改掉。只要他脱口说话，方圆十米的人都会感觉到，他非本地居民，他来自东北。我习惯了他延续着不属于这座城镇的性格特质，他是如此特别的一个男孩子。他虽然固守着自己家乡的口音，可是他一点也不猎奇，不张扬，不喜欢说话。他的内敛和宁静常常让我错误地以为，他原本就该属于这个近邻渤海的小城市。他的性格是温润的，仿佛渤海那面天蓝，已经在逐渐升腾的水汽里，将他氤氲成了一个恬静淡然，水一样的男孩子。

就是这样，我对他从最初淡淡的好感，到后来心头泛起的酸楚，一直到最后如探究谜一般的依恋，霸占了我整个朴素但是并不平静的初二时光。

我真想靠近了解他。

在他身后学他走路。

上体育课的时候悄悄观察他在做什么。

用齿手一点一点剥开瓜子皮，攒成成堆的瓜子仁装进袋子。送给他。粗糙劣质的水晶甲片，穿针引线缝合给他。

寒酸的小礼物。裹着我的爱意，我的羞涩，我愿他注意我的小心思。颤栗胆怯，递到他手上。

我终其想要探究的问题，便是为何他能将两种截然不同的性格结合得如此微妙。又或，我并未看穿，是他内敛的性格下隐藏着不被人挖掘的暴虐，还是他威猛的外形只是为掩饰他入住此陌生之城所不可避免的懦弱与不安。我周而复始地观察，试探，在他循环往复日渐沉着的气息里，渐渐笃定，那两种气质兼而有之的性格特点是与生俱来的。因此我更加迫切，如寄生虫般寄居于他神秘悱恻的思维幻想里，不能自拔。

他并不与我互动。我们的故事，多半伴随剧烈而生。

我和他说话时，他言语中带着防备。无意中触碰他时，他也会间离似的躲开。我问他："你为什么要躲我？"他不回答，只是警觉地双眉颦蹙，眉角露出褶皱。

我的提问太过唐突，他又是这么一个让人琢磨不透的人，与其他人隔着天然的屏障与丈量不来的距离。他是爱安静的。他不喜欢我这样的浮躁。

只有一个女孩接近他时，他不排斥。那女孩是舒琳娜。

我时常见舒琳娜走近曲胜，他们谈话声音极其小，类似于嗫嚅。他的表情自然且舒适，温和地回应。有时甚至会纠缠打闹般地拽拉她的臂肘，大笑着把她拉向自己的方向。她便会自然地摔落在他的怀臂以内，润红了脸颊。

我心力交瘁地向她解释这一切："舒琳娜，自从初中毕业，我就再也没有和曲胜联系过，我初中确实喜欢过他，但那并不代表我要和你抢他，我更在乎我和你，加上金咸玉，我们 3 个女孩这几年里最真实的感情，这些对你而言都不重要了吗？我一笔一划给你写的信件，含泪而睡，第二天肿着眼睛投递出的感情，全部投给了那个连我也不知名不知所向的世界了么？”

她却继续娓娓道来。“初三末尾，曲胜渐渐和社会混混来往频繁，班主任喝令我们断绝来往，是怕你被带坏，我能理解，我也知道，在九年义务教育阶段，不学习就会被定义为不良少女。我却也清楚地了解，学习固然重要，但在手里没钱，家庭困难，生存都是问题的情况下，我必须舍二取一，我舍哪个？初中毕业前，我换过 3 次工作。接连做过服务员、清洁工、导购。”

我不希望她卷入社会这个大染缸里。

“你现在在酒吧里做什么？”

“做舞。偶尔陪酒。”

“为什么要在那里？”

“是徐扬推介我来的。这里挣得多。”

“所以你很感激徐扬，对么？你甚至觉察不出她这是在将你引入歧途，对么？你甚至不觉得那里脏，对么？”初中时，她真的是一个单纯的姑娘。而今她却成了现在这副模样，我说不出哪里不对，只是物质，金钱，利益，人际，虚情，假意，使她早早步入社会。我不知道自己是不是过度敏感，可我已然能感觉出来她的价值观深深固蒂在物质层次。她这番情况，全然不对劲。我该去保护她。

“脏，可我有钱赚。我吃一块钱一串的炸臭豆腐，两块钱一碗的烤冷面，五块钱就能吃得浑身冒汗的麻辣烫，还有当年我们每天 1 元一杯廉价的奶茶，这些都是我想起来就如近在眼前响彻耳际而历历在目不得安宁的寒碜回忆，但对你已经不再是了。刘艺傲，你从来没有想过，你现在的家庭，是你父亲的死换来的么？你难道不知道，如果不是你母亲改嫁，你现在和我，一模一样吗？从中考后，我们就不再是一个世界的人，你不再缺钱花，所以你感受不到现在这个社会没钱人的日子有多苦！”

我没有点头，我已经听呆了。她没有哭诉，也不再天真，她说的话暂时在我所有预料之外。我没有再发一言。

“闹闹，你想不透我为何不在操场上你倒地的瞬间救你，对吗？你想知道这一切的脉络因由么？我是喜欢你的。我从来都是那么的喜欢你。

在入学第一天，当我看见眼前这个让人欢喜的姑娘，那种情不自禁想要靠近的念头就冉冉升起了。后来，我如愿以偿地和你成了形影不离的好友。那种喜欢的情感也渐渐升华为想要永远这样陪你的冲动。尤其是初三那年，你陡然在课桌上趴倒，我急急地带你回家，那刻起所有的念头都集中在一个，那就是要永远照料守护你。”

“所以，也守护了一个秘密，那便是不让我知道窗外鸣起的哀乐是送我爸爸离开的，对吗？”

“你的爸爸同样是心脏病离世。不让你知晓发生了什么的人，是你妈妈。嘱托我照料你，暂避你爸爸发丧事宜的人，也是你妈妈。后来，金咸玉对我提起，某个夏雨淋漓的潮湿的夜，她曾见你爸爸忙碌地干体力活，又跑去小镇诊所卖血的情形。你对你爸爸漠不关心，甚至他生命即将垂危都不知晓。你母亲亦对此事绝口不向你提及？我对你最初的好感，变得所剩无几。你妈妈马上又改嫁。迅疾速度让邻里街坊的住民瞠目结舌。如果说这些都只是你父母的事，与你无关。可在我毫无依靠身边只有曲胜时，班主任又强行叫我远离你。某一天，我在曲胜的嘴里听到你的小名，恨你的心全从那刻开始。”

是这样一直斡旋于脑的记忆……

焚香的柱子在灶台上飘漫蜿蜒弥散的雾，星渺的烟火在昏暗的奠堂闪烁忽明忽灭的微光。供台上排列整齐样式各异，种类繁多的蔬果，盘子和托帕上为显正规与条例而屠宰的猪肉，羊杂。食物的气味与燃香的迷迭缠绕，带来嗅觉上无法辨查的异样感。

在小镇。每个死去的人，都要在此静置3天。示意为逝去的尸体度魂。

在这 3 天里，所有四面八方，但凡有一点血缘之亲的所谓哀切者，都会拖着疲惫的身躯、眨着因充血而赤红的瞳眼，细小的皱眉或是嘴角抽动，矫揉造作或是发自内心的悲痛殇情，在巨大的悼曲旋亘中，没人识辨得出真实与虚伪。漫漫长道，五步一叩头。背着脚步相行的方向，面向哀车，最首者手执一支巨大的白色锦花，用纸和木质剪造搭架而成。几十人零零散散却组成了一支庞茁的队伍。

彼时我就在娜娜的屋子里，惬意歆享阿姨手艺精湛的荷包蛋。从狭隘乌蒙的玻璃木窗，看见窗外凄凄惨惨的氛调。

我不认识那些人是谁。我也不知道死去的人是谁。但我还是为又一个生命的陨落而低沉了良久。倏然看到娜娜家房屋对面，稻田里金咸玉对我招手呼唤的模样。我拉开窗户，想要迎上她的招手，却被舒琳娜重重地关起门窗，严肃地对我说——“不大的地方不远的距离，我们街坊邻居谁都认得谁，能是谁出事！”

我失望而愧疚地回望金咸玉，她没有继续摆动她的手臂，而是呆呆地看着我。

“小傲，你有没有想过，在你家里最困难的时候，你爸爸都在做些什么。”

“他这样逃避压力,对你妈妈施加暴力,也许是预料自己身体有恙。”

“或许他已经将对你的爱收走。冥想，记得那爱的来头。随着香味寻找踪迹。”

“中考要来了，你来我家住几天吧，我们一起复习，我还可以照看你，不好吗？”

那便是整个过程的始末。

4年过去，我突然意识到，舒琳娜和金咸玉，她们两个早就知道我父亲离世的事实，却隐瞒我这么久。

是糯米的糍粑香，炒熟的玉米粒，麻烫的温质在铁勺附近打着余温飘散的热漩。吃一口，嘴会被烫得麻麻的，但盐味料香都适中，让人等不及再往嘴里送一口。铁锅滚栗子，紫菜鸡蛋汤。冰凉油滑的海蜇，拌着黄瓜搅进酸甜的白醋。还有被巨石压实发酵了半个月之久的酸菜，配以晶莹爽口的宽粉，轻炖又微微焖火，一锅酸香俱备的爽口汤就被呈现出来了。这些，都是小镇给我的味觉记忆。因为小城的食风，口忌，全全是另一番模样。我是如何不怀念。我无暇承接她一句接连一句的话语，一切真相都在这一天忽然瓦解，爆炸，沸腾。我4年前的全部青春，连并着友情的败裂和父亲的身亡，走向隐喻着死亡的终结和消弭。

想要陪伴舒琳娜，尽可能修补我最珍重的这段友谊，我开始频繁出入教堂。

可岁月的殇甄，并非因为时光的急剧流失，鎏金碧瓦而叫幸存于此的人失而复得。深情即是一渊永不可叫人以身试跃的高崖绝壁。我和曲胜，都是如此固执的人，只要认定，便做起飞蛾扑火的架势。他与她，这是毫无疑问的早恋。并不能否认它的危害性。但若是这微不足道，甚至不能称为爱的爱，可以给当年那个从外地迁徙而来，生性孤僻后天颇受争议的男孩带来些许温暖和安慰，我不否认它是必须并必要的。舒琳娜的陪伴于他而言其实大有裨益。

那个男孩，他是幸运的。

我则为不幸。她亲眼见我频繁出入教堂，却对我越来越冷漠，她，终究是忘了我。

3

两个月过去。

这一天，我像往常一样回到家，却发现有莫名邮件出现在信箱。那是一幅临摹极其完美的素描画，但是整个画面的内容，单调枯燥，只有一个姑娘的侧脸，没有场景，姑娘手捧大大的蛋糕，上面插满了 18 支蜡烛。蜡烛的烛光摇摇曳曳，没有燃尽。她像是在做祈祷，抑或是在等待那个将它吹熄的人。

就像在对我叙述一个故事。它砰然敲打着心脏最敏感的位置。就像黑色的夜空里突然出现的一道闪电。望着这封叫我不得其解的信件，我的整个身体传来一阵寒噤。

或许这画里的故事，与我并无关。

我扬了扬手，装作镇定的样子把素描画放在一旁。

那么投信的这个人是谁呢？不好奇吗？

心底里又冒出相反的声音。和若无其事相反的、渴求去探求这一切的好奇的声音。

动手去查看发件地址，意外的，什么也没看到。

心底里有一面湖，一个石子，悄然被投入，紧接着一波接一波的涟漪荡开。扩展了，变大了，膨胀了。他是故意的。他是故意的。他是故意没有写邮寄地址的。他知道我家地址，所以手掷投入。

我抱着信件回到家，敲门声轰轰而至。

“——开门，快开门，刘艺傲，是我啊。”竟是舒琳娜。她声音里尽藏不住的，是慌乱惊恐的窘态。

我打开门，她衣服凌乱，上面甚至还有一层污渍。进了门，她仍旧上气不接下气，可以明显察觉到当她进了房门那一刻，她是平静的。就像一只被老虎追捕而急于逃窜的兔子终于回到自己的洞穴，紧张之余，她露出的是庆幸。

“你怎么了啊？”我看着一反往常的她的模样，感到惊讶。

她见自己不再气喘吁吁，抓起我的手就往外走。“你得跟我走一趟。”

她的衣衫大领节打开着，胸部露出因丰腴而挤出的沟壑，凌乱的头发像是整夜未眠，已经蓬乱得如一窝杂草。然而我不敢确定，到底发生了什么。我就这样呆滞茫然，已经被吓傻，我跟着她走出了门。随她走到楼下。

不知道该怎么形容我下楼后面对的场景。眼前的一切差点让我昏厥过去。

七八余个高挑健硕的少年，坐在别人随意停放的电动车上有一小攒，斜靠在墙面上的有一小攒。潇洒地抽着烟的有一小攒，嬉笑着和旁边的男孩开着玩笑有一小攒。

但他们的动作在看见我的一刹那全部停止。就像是，被设定好程序的机器人，指定时间与地点，指定动作与表情。

就像是，我是那个可以掌控他们的女主人公。

就像是，一个专门等待我的仪式。

我本能地往回撤，脑子已经完全懵住，到底怎么回事。我回头看舒琳娜，她的眼神此刻无比镇定。

“她就是刘艺傲，人我给你们带来了。”她对着人群喊。

我紧张如跳蚤，浑身不舒服。我想逃，我想趁所有人不注意的时候猛然向回跑。可是，在下一秒，我猛然意识到，因为出来得太慌乱，我把钥匙忘在家里。我没有退路。我甚至不知道眼前的人是为什么而来。我望了望舒琳娜。我企盼于她，给我个解释，哪怕很简短。

可是她没有。

依旧是零乱而疲惫的身躯,她的眼睛已经因为乏累而变得充满血丝。然而她静静地看着我，就好像我本身已是一个天大的秘密。她陌生而疏离的行为，不是对曾经那个刘艺傲。而是，对一个路人。

“你别怕，我就是想让你和我们走一趟，有个人想见你。” 最起头的那个男生这样和我说。

那个起头的男孩很温柔，我开始有勇气打量他们的身形。是很年轻的小伙子。有些男孩甚至连胡子还没长利落。不得不说，他们其实都很好看。他们的身形是矫健的，从后背望去，各个都有肌肉，各个都 180 以上的身高。

最先和我说话的人走在最前面。他们这么多人，全部是步行过来。然而他们什么也没做。没有我想象中混乱的争吵斗殴场面，也没有电视里经常演的气氛紧张的谈判局面。他们，平静得要命。

我走到那个起头的男孩面前，轻轻地拍了他一下。

“你……叫什么名字。”

少年直视我的眼睛。不回答，只是直直地看着我，继而坏坏一笑，突然放话：“我叫杨天啊。”

我看着他，感到一阵恐惧，进而不寒而栗。据我所知，如此服饰统一，装束单调，以黑为主色的少年团队，在同龄人眼里已经雷同于少年黑社会性质团体。尽管这样不景气、不打眼的小帮派，只可在成年人嘴里被称作“小混混”“小流氓”而已，但他们的气场无法掩盖对同龄人的威胁。黑社会机构已初见规模。我更深的了解是，这些人喜欢在网络里找事闹事。动不动就要挑起一炮，打架斗殴，说出的话极其具有杀伤力。借用的网络媒介则多是贴吧。不错，在这个豆瓣、论坛、人人网和微博都极其畅行的年代，百度反而以低调喷涌之势在这些人身边活跃起来。但细想必有其必定的因由在，在所有网络平台里，只有贴吧最利于隐藏、骂战、挑事。说出去的话可被发言人亲手删除，喧闹之势，可有可无，变幻莫测。百回曲折。

只是为了接我去见一个人吗？这么长的路。

我手足无措地跟在他们身后走。

4

我在他们身后忐忑不安地行走。

5 分钟后，我清晰地感觉到他们在把我带向地下停车场的方向。

普通的小区每栋楼自设金属铝制拉门，在阴暗潮湿的地下位置，紧贴于小区出入口的位置。每户车场间隔分明，排列疏散，因为车辆并不多，需要容纳车辆的空间自然安排得小。

但我所在的小区显然与那些平庸的住宅楼划分开了界限。它并不算大，但是却分成了 ABCDEFG 好多个区域。每个区域都有专属自己的地下停车场。由连缀好的大片地下区域构成颇具规模的停车场，地面凸起的区域自有钢化玻璃掩照，亮闪闪发出海洋般迷离闪耀的蓝色衬光。市区极少有小区采用这样的玻璃做门罩，一是因为造价高，成本增加。二是因为玻璃易碎，做成公共设备还未验证其安全性。这玻璃安造在这里，是有渊源的，雅木楠的爸爸已经垄断了整个小城市的玻璃产业，与其说这里是他们的工程，不如说这里是他们的玻璃试验点。

他们把我带进地下停车场。

曲径通幽般的，面前的环境越来越黑。他们带我来的这个停车场，是一个被遗弃的停车场，发霉的气味在鼻子边回荡。很陌生，很偏僻。排风机和防尘设备在黑黢黢的空间里发出巨大的轰鸣声。

在迈过一个减速带之前我差点摔倒，起头的少年又一次做了一件让我备感温柔的事。

他似乎是看着我怎样被自己不灵敏的眼睛羁绊住，在脚步触碰到减速带的那一刹那，他做了一个 360° 的转向，然后面对我，把他的怀做成一堵墙，把我接得牢牢的。

“干吗？”我迅速在他怀里抽离，微微尴尬着不知如何继续。

“干吗？当然是救你。我不扶你，你就倒了。”

“干吗救我，你又不认识我。”

“我怎么不认识你？”男孩的嘴角扬起笑意，“我不仅认得你，我还很熟悉你呢。”

“你……”我无语凝噎。他的脸慢慢逼近，谄笑起来。“我真的见过你。你很疑惑，很不解，是不是？你少见多怪，我则见怪不怪了。我们社交圈，七零八落。分散极致。有一两个叫不出名字也算正常。甚至有时两个人打个照面，彼此闲扯才会发现两个人处在同一个兄弟团，认识的人会有交集。所以用逻辑和理性徒然去记姓名，不如直接辨识脸型来得麻利。”说到最后，他甚至赫赫笑了起来。“我可能不知道你叫什么，但是我知道，我一定见过你。”

我微微放心，突然感觉，这些男孩不是本着坏的想法来找我的。我轻饮轻斟轻酌轻咽，微笑，面不改色，试图引冀他抛于我的细微关纳，又处于浩瀚情海波浪滔天的未知哪层。目的在何。

终点是一堵墙。是一堵不算干净的墙，黑斑多多。

一个同样穿黑色上衣的男孩，背对着我。那个男孩的背影并不高大威武，相反，他有着纤细的身段，一点不同于我身边的这群少年。然而他不软弱，他直挺挺地站着，就像在等待着什么。

因为没有灯光，我看不清他周遭的环境。

我害怕，手心里在渗汗，心怦怦直跳。我明明是害怕地想要逃，可是我却激动地向前走。就像有人给我下了咒，就像有人给我施了魔。就像眼前的这个男孩就有着特殊的本领，就像他的身体可以发出异样的香。

在我离他一米开外的位置。我看见他脖子上挂着一个水晶样的链子。画片劈啦作响，无数个片段豆粒般散落在我的头脑里。

我记得这个水晶链子。5 年前，我曾经在一整个不眠的晚上用双手亲自黏合，一个贴片一个式样的手工链子。那时舒琳娜还没有离开我，那时爸爸仍未离开我，那时我还生活在希冀泛滥的岁月。

我恍惚觉得自己意识清晰地知道面前这个人是谁了。对着背影，我试探性地叫了一声。

“曲——胜？”

他慢慢地回过头。很慢很慢，漫长到像是走过了一个世纪的时光。

清澈的眸子。曾经熟悉的面孔。3 年没有见面的男孩。我曾经花了一晚上做出的水晶链子就在他的脖子上闪耀。

是曲胜。

他口嚼泡泡糖，香味透过啮齿飘逸远传，留一嘴的清香之后，又被他重重弃掷于地。这样还不够，他用他深蓝色帆布球鞋，重重在其上踩了两脚。柔劲软面质体，马上就被压缩成镂刻鞋底印的模楔。孤寂苍凉地粘黏在地面，在这暗黑昏黄的地下停车场，僵化岩石般硬。

他是变了的。羞赧内敛的神情，早已被一套刻意的凛然与玩世不恭的动作取代。

我惊觉他的改变。不仅仅是他的衣装，神情，气质。他眼里有妄昧与菲薄之意。就连他带着 4 年前出自一个孩子拙劣手工简小心意的玻璃水晶链，我也惶恐他的来意。

没有什么，哪有什么。重逢而已，相见而已。不该有什么的。都已是路人。

我颤抖地，激动地，想说出点什么。可是我什么也说不出。我想尽力掩饰我的激动，我想装作很平静的样子微笑着问他近来好不好，可是我装不出。我一开口嘴唇都在打颤，我的心脏跳得愈发剧烈，我感觉自己呼吸不上来。

我张开口，想说，救我。

嘴巴在企图张开呼救的当口停住，还没让我反应过来，他大大的拥抱就把我包裹住。紧一些，更紧了一些，就要把我融化。

我像个婴儿一样被他拥在怀里。

我在他温暖的怀抱里，像是要睡过去。

5

雪白。周围是一片雪白，雪白的墙，雪白的被子，雪白的吊瓶杆子。是孤寂的。是冷的。我的身边没有一个人。我的手被固定到了一个纸盒上，小小的针头牵引着上面大大的吊瓶。感觉不到疼痛，却是异常的舒缓。

只是很失望。还有莫名其妙的恐慌。

我是怎么了，我刚才是怎么了，怎么好像是做了场梦。

是梦吗。还是现在这个自己才是梦？

我用没有打点滴的那个手狠狠地掐了自己一把，确定自己不是在做梦，惊呼，噢，那么刚才那个才是梦。

梦里的画面混沌，分裂，暴力，激荡，裂片有声。是一群操着标准东北口音的少年，一个向另一个示威。他对那个已被打倒在地的男孩叫嚣着，滚，你以为你骑到我头上来，就可以当大哥吗？另一个明显虚弱无力，却并不甘示弱，眼神如鹰般凛冽，直勾勾向他看，呵，我这样低声下气，已经算求你。梦的结尾忘记是怎样。如此迅疾的，梦的频率。俨然不是先前任何一场梦境所能匹及。我并不知道自己为什么会做这样一个梦。梦境因他们的存在所以血腥而狂疾。

黑社会风气畅行。刀光剑影，血溅喷涌，跪地求饶，嬉笑恐闹，暴力侵蛮。一群少年，将这一切挥发得淋漓尽致。他们仿照港地老式黑社会模型，以自我臆断下的理解横空模仿。因年纪轻轻，思维简单，以为黑社会以暴力为目的，血腥场面为终结。殊不知真正的黑社会以暴力为初级手段，掠财为终极目标。成人已将这一切以收敛低调的姿态做得天衣无缝，只有孩子，抱着对这个世界最浅薄的认知，反倒将一直以来备受争议与讨论的黑社会题材，演绎得栩栩如生。

东北少年。五五成群。帮派联结。三下五除二。果敢迅捷的做事方式，麻利狠辣的行事速度。无不让我感叹，原来这城市果然因有了他们而变得异彩纷呈，故事百媚生。

美么？野性么？觉得这样粗犷，豪迈么？爷们儿么？当这些想法已萌生，我已潜意识里否定了关内所有非东北人口。我的地域歧视已由我最初的生活习性播种得根深蒂固。而我并不知晓。

哟呵。东北少年。他们有着极为强烈却尤为幼稚的生活原动力。

虽那目标是假的。虚的。不切实际的——少年同济。

那么我该是梦见了曲胜。场景设定在我家小区某破旧停车场。一群少年，把我带走，并与他会晤。

他是我15岁那年爱上的男孩。如今他兀自在我梦境出现，并且颈部有我15岁那年幼稚拙劣，却倾注过认真心血的链子。

他比从前更好看了，他更瘦削了，因此脸部的轮廓更加棱角分明。他的身上有一股别的男孩都不具备的香，那种香可以让我变得恬然安心。他的脖子上仍旧戴着我3年前给他做的水晶链子。我在他的怀里睡着了，他紧紧地抱着我，我睡着了。我不会想到有这么一天。我两年多未见的少年以梦境的方式重新回到我的生命。我既欣喜，又难过。

欣喜的是，梦里的他还戴着我初中时给他做的劣质粗糙的链子。

难过的是，我们走过那么多时光的分岔口，我们之间的距离已经越来越远。

我起身，想要下地问问护士自己怎么了。

还没等我落脚着地，一个身影便影影绰绰地照映在门外的玻璃上。

他推门而进。

是曲胜。

看见我起身，他慌乱了，急促地向我跑过来，“你傻不傻，吊瓶在上面打点滴呢，你自己怎么动？”

他已过17岁的年纪，喉结突起。像所有东北人说话习惯一样，他吐出字节时，浊音尤其扎实，说话口腔略有鼻音携带舌颤，从唇边脱出。字字腔正方圆。在那个潮湿，冷冻，封闭，有回音萦绕的地下停车室。他的嗓音撞击四壁又环绕来，显得极为粗犷有力。而我躺在这里，明白一切并不是梦。

我指了指上面那个瓶子，“我怎么了呀？”

“你低血糖，这是葡萄糖啊。你刚才晕了过去。”

我重新回到床上，把腿深深地埋进被里，让身子处于平躺状态。

我想问他，为何要救我？他大可把我闲置一旁，低血糖导致的昏迷又不会致死。但我什么也没有说。

他坐在我身边，他的脸慢慢靠近，顺势用他的手环住我的背，再滑过外面一层薄薄的单衣。他的手一点也不冰凉，但是在触到我的皮肤的那一瞬间，我的身体还是颤了一下。

“刘艺傲，我知道你初中的时候喜欢我。”

听到这句话，我着实惊了一下。我不知道自己恐慌什么。潜意识里埋在深海巨洋下的冰山一角从水面生生拨开，漏出巨大残忍的真相。原来他在舒琳娜面前反复提到我，却是因为知道我喜欢他。我心有余悸，不愿冠自己以花心的罪名。那颗心是为一个人停留与等待的。再容不下另一个。

“我也喜欢你啊。”他慢慢靠近，因为距离浅短而感受到他呼出口气的温度，愈来愈热。

我不否定。也不回应。

“你不信吗？”他的眼睛直直地看着我。嘴唇离我很近。我的眼前回放起雅木楠与林缄宇相拥接吻的场景，我狠心，闭眼，浊泪涌向眼眶。可是眼睛已被我紧锁，泪水流不出来。

在想他吗？时到今日，你与另一个男生达到如此亲密的距离，脑子里竟然全部都是林缄宇。想他的薄情，想他的神秘，想他对你的回避和退缩，想这一年来他唯一对你的回应。我感觉到自己眼颊以下的部分清凉湿润，意识到自己终究忍不住流泪，听到面前的男孩对我说。

“你哭了。你觉得自己这样很脏，对么？”

我不开眼。他抓起我的手向他的衣服内里摸去。我不用力，他只用他的掌心带着我的手，在他结实唐突的背部磨搓。

“不脏。”我倔强得很。

“那你为什么哭呢？”

我不吭声。

“你哭了。证明你来找我并不是心甘情愿，那么我问你，你要我帮你什么忙？”

“我……我来找你？” 我惊呆，骤然意识到， 他并不是借着过去情谊与我会合。他此行见我，远远没有我预想的那样简单。可这一切，又是为什么呢？

“我旗下有几十来个兄弟。杨天就是其中一个。这几十来个兄弟个个有来头，并不全部来自这个小城市。我们的组织模式近乎黑派。但是不是真正意义上的黑派。我们不杀人，不犯罪，不作恶。只是偶尔打打架，还有就是靠同龄人际圈做些小生意，赚些钱。我能告诉你的只有这些了，其他的不便透漏。不知道你是否知道，这样的黑派发展茁壮之后，20来岁时我们完全可以靠人际强压和暴力威慑，建成我们自己的垄断市场。据我所知，你身边有一个朋友，她爸爸就是这么发展起来的。”

头脑里的时间刻度却变得清晰、庄重、深沉、分明。

钟表上的指针向回拨去。

我仍记得一个月前。

某个夜晚，我独自一个人走在回家的路上，又路过那个小树林。我听见背后有脚步声。回忆里喷薄而发的寒颤又一次席卷而来。我知道，继第一次和林缄宇回家背后那个疯癫女人的尾随，到独自一个人行走时那些少年的跑追，我已经在心底留下了莫大的疤痕与阴影，甚至叫条件反射都不为过。

我假装淡定，猛然回过头去看，一个模糊的黑色影子。脚下那双荧光鞋尤其耀眼。我定了定神，又仔细地看了两眼，确认那是一双阿迪达斯限量版荧光三叶草鞋时，才知道这双鞋脚上的主人，不会是别人。是徐扬。

前一秒的恐惧和颤栗还未消散，下一秒那双刺眼的荧光鞋反射的光芒就将另一种更为巨大的寒噤将我包裹住了。我内心的五味杂陈，七上八下，来不及承接就升级的恢宏败挫感，无依无靠无人问津的尊严尽失感，就快把我掖喉到窒息。

该怎么形容“贫穷”这个字眼。

如果用味道来形容，那一定是辛辣微凉的。可以忍受却并不好闻。

被舌头上的味蕾悉数尽收，蹦蹦跳跳循来往返刺激敏感的感官，又伸张进大脑。控制中枢神经，密密麻麻的手如同藤蔓条一样挟住大脑皮层下的中枢元。从此身体发出的神经讯号都全部脱离不开它，我们梦寐的，渴求的，嫉妒的，鄙弃的。身体像不受控制般被这些翻来覆去的字眼翻涌起伏。某种刺刺刺的痛感，像小野兽的触手，尖酸血腥地掏进我的胸膛。猖猖愔然。

她不说话，对我轻轻笑："我吓到你啦？是我。我有事和你商量。"

第十一章　阴谋

1

徐扬。

初中伊始，我偶尔见到过她，但并不熟悉她。记忆里的她与我们这些小镇里的孩子没什么两样，穿着千篇一律的校服，走起路来脚边的沙石随拖拉的鞋面尘土飞扬。直到有一天，年级里准备排一个歌舞节目，舞蹈老师和音乐老师把全年级会唱会跳的都聚集在一起，我才在人群看见了她。她扎着兀高活跳的马尾辫子，纯真清澈的大眼睛，身着红色小棉服，脚上裹着一双紧绷的舞蹈鞋。让我在几十号人的教室里，视线再没从她的身上转移。这个女孩，清纯得像一阵风。仿佛她举手投足，谈笑风生之间，有股清泉就在我耳边低吟流淌。她浑身散发的气质，与小镇的风土极其不符。然而如果叫我说出哪里不符，却又难以定义与下口。并非不协调，不和美，不相称。而是，仿佛巨大的花海摇曳里，突然窜出一只花纹类似春花，却翩翩起舞，应和而飞的蝴蝶。她是灵动的，超然于所有在小镇里麻木闭塞已久，土里土气的我们。

你不否认。这个世界，差距真的存在，并不是你一两句自我安慰和暂时麻痹，就会一叶蔽之的客观现实。她就像不属于这个现实世界里的人，什么都很完美，什么都很适宜，她是唯一一个，我找不出任何缺陷和瑕疵的姑娘。

成熟之后。人类的原罪开始表现为大量聚集不义之财。明修栈道，暗度陈仓。勾结官府黑帮，做亏心生意而并不打算过季收手。偏财欲犹若一枚威力浩大的深埋之种，一旦整地，施肥，买土，浇灌，期待其成长，罪孽就真的从此不可遏制。

这又切换为那时的徐扬。这个长发流香，如瀑布般飘逸纷飞，美丽，丰满，青春气质薄发的 16 岁姑娘。她把我拉到一个僻静的角落，向我谈起一些事。

“我们这个小城市，尚且没有一家权威且具实力的股东有限公司。纵观北京、上海甚至香港这样的大城市吧，每年操纵股市盈利走向的无非就是那样几家鳌头。我们小城市也可以走这样的模式。全国现在以房地产经济为支柱产业，股市也因房地产的参与高低不就。但我敢保证，支柱领域霸居经济的趋势必然不合理，内存隐患。一旦核心产业垮台，连缀经济全部衰落，后果不堪设想。我现在呢，我代表我父亲的公司寻找股东，父亲不是房产行业，而是第三产业，也就是服务产业。不久的将来我们的门店会连锁加盟，开至整个市区乃至整个省份。”

她周围的流言蜚语常常旋转在耳膜周围。“她不过就是家里有些臭钱，肆意显摆，其实一身遗臭，毛发未干，幼稚得很的小孩！”

而她永远自顾自地活。

她的人缘并不好，年级里冷落她的人很多，我以为她只是想要借钱筹资，所以我讲给她听：“所以，你是想要我拉拢同班同学来给你纳钱？”

“不。我不需要拉拢同学们，我只需要你拉拢一个人，那就是雅木楠，不过现在，她不在学校，我需要你去找一个男孩，他叫潘央。我保证你们不会被亏待。”

初中第一天看见她，我的好奇心已颓然扩张的时候，在各种身边人的口舌流言里，知道她并不是这小镇的一员。而现在我所居住的城市，当然，它有着我曾住那小镇的上属市的身份，这是她真正的出生地。她家境优渥，又生得漂亮。她为何要在十字打头的初期年龄，转学于肮脏污臭，时刻散发着化工厂排出的有毒气体的危险小镇？在答案还未探究到底的时候，她就消失了。并且一消失就是两年。

这些记忆由 3 年的时间长度构成，却只有第一年的故事里有徐扬的存在。后两年，她消失不见，无影无踪。

所以不敢为友。

“徐扬，你并不缺钱花，为什么这样忙着筹资呢？初中，为什么后两年你辍学不读，你人去了哪里？我们都以为你是转去了别的城市，却没想到高中你又会现身。”

“是的。初中我消失了两年，我一个人去了外地……我……那些年不乖，叛逆，做了很多伤害爸爸的事。我只是想帮我爸爸做些事。除了生意，我不知道还能做些什么。”

“所以你并不完全在这城市长大，你没有我们这般了解这城市。经济基础决定上层建筑，你连经济的最基本知识与构架都不完善，你如何断择你通过筹股就可以兴旺你父亲的生意？如果你一定要这么做，出资可以。可以提供你爸爸公司的有效证件么？比如，经营证、合法运营证，或者股东凭证？”

徐扬微微一震，不再说话。

是完美的出击。

所有时间凝聚力在百倍加强于人或物质，其带来的毁灭性与不可逆转都是无法回溯的。这就好比雀斑与囊痘的区别，雀斑因皮肤长期暴晒于日光下，黑色素佑生，一旦形成，很难消除。囊痘因一时毒素累积扩大而成，用针刺破，不碍大事。

那些米粒头般细小黝黑，如雀斑的我。

那个无论怎样犯错都会被命运顷刻拉向正轨，如同只是一次意外囊痘的你。

就是这样不可逆转的不同。

徐扬两年的失踪，以及他父亲临危不乱地在城市打点其娱乐生意，都让我觉得这其中必有蹊跷。况且在我要求见她父亲营业执照时，她的眼神有微微错乱。我想到她的初衷，莫非是并不合法的民间借贷？放贷者出高于银行几倍的利息在周边人范围内集资，筹集大量资金后，若她重蹈几年前所为，悄悄失踪，这样岂不是诈骗？所幸我即时制止，并对着徐扬那张精致的美人脸若有所思。她真的是个美人。只是我无法看透。

曲胜的话让我更加确信她的父亲所从事的行业是见不得光的这个推测。

2

“怎么，你不够相信我说的话？哈哈。”曲胜的一阵坏笑打断了我的思绪。

“我信任你。”我用极微弱的声音对他说。我信任你。比起林缄宇那样残酷摧毁性的打击，我为何不信任你。哪怕你的话里三句为假七句为真，可是这无关感情，我又有何理由不信任你。我从此刻起愿意与你建立深厚的关系。就如你所说，这必然也暗示了另一种形式上的破裂与死亡。眼睛里的泪水已经翻涌复加，不能被控制，似乎是欲冲破薄薄的眼肤，稀拉乱窜地涌泄出来。我要放弃执念的决心已定。我割裂了自尊的界限，摊开自己紧蜷的前躯，静静观望他要做的一切，亦不挪动半寸。

“感觉到我的心跳了吗？”

他的嘴凑近我的耳朵，说话的时候热气打旋，摩擦着我的耳根。

“嗯。”我闭上眼睛，他的手开始在我的身子后面打转。

“可是我感受不到你的心跳呀。”

他的手始终没有逾界，只是在我的后背脊梁骨的位置轻轻地摩擦着。他的身体压在我的身体之上。温柔细腻的触碰，仿若一个愿食用莲子的人，小心翼翼地剥开外围的莲叶，再轻轻挑开内里的莲瓣，露出清玉白洁的莲心。他巧手而摘，我便这样一丝不漏地曝光于他的眼下。只是他动作甚微，在我还未意识到我以赤胴姿态呈现于他时，他便做好了这一切。我闭阖了眼睛。做一枚乖巧精致的莲果。任他摘取，任他品尝，任他歆享。并不反抗。

他突然从我尚未全褪的衣服口袋摸出我用口香糖盒子承装的心脏药，一脸坏笑对我说：“怎么？随身携带口香糖啊？”

我想要夺回，却被他抛向远处，他用力将我压住，我再无任何反弹之力。

或许之前的日子因自己的有意放空而变得浑浑噩噩。我就像一下子醒了。不。他为什么来找我，我不追究，也不会行如荡妇。泼辣泄恨。无恨可言，在我想明白和林缄宇的一切后，我已立言会宽恕任何一个在我生命里程里留下碑记的人。且把他所有的汗水，动作，喘息，奋力，播撒于我体内的能量，看作两个垂死之人互割肉身食用，以荒诞无稽的方式，彼此搀扶互助，度过濒危挣扎的分秒。熹微的温暖留于我，至于那些冠冕堂皇的欺骗，弃给虚遁吧。

因为紧张或者激动而愈加湿漉的汗液顺着我们的身体粘黏地滚动。他把我的头揽进他的怀，我的鼻息阵阵飘进他的口气。我的整个身体变得麻木而蜷噤起来，胸口一阵滚烫的热，如同坠入了虚无旷渺的深渊，脑子并不清醒。盲从的配合，呆滞的回应。此刻的附庸，呼合，媒传，嗔叫。假戏真做的兴奋，娇羞，矜持，潮动。全全是在大脑一片空白下，混沌完成。

他把嘴唇凑过来，我很配合地去迎接，在我的眼神暂且可以瞄到他胸口没被挡住视线的那一刻。仅仅是一刻，一个空白，一个小档期。画面静止了。

我分明地看见他胸前一团很黑的印记。是一团，很紧促，在我离他近距离的当下，我很清晰地分辨出来，那是纹身。

——“SLN” 像是绣上去的花，很夺目，很张扬，呼之欲出。

那一刻，我的嘴巴被他的嘴捂得实实的，大脑腾出时间思量那个纹身，在我本能的想到是人名的字母缩写时，想到舒琳娜。

“SLN”——“舒琳娜”

我确定他和舒琳娜一直在一起，从没有分开过。

15 岁那年，我被一群痞气少年围追堵截，在孤立无援即将惨遭蹂躏的那一刻，是曲胜突然现身。平日里拘谨内向的他，在那天完全爆发东北少年特有的粗犷和暴戾，他一个人敌下十个，最后孤惨地倒在血泊里。这就是我的全部过去，它是如此的暴力，复杂，充满仇恨气息。他与娜娜凄凄惶惶，悲情绝调的爱的圣歌，是青梅竹马，两小无猜，在少年时代存在概率微乎其微下，被密封保存的亲密关系。这么些年过去，我与他们失去联系，不知他们怎样，就这样再次重逢并熟悉，我却只能凭着这个纹身，臆想当年的场景。

你们不曾消失，一直存在。就像这一刻。你仍旧存在，在我看到你胸口那朵耀眼的黑色妖花时，我的心，还是钝钝地，疼了一下。

班主任下达绝交命令给舒琳娜和我，舒琳娜爽快答应。她是恨我的，恨我什么都比她好，同时又责怪自己的无能为力。最重要的是，她恨她自己最珍贵的曲胜，竟会为了我失去理智。我轻易地让她丧失了一切的安全感。

回忆无边无际，却在这时，被突然抖动的手机生硬卡断。

“别接。”曲胜用手按住我。我攥紧的手被腕上的施力扼地生痛，5个手指也被强大的外力分界开来。

“不是电话，是短信。”我企图解释。他的眼神慌乱而恐惧，像一只被激怒的兽，在即将攻击的前一瞬嘶叫示威。

“是谁？”他变得极其警惕。所有动作骤然停滞。嗒然对我看。

我也好奇是谁，把手机打开。屏幕上是一个陌生号。

“别做逾界的事，懂么？”短信上只有寥寥8个字。

我的心突然开始怦怦直跳。这个初中曾经与我咫尺天涯的男生。此刻赤身裸体面对我，而我既不敢正面短信的提醒，又不忍直面当下男孩的眼睛。无论怎样做，我都会被冠以恶劣的罪名。

过了几十秒，手机号的主人突然打过来一行字。“你能离开他吗？”

你能离开他吗？

我能离开曲胜吗？什么问题，什么含义？当下，还是说未来？

陌生号码又发过来一条讯息：“你能离开他吗，别再和他们有纠葛。”

“我喜欢你。”

“来见我吧，我带你去找舒琳娜。”

窗外树叶刷刷作响，寒风卷天地，像是要下暴雨。

“我也带你去找林缄宇。”

果然，天色愈来愈暗。下起雨来了。是大雨。密密麻麻的短信音不断传来，接踵而至，手机震动每隔半分钟一次。就像一颗颗被设定好时间的定时炸弹，胡乱投掷，几秒钟爆一颗，只为打个敌军措手不及。

“够了。这么玩还有什么意思！”曲胜烦躁地挣脱开我，穿好衣服，他粗暴地在衣物里寻找到烟，又重力地用打火机点燃。然后他静止下来，砰然坐在对面的床铺上，定睛对我看。他的身体宛若飞鸟掠过，低垂，胝足，轻轻啄食。浮光掠影，点刹瞬间，便又轻巧飞走了。

“今天的一切，不许和任何人说，懂吗？”

我怅然地点点头。心中并不失落。刚刚的一切期待、试探、猎奇、玩乐似的性行为，因为手机的阻挠被强行卡断。

我不知道这算什么。哑然失言。

如果这就是性，我没有预料中的快乐。想象中，它该是毁灭性的，癫狂的，疯慵至极的，摧枯拉朽的，可以撼动整个身体根基的力量，一场前所未有浪潮拍打的窒息体验。海螺被旋转扭缩拔出肉脂的挖空感。

可我一样也没有。一切太过平淡，我心生困顿。

人与人指定时间交汇，不及意识枉留后便稍纵即逝。这幻影般的存在，构建于高频人体纠葛缠环游戏之上。以弄假成真、弄巧成拙的窃取，以感性配合回应，换取身体利益游戏。

成人尚且不能在这样的游乐中控制、解释、抽离自如。何况孩子。因此，他怎样待我，我暂不怪他。

以他逐年成长，走至现在的模样与情形来看，这又未尝不可。

只是我的感情太过强盛，虽然这感情未必到达爱情的程度。可它无法驾驭一个男孩轻巧的玩弄。

我静躺在床上。微阖了双眼。静静沉思。过去那些回忆，就像在我心底一排排似排演好程式电子订数器一样，固定距离，设定时间，狠，稳，准。啪啪几声，订进去几根永生拔不出的钉铆。这鲜血爆裂的疤孔，各个奇异，不同，特点分明。倘若这便是爱的定义，每个男生，我都曾倾尽所有的投入，无法撤退与收回。因此这针针孔孔的印记、排列、组合，是否可以串联起一个故事给我听？

这个故事要有多盛大温馨，才可抚平我所有的伤痛。

我的眼角流出泪来。再也抑制不住。

3

心脏，生砺砺的痛。

走出医院，天空变晴朗，那群尾随他而来的男孩们已不见了踪影。心里像被掏空了什么。胸口难过得要命，而这一次不再是因为激烈的角逐抑或是激动的人事纷争，相反，像是有一只大手，轻易地从我的喉咙进入，继而将我的五脏六腑连根拔起，掏空了。

我试图去寻找我的心，我的气息，我的残喘。

然而通通没有了，什么也没有了。

我被无情地抛向了虚无。

脑海里始终缠绕的画面，是在那群少年把我带走之前，舒琳娜颓废疲惫的脸和凌乱的衣衫，隐约觉得她出事。我心有不安。

我和舒琳娜定期都能在教堂碰面，因而没有她的联系电话。又忘记带钥匙出来，我无路可去，搭车回到砖瓦房。并且拨通了金咸玉的电话。她是唯一一个可以帮我联系到舒琳娜的人。

漆黑迷茫的夜晚，破旧的砖瓦房边以外多了几台推土机。推土机突然发出巨大的声响，一次次撞击着本身就并不坚固的砖瓦房。城墙也被偌大的机器骤然推翻，整个麦田在一片茫茫的大火中被夷为灰烬。灰烬味，麦秆烧焦味，不停地以灰色气流的形状，钻进鼻腔。大火烧尽了整个庄稼地里的秸秆麦田，瓦房被巨大的推土机强行击碎，又刹那间坍塌销毁。所有的一切被夷为平地，甚至来不及我去回想，该发生的就义无反顾地发生了。

电话接通，孱弱的女声响起。“是刘艺傲吗，什么事？”

我的眼睛被眼前的一幕深深刺住，已经忘记自己打电话的初衷，“金咸玉，你现在在学校宿舍吗？我在小镇的砖瓦房附近呢，我不知道怎么了……”

我听她喉咙颤动一下，“艺傲。我听见你周围有嘈杂的声音了。我知道你现在在哪里了。你等在那里，别动，我一会儿就到。”

她的焦灼和急切太过明显，以至于我的下一句“这么远的距离你怎么来？”还没问出口，她就挂了电话。

空茫的夜，路边沼气沸腾。偶尔有蝉鸣，惊醒耳边宁静细簌的树叶哗啦声。

我等了足足有 3 个小时。

她骑着电动车急匆匆地赶来。

全学校的人都知道金咸玉突然入手一辆崭新的电动车。

那电动车微银，发出不明显的反射光。街角有石头屹立一旁。她骑过来的时候过于慌张，不娴熟的动作和错乱的神情，让她险些摔倒。好久不来，连路边有块巨石也忘记了吧。曾经那么烂熟于心的地形，怎么现在会让你如足陷泥潭一样忙乱失措，我看着她的眼，求她也看向我的眼。

面前的女孩有着白嫩水滑的皮肤，我的心如一面有千般涟漪静穆扩张的湖，打着卷皱波纹，以固定不变的频率一圈圈荡漾开去。不可否认，我们的成长就是要以流窜颠覆的波状频率逡巡下去的切痛过程。而所有有关波状的东西。关于在乔木的树干中一圈圈留下的岁月年轮，关于以此为沙滩潮汐线而后在这界限前后翻涌而起的浩瀚浪波。生命以同一个模型为起端，被富予不同的磨砺和坎路。

耳边有巨石破裂的声音，紧接着，整个大地都像被重物劈裂一般，发出轰隆梗脆却张力跋涉的声响。

“你完全可以搭车来，然后叫我付钱，你骑电动车来，叫我足足等 3 个小时，是故意的？那么我是不是还要谄媚地夸，你的电动车哪来的，真漂亮。” 看到这款和林缄宇一模一样款式的电动车，还有她让我 3 个小时的久等，我一时无法自制地向她发去嘲讽。

车子想必是林缄宇送给她的。

“请你自重。” 她的嘴唇呈现紫红色。在秋风肃杀的九月天气，显得阴郁又封冷。

在还未来得及理解她话里的含义，耳边飞速流窜的细沙石就开始一点一点割乱脸上的皮肤。眼前的世界，由记忆里那个整体存在的小屋城墙，变成一寸一寸被分裂劈散的碎画。

4

而我不打算停止。

“你忘不掉林缄宇。”

“你出身贫寒，没有爸爸，急需一个人替代你的安全感。”

“然后刚好有这么一个人符合你的所有期望，他是官宦子弟，他帅气有魅力有文艺。”

“所以你把他想象成了你这辈子注定要得到的一个人，对么？”

“这叫剥削和占有，这不是爱。“

借着着推土机巨大的声响和灰尘混杂的脏杂环境，我妙语连珠。我承认我口才太好。不然，在犀利刺伤她的同时，我怎么哭了呢。我似乎可以在看见细尘挥散里，她在对面的模样。是麻木的眼神还有呆滞的表情。

有些人对过去的恋情、过去出现的人鄙斥如草芥，轻轻掸弹如同附着于衣装上的尘灰叶茎。有些人则还存有厚重的念想，妄图走过叠加的时间为过去死而无葬的恋情蒙荣。前者生无牵绊，活得潇洒，后者迷情良多，终日寡欢。金咸玉和像极了她的我，属于后者。

在说她的同时，我就像在说另一个自己。

枯槁的冷秋。天地之间满是萋草荒原。偶尔几片落叶凋零，整条小道因这细窣的碎响，更显它的荒蛮与僻静。星辰与月光从背后杳无声息地漫起，粉末状的光晕铺就整片深海的空，潮水一般涨落有度，松弛分明地掩盖夜的帏幔与毡帘，又随轻降的风倏尔洒落。落至平坦的湖面。映射这柔暖的一切。松香般细微绒软的氤氲，让彼此之间毫无意义的追诿渐慢缓消。

“是的，我是忘不掉”——出乎意料的是，金咸玉垂下头去良久，忽然抬起头，开始说话了。

“你知道什么感觉叫忘不掉吗？就是你坐立难安，除非是有类酒精物质麻痹大脑。不然当下没有哪一秒钟是易熬的。想要什么都不想，放空自己，竭力舒展身体平躺在床面上。但是躺下之后每个脑神经细胞都在撒谎说他还未离开你。你要用理智，一次次说服那些还活在梦里的感性脑组织，告诉它们他已经不在了的事实。这种艰难的自我对战，不久就会消耗大量体力。往嘴巴里塞食物的时候稍微好受一会儿，可是胃被填满之后，仅仅一层胸黏膜之隔的心脏，却越来越空，越来越虚无。就像你刚刚填充的食物有尖锐的棱角磨碎了心的边界。血，稀液，黏稠细胞质，暗色淋巴结液，都随着一并溢出。你不知道，我已经在这样的夜里挣扎了多久，挣扎到我再也不愿这大脑是有意识而清醒的。但我从来不后悔他来过我生命。我后悔的是自己太过狂大，后悔以为自己早已经留住了他的心。”

我开始变得恐惧，原来我真的刺激到了她。我急急补救：“你别那么激动……”

“你真心懂那种希望被掠夺的痛么？不错，我确实是失恋了。但我不想把这一切归结于简单的失恋。那种感觉就如同我在我人生最低落的角落遇见了一个长着翅膀的少年。他送我一只氢气球，并且同我一起飞。然后突然，氢气球破裂了。我失去依托，重重摔下，那个男孩他有翅膀，他头也不回地飞走了。我翻来覆去睡不着的空隙时间，脑袋里缠绕往返的情绪无法理出一个清晰分明的逻辑。我不知道，到底是哪个环节出错了。他已经走出我生命久远，但我却越来越顺着时间轴线向回走。我似乎一直在企盼，只要我想明白，我便理解他的到来对我的意义。是他递给我氢气球的瞬间就已经仅是出于怜悯，同行也只是为了给这怜悯增加一些附加可被怀念的施舍，还是说，在氢气球破裂的那一刻，他因我没有翅膀，深知我不可成为此后余生与他相伴的同途人，因此那样决绝地离开。可是，如果真的是这个缘由，在他递给我氢气球的那刻起，他就已知晓我是不会飞的呀。他不懂，我并非一个好高骛远的人，我愿身处高处，也不过是因为，在他递给我氢气球的那一瞬，我就已经笃定与他同行的愿求了。”

“有些人爱的模式，由浅入深。可是我不一样，我会投进我当下全部的，可能的爱。有多大——无边宇宙那么大。可能我太特别。所以迎头撞上命运1/1000概率的玩笑。这个玩笑有多大。也是无边宇宙那么大。它关乎道德。关乎伦理。关乎禁忌。一切都是在我不知的情况下发生的。当我知道的时候，我就全部都没了。我从氢气球上掉下来了。”

“我在学校里被徐扬排挤，你知道吗？徐扬喜欢林缄宇，你知道吗？”她眼睛开始变得通红，声音沙哑。

“那是因为你收了林缄宇给你的这台电动车。不是吗？”

她扔下电动车，咄咄逼人地向我走来。“是，是我收了别人送我的礼，那么你爸爸呢？”

“我爸爸？”

“按照现行的法律法规，拆迁人拆迁房屋应该提交五个基本文件，俗称五要件。其一是建设专案批准档；其二是建设用地规划许可证；其三是土地使用权批准档；其四是拆迁计划和方案；其五是资金证明。就我们家这块地来说，要想合法拆迁，必须先将农村集体土地征收为国有土地，然后由用地单位取得‘国有土地使用权批准书’才可以进入拆迁程式。然而，你爸爸为了与民争利，所采取的完全是欺上瞒下、不择手段的黑社会手段。”

“我们依据法律事实证明我家这地早就转为国有土地，我们一家也早已经转为城镇居民，依照法律程序要拆迁我们的房屋必须有县市以上房屋拆迁管理部门进行，你爸爸不仅不符合拆迁主体资格，更拿不出合法的征用土地手续和拆迁许可证。”

“如果没有猜错，我市国土资源局批准了‘临时用地批准通知’。该通知同意临时使用这亩土地。依据这样一份‘临时用地批准通知’，就要强行拆除我的家。你说，是谁给了你爸爸这么一份大礼，你说啊！”

所有房屋似乎一瞬间便销毁完毕，而面前的一切变成彻彻底底的废墟之后，我才突然明白。她今天来找我，是因为她的家，被毁了。

我愣住。

“我从来没有向你说过我的心里话，我也很少愿意让别人看见我有多脆弱。其实我好累，我始终觉得身上背负了巨大的蜗壳，我要拉拽着它向前走。而身边的人活得如此惬意，她们有良好的家庭环境还有从小被培养起的才能技艺。我什么也没有。除了死撑硬撑，我什么也没有。现在，我连家都没有了。什么都没有了。”

我知道自己一定是被人陷害到这样一个阴谋里去，却不知道最初设下这圈套的人到底是谁。

她踉跄着向回走。我想追赶上去，但几秒钟之后，她却突然转身，对我说这样一句话。

“刘艺傲，我不知道你今天是怎么了，为什么从第一句话就含有敌意，可是你记不记得，我说过，我会让看不起我的人永远后悔。”

寒彻全身的话语飘荡在巨大推土机停止运行之后，整个天地恍然间一片寂静。她头也不回地走了。

5

小镇有了第一家 KTV 之后，我和舒琳娜、金咸玉都兴奋到不行，摩拳擦掌想要去里面探个究竟。那是在我们 14 岁的记忆里，第一次有关娱乐场所被兴建、存在在离我们如此近的距离里的画面与记忆。彼时脑海中的娱乐场所，该是电视里灯红酒绿、摇头晃脑、足尖接踵的场景，我们就在门口张望着，在每一次放学，上学路过那家 KTV 时都要竭力张大耳朵，听听里面的声响是怎样个究竟。在小镇里第一家 KTV 运营时，市中心已经不知道已经有多少家更大、更豪华、更恢宏的娱乐场地被兴建了。这个小镇的落后与贫瘠，不管于经济、环境，还是人们的物质水平，文化风尚，甚至包括奢靡高端的娱乐场地普及，其传播速度、传播媒介、适用普及率、人们的接纳敏感度、消费频率、平均消费档次，都无一不佐证了它在繁荣市中心比较下相形见绌的综合测评以及东施效颦的理论实践。而这个小镇每年要给小城市政府缴纳的税额，一点不少于周围任何一个小镇。或者不差于小城市政府要向省级报的费用。小镇显得附庸而阿谀奉承。谁也不清楚金钱流动的真正方向。

政府是整个活动中的幕后操纵者。每场终极活动，其内部终有 3 个因素在决定，而人们往往只看到其中两个要素，却无法看透第三人才是整个市局的关键。

我父亲只是招商引资的媒介人，若事件需要策划、执行与实施 3 个要素，他的作用，微不足道。

我来到酒吧里找徐扬。

重低音。回旋 echo。低俗喊麦。躁动刺哑麦克风。

灯红酒绿。五光十色。

伏特加。威士忌。觥筹交错。杯盏相接。纯明液体。熏鼻酒香。

黑白闪灯。连贯的画像被切断。分成段段节节。钢管舞。的士高疯狂的节奏点。庸和附随的男人。吹口哨，打响指。冷不丁嚎叫一声。

舞台的人们。身体碰撞，肌肤相迎。汗，热气，蒸腾在密麻的人群之上。挤掇成黏滞的一团。

颓靡的生活。

徐扬戴着浓重的烟熏妆，稚嫩的容颜上被涂抹成不符合她年龄的妖艳。酒吧半环坐台，有一单开胃菜列表，除却这单开的一隅，单子其他地方是酒水和甜点。因为酒吧主要还是以夜生活餐功为主要销点，所以菜单上只有寥落几道小菜。这屈指可数的小菜，却是主客们绝佳喜欢吃的东西。常常一夜卖出近百份，酒吧也因此生意火爆，客源应接不暇。

我们如一粒不随意志游走的尘埃。随着最普通的熙攘人群奔波于此地，妄图卸去一身乏气。却不想其实空洞的内心会因酒精的掺加愈加麻木与虚无。

徐扬拿起那叠菜单，用手指点了点正中央那道菜，眉心高挑，满是愉悦情绪，对我们说："这道菜叫左宗鸡，英文名是 General Gau's Chicken，在美国扎营驻足的中国餐馆，每家必有这道主打菜。酸甜可口，醋爽沁人。我来点一道，让你尝尝味道。"

她是怎么如此熟悉在美国的中国食风的餐饮业？

"那个叫潘央的男孩，你找到了吗？"

我摇摇头，示意我并没有按照她的要求去找那个人。

我喝得迷糊，想到她还是在意着她父亲的事业，就是这样一个经济发展方式单一并乏善可陈的小城市。没有几家真正打入中国的上市公司。徐扬口中的筹股更是天方夜谭。如果我没猜测错，徐扬她只是想要集资。如果没有猜错，这酒吧也是她爸爸所开。以夜场为主打的娱乐场所，与公司两个字毫发不沾。

我用带满怨恨的眼神看向徐扬，问道："是你让舒琳娜来这里上班的？"

"是我让她来的。怎么，我做错了吗？你自己对着镜子去看看你那眼神，就好像审问犯人，刘艺傲，我不想让舒琳娜再受那些委屈，你没有打过工，你知道什么？你看见过她在寒冬赤裸着双手在后厨洗碗时的情形么？你碰巧遇见过老板店里缺人，送大的订单时没有男力，叫她一个人手抬两个大箱子时的情形么？你目睹过她忍气吞声低声下气用手一点点抠去炒锅上铁锈时的情形么？或者再推近一点，她作为新人什么也不懂，搞错帐被老板死骂，那个时候你在哪里？你有什么权利指责我，最应该帮她的人，不该是你吗？这些年你跑去了哪里，她受苦受难的时候，你在哪里？"

酒吧的环境依然很嘈杂，她的话字字诛心，我听得分毫不差。我无理回应，更无力说话。

整个世界是摇晃的，混沌之中清醒又昏迷，我昏昏欲睡却又清醒至极，似乎看见了林缄宇。

林缄宇走过来拍拍我，他不说话。只是对我笑。而后走过来大口对我呼了一口白气。我闻不到味道，惊起一身冷汗。他讪讪对我说：你还是不懂。

再也看不见你明眸皓齿地对我笑。再也没法被你深深地护在身后。再也不是你最独一无二爱护的那个人。我猛然间觉得自己失去骤多，却看不见自己得到了什么。

男孩，你到底想对我说什么？

我醒来之后，全身湿透，顿觉刚才那惊起的冷汗，已然有半分知晓这一切都只是个梦。 看见旁边空无一人，无所依的失落感又一次阵阵袭来。我蜷在被窝，不愿抬头，只要一起身，周遭的冷气就以肉眼看不见的密度侵袭身体发肤，每一寸毛孔也会被迫接受外界的寒。梦里他的那句“你还是不懂”，藏在胸口里。

我抬头向下看，发现自己躺在酒吧的某个储藏间的床上。身子是赤裸的。

一阵巨大的羞耻感与愤怒窜袭我的心头。

第十二章　空

1

阴谋。是的，一场阴谋。是徐扬亲手制造了这一切。

我唯一竭尽全力做的，就是用尽脑袋里的想象力，想明白她这样做的原因。

舒琳娜被她介绍到酒吧来工作，那天衣衫不整神情焦灼，大概是出了什么事却不方便说。我父亲仅仅在商业活动里做着媒介的职务，如果硬扯到黑社会强拆，真正和黑社会沾边的是徐扬父亲才对。我呢？如果仅仅是因为我没有按她的要求去找那个叫潘央的男孩，她借此来报复我。

——可她衣食不缺，不必因为钱设下这样的计谋，那么她这样辗转反侧介入我们3个姑娘的事端里，应该只是因为同一个男生——林缄宇。

我起身，拿起手边的啤酒瓶，在地上重重一砸，收起最锋利的那个碎片。

去找到徐扬，伤害她，然后自杀。

我镇定地穿好衣服，装作平静地走路到学校。

班里空无一人。同学传言三班有一个女孩失踪了。

我沿着操场边缘走。有橘黄外皮下圆润妥帖的曲体线条，是盛装包裹下颗颗晶粒饱满的石榴果。那橘黄渐深渐熟，渐微与周边的彤红连成一片。更有串串红在低微的脚边打底做配，整个眼球被迷幻的血红紧紧充溢，宛若圣境。樱桃树已结果。细嫩琉璃般的樱桃，呈现出最原始的味道与色泽。晶莹透亮，绒毛在微风浅阳下抖动打卷。种植园坯料下的果实，不经过杂交与选配，不是进口樱果那样紫色硕大具有不真实的膨胀感。它们初出自然，因而透着闪亮的榴红色，给人可用目光触碰击碎，迸溅汁液的玄美错觉。

樱桃红。多像血红。

我做出寻找的样子，眼睛却一直在窥探人群里是否有徐扬的影子，渐渐游荡到了学校的湖边。

湖面上飘着的一个白色的小点，像飞鸟衔食般低触湖面，几分钟后，那白点渐渐飘近。我用力看清那白点是什么物体，当我看到那是一双鞋。是一双女孩的运动鞋时，我惊叫着，快来人啊，来人呐。眼泪刷的一下就流了出来，恐惧，惊惶，垂怜，以及说不清的不祥预感郁结在胸口。

她整个人头朝下埋在水里，只有一双鞋飘了出来。

抢救人员迅速赶了过来，女孩被捞上来的时候已经没有了血色，停止了呼吸。医务人员和老师没有放弃最后的希望，一直在奋力做着人工呼吸。

秋天，湖水刺骨冰凉。她是怎样一个人慢慢走到湖里任由湖水漫过头部的，谁也不得知。

我挤过墙壁般厚重的人群，当我看到那个女孩的脸时，整个人就像被投掷到了一片真空中，完全麻木了。意识和幻想在现实的承压下不断剥落成型。最后露出杏核一般的尖锐裸壳。在空荡残损的裸核下，曾经虚幻的外皮显得如此不堪一击。外皮永远是光鲜亮丽，哪管内絮发毛虫蛀。而这就是生活本质被脱落下露骨的唯一真相。是不是上天不忍收走我，所以故意要在我面前描摹成这样一起悲剧。她的死相真的很惨，而那副面孔我无比熟悉。

是金咸玉。

很久之前我们一起走过小镇那条小道。我总是突然反手将她抱住，嬉笑着肆无忌惮地去揉搓她的脸蛋。一边用力地蹂躏一边还咧开嘴笑个不停，“嘿，让我来摸摸你啊……”

她越躲，我就越用力。最后她也开始哈哈大笑起来，全然不在乎形象。两个女孩就这样纠缠大闹一屁股坐在土地上。

嘿，让我来摸摸你啊。

我坚守着距离警车和围栏3米远的位置，我动弹不得，警察和医师正在做尸检。我好想走过去，摸摸她的脸，揉搓得越用力我越欢喜。因为那样她的脸蛋才是红润润的，不像现在这般面如土灰，毫无血色。

那刻起，我突然懂得了生之微末与人之脆弱。往事更如拂面而过，撕揭而去。我多想念你。想念我们曾经在一起的日子。想念我们的争吵，拌嘴，甚至想念你对我的不屑，嘲讽，打击。我记得每一个历历在目的过程，就如同我曾在某个和你吵过架的夜晚过后彻夜难眠，祈求你第二天以温和平善的目光对向我。那种心里七上八下、七摇八晃的煎熬过程，还有床单上因为整夜难眠而留下的翻来覆去的褶皱。迎来第二天上学见你已不再用冰凉刺骨的语态对我的那种欣喜感。回忆里的故事有条不紊地在向着我们会更好的明媚方向走去，所以我从来没有想过，会失去你。从来没有。

救护车警车蜂鸣般的声音在校园嘹亮地响起，就像要冲破整个黎明的天际。

若爸爸的死，情有可原。你的死，就真的无法被原谅。

寒冰刺骨的风就像要割裂整块附着在肉体上的皮肤。千百天来，我的所有的坚强防备溃不成军。我哭得像个泪人。哭到抽搐。哭到痛苦无以复加。 这个世界上的人千变万化。但大抵都存在着一种相似的能力——见风使舵。我把这种能力演绎得惟妙惟肖。即使我明明懂得她于我来说多么重要，她多么耿直善良，优秀到无可挑剔。但在更多的质疑或是嘲讽她的人面前，我犹豫了。那晚在被拆迁的瓦房面前，在推土机一次又一次地撞击我们曾经的小房子的时候，我竟在心底重重的承诺，我不原谅她，我不原谅变了的她，不原谅那个是林緎宇前女友身份的她。不原谅莫名会有好看电动车的她。

黑压压的人群就像是巨大的浪头，而原本还与她相依为命的我，一直牢牢握住她的手的我，在即将翻仰过去的那一瞬间，松开了她的手，就那样，任她在冰凉的海水里被液体倒灌口鼻，直至窒息。

对不起，对不起。

金咸玉，对不起。

警笛鸣声，与整个学校传来的给死者默哀的防空警报声交相呼应，距离学校一百米之远的破旧铁轨，终日废立，却突然传来了车轨底座呼啸乱响的声音。紧接着汽笛长嘶，延脉百余米的距离，刺穿天空抛洒下来。整个学校仿若被声响囚绕笼罩，大波频小振幅交相回应。我整个人懵住，好像进入了一个超脱三维的无我世界。那声响从三个方向抵达落至，皆如立体环生，而我脑海里挥散不去有关金咸玉的回忆片段。世界随这声响向前进，我随大脑意识洪流向后跑。就这样割据尚存的清醒意识。我猛然倒地，眼前一片漆黑。与世界骤然失去联系。

我坠入空缈寂落的弭白时空不负清醒。我不甘承认，眼前这个姑娘的死，与我有关。

我永远失去了我曾经拥有的一切。以这个时间点为界点。永远。

从此以往,生活会是无数赎罪与挣扎交替往返作用于我体内的日子。我知道，我再也不会原谅我自己了。

骤然跌落的疼痛，无法喘息的窒闷，以及捶胸顿足的悔痛。翻来覆去如浪潮般袭来，过去的点滴亦如被遁入了虚无，滞留下的，仅仅是苍白。如她最后的苍颜。

2

尸检结果在一个星期之后公布。金咸玉左右胸腔都充溢了液体。心包腔内含有少量液体，腹腔、胃、食道均有液体充斥。是死前生之本能挣扎所吞食的湖水。胸腔被灌进的湖水容量，是足以至人死亡的最低限量。尸体正在进一步排查中。然而已有 80% 的可能，断定她为自杀。

几天后，我在校园里看见林缄宇的身影，他在班级的门口站立，没有看见我。

他提前回来，该是得知了金咸玉死去的消息。

我没有惊扰他，甚至没有让他发现我的存在，某个昏默的午后，我一个人低头在校园内行走。听见一个男孩我身后叫住我，我转过身。竟是杨天。

咦？怎么是你？

嗯哼，是我不可以吗？

你怎么从学校门口进来的？

为什么非要从学校门口进来？我从墙外翻进来的，不可以么？

那……你来做什么？

我想你啊。如果不介意，以后我每天都这样来找你，不好么？

这个男孩于我来说是极其奇怪的。我从来不听他提起他的家人，也常常在夜深人静回家的的路上，见他游荡在林林总总嘻哈玩乐的少年群里，没有归意。很多次我想冒然走上前去，大声质问："你怎么不回家，难道和他们睡大通铺吗？"然后又想起一帮人聚集在一起，冒着脚臭汗味，燥热闷气挤在一起的场景，胃里阵阵恶心。面前的男孩虽然并不刻意显露特别，但他的衣衫总是整洁的，给人干净的印象，不像是随地可将就的人。所以常常思虑他的来头。他对我来说很神秘。

其实我很想进去他心底的那个世界，瞧瞧是什么模样。

"我听说你们学校出事了，还是你的朋友，怕你想不开，所以来看看你。"他对我轻笑，摸摸我的头。

没人愿意去探究一个死者生前经历的痛苦。人们只是唏嘘了一段时间。学校传言，或是校长大会沉湎，最终的解释都逃不过，女孩成绩居高临下，名列前茅，接近高考成绩陡然下滑，因承受不了高考压力而自杀。校长与老师几经劝慰，要我们尽量忘却此事，恢复情绪。

校长更是请了心理辅导员给班里的同学们做辅导，告诉大家："高考重要，调整心态！"

从那天之后，我常常感觉到身边突然出现一个女孩，别人看不见她，只有我看得见。她依旧穿着那双崭新的白色运动鞋，露着白色的牙齿，好看地对我笑。

“刘艺傲，你要加油哦。”她对我说。

爱生命一样地去爱自己，所以不应再有一点的轻薄之意。不管发生什么，都要好好地向着未来走去。

不要再抱怨，不要再嘲笑自己身体的每个肌肤纹理。

不要再记挂那个你在酒吧被男孩羞辱过的身躯，因为只要活着，一切都不重要。

第二天，杨天果真又跳墙来找我，我似乎也在潜意识里等待着他给我一个温暖的拥抱，一个调皮的小动作。我想让他一个人见我，想我们两个人单独在一起的时光多一些，就像第一天，他用手护住我即将倾倒的身体，骤升的体温像电流一般传递全身，进而在心底里荡漾。

我不知道什么时候喜欢上了你。也许是第一次他坏坏对我笑，也许是第二次他用怀接住落倒的我。

我喜欢你。从医院里那个梦境开始。

他带着我向琴房的方向走，他在前面走，我在后面跟屁虫一样跟着。

他的手机在屁股兜里险些掉出来，我偷偷拿过他的手机，翻了里面的照片，就像发现奇景一样嘴巴大张。

我自然以为，一个男孩，喜欢玩乐打斗炫酷，照片里应该不是游戏截图便是汽车广告。出乎我意料的是，他的照片赫然是一群熠熠生辉的珠宝玉石。蓝碧玺在柔光下慵懒缱绻，祖母绿以温婉细润的色泽打照眼球，和田玉纯洁透亮，边角圆润。貔貅图状小叶紫檀，株株璧合连理相映。青嫩的翡翠掭拈烛芯，坦桑石、猫眼石、石榴石哗然聚合，异彩纷呈。更有琥珀、珍珠、珊瑚、煤精和象牙舳舻相继，冰彩玉髓，欧泊石，白、灰、红、蓝、绿、黄、羊肝、胆青、鸡血、黑玛瑙，各色水晶，各质玉蚌珍珠。表面琢成弧形的宝石在光线照射下，呈现相互交汇的四射、六射、十二射的星状光芒的现象。水晶表面呈现的明亮的光带，似猫眼细长的眸子，在白光照射下，同一水晶戒饰上同时显示出多色闪光。水晶色彩游动，闪闪迷人，出现红、橙、黄、绿多种色谱。

密集的散射光线集中在一起，呈朦胧的晕色，如同月光。

我沉浸在惊奇之中，人却已经到了琴房，来不及把手机放回他的兜子，在我抬起头的下一秒，我愣住了。

3

我不知道自己看见的是什么，揉揉眼睛想看得再仔细一些，但是我看清了，这次格外得清晰。

是曲胜，还有舒琳娜。他们的手紧紧地攥在一起。

他们看着我，就像看一个来客。

而在琴房的角落，竟然是林咸喻。

我想笑，嘴角抽搐着，笑不出来。我反过身去寻找站在他们一旁的杨天，我狠狠地盯着他的眼睛。我想说你满意了么，你这样做很好么，这就是你来找我的目的么？

杨天没有回应我犀利眼神的举动，相反，他的眼睛望向曲胜。

他的眼神像是一把刀，下一秒，舒琳娜的手就和曲胜的手分开了。如果我足够敏感，我的觉知足够微细，如果我的第六感足够优秀。

那么，应该是舒琳娜最先推开了曲胜的手。他们的表情明显比我还要错乱。一种不祥的预感从心底里腾升出来。

“娜娜你没事吧——”我试探性地问，其实心底的不安已经要把我吞没了。那天她衣衫凌乱，像是被人打过，又在慌张下拉扯我和曲胜见面，像是被人逼迫而不得已。我一度以为她出了事，现在应该是在医院。可是她安然无恙，毫发无损，光彩耀人地拉着曲胜的手，出现在我面前。

她的眼神也好惊慌，但是她仍旧装出镇定的样子。

“我……没事了，呵呵，闹闹，你为什么要打我？”

这世界上有八度音程，钢琴有 52 个白键盘，7 个八度音程 Do。她的最后一句话像钢琴上的 7 个音程，一字比一字高。

等到说完这句话，她先前唯唯诺诺的样子全然不在了。剩下的是高高的责难句盘旋在这间不大的琴房。

“你为什么要打我？”

你为什么要打我？给我个理由。她的目光凛冽。

我完全想不到下一秒钟的时间会发生什么。

如果我想得到，林咸喻就不会被送进医院了。

杨天就像一只被激怒的豹子，猛地扑到舒琳娜的身上，开始撕扯她的衣服，抓住她的头发，喊破喉咙地问她：“谁打你了？谁打你了？伤在哪儿？伤在哪儿？”

舒琳娜瞬间变成一只惊慌的小绵羊，她大声叫着，曲胜救我，救我。

曲胜举起身边的椅子，企图砸向杨天的头。在我即将以为杨天要轰然倒地的最后一秒，一直静默不语坐在一旁的林咸喻，猛然扑向杨天，用身体挡住曲胜砸下来的椅子。

林咸喻的后脑勺被曲胜用椅子深深砸了下去。

画面静止了。

舒琳娜整理好被扯乱的衣服，用柔软的小嘴啄了一下曲胜。

“阿胜，好怕怕。”

曲胜用手轻轻拍拍一旁受到惊吓的舒琳娜，安抚并讨好似的抱住她。转过头对我说：“你把林咸喻送到医院去，10分钟之后我去给他交医疗费。如果你敢联系他们的爸爸妈妈，杨天会比林咸喻还要惨。”

就像坐过山车，当你觉察到惊恐和难受的时候，车已经停了。车下的人们叫嚣着你刚才勇敢的样子，而你不明白，如果失态和错乱可以取代余后漫长的惊恐和难过，你宁可选择不要那最不值钱的虚假淡定。

窄。

走廊彼壁对立，保持固定距离。

远投视角，景象梯状映像在眼睛虹膜下。固定距离的平行甬道永远呈头大脚小状。

棺椁的形状。

逼近死亡的寒气。阴暗潮湿的地面。忽闪跳动的灯光。

闷头一股刺鼻的，特属于医院的强烈过氧化氢味道，迎头蒙面。差点让我晕厥。幼年的记忆被唤醒。毫无征兆与来由的恐惧感。像涨潮的海水一样淹没全身。脚底渐渐渗出寒气，向身体肢干蜿蜒。我不知何时就被生活扭向了俯背屈身，手无反转之力的状态。我找不到顶梁的柱，维系的线，穿引的索，能给予我力量的支体。它俨然已经被生活压弯变形，失去可被辨认的模样。

医院外头的走廊里，人声混杂。各种陈杂的液体以奇怪的混合气味传进鼻翼。我所目及的哀伤，瞬间压聚在我不及拳头大的心房里。因行动不便而被迫接受尿壶排解的老人。被细刺的针头恐吓得双瞳失神的婴孩。厕所腐臭冰寒的排泄物被灌以废弃酒精液体，酒精棉七凑八乱地散落在茅坑深凹处，已经因为浸泡和化学反应变得黄褐。过多冗臭作呕的场景大可被闭目不视的眼帘遮去。然而无法闭合的鼻翼以及时时刻刻因亢奋保持警惕的耳蜗，以光速般的扑朔形式回溯，面前像有单反相机抓拍镜头，收放自如亦如近景远置，收纳进整个医院方圆不到50米的哭泣声，斥责声，哀叹声。皱着眉接完尿液的年轻人把尿壶闲置一旁，尿液的骚性味瞬间弥漫整个楼道，护士以平均3分钟的频率更替输液吊瓶，消毒水和酒精味因此更加刺鼻，被针扎而疼过后的婴孩安详地沉睡在母亲的乳下，刚吃过奶的小口泛着轻微的奶香。生老病死惨相，人间杂脍纷呈。我生活了数个日夜，16个年头的岁月长度，猛然间如被遭刻下了醒目的时间标度，生猛的视觉印记以阵痛和痉挛的方式，提醒着我，这里是小镇微寒的偏远诊所，而那个因我而受重伤的男孩，原本不该来这里接受这样令人颤栗的恐惧医疗。

林咸喻身上被插上无数的管子，床边有不停工作的心电控制屏幕。他正躺在病床上打点滴。我在医院的椅子上，杨天陪在我的一旁。我脸上带着惨惨的淡白，看着脸上比我还要淡白的杨天。两个形单影只毫无承担能力的未成年，面对眼前的场面，无能为力。

曲胜给了我们5000块钱。这些钱对于要住院和输血接受治疗的林咸喻来说，只是一个小数目。但我再没有多央求什么，眼前烦乱复杂的事实就像一锅沸腾而即将溢出的粥，只要大脑是清醒的，心就痛得不行。

林咸喻他失血过多，大脑昏迷，现在还没有醒来。

吊瓶里的液体是鲜红色的血。

其实我们并没有过多的交集，男孩，你又为什么要因为我而受伤。

4

“滴滴——”

机器突然骤响。心电控制屏幕上的曲线频率低缓。我慌了，大喊医生。

“做心电复率！闲杂人走出这间屋子！”

男孩已经昏迷，失去意识。即使心机如何在他身上摧毁暴力地施力，他都不肯随着摇动半寸。

一下，两下，三下。

三下过后，男孩开始恢复意识。我听他口中说出什么字，慌张打开门，想要靠近去听。被医生严厉制止。房间与楼道蓦然。

医生面无表情向我们走来，手上拿着雪白口罩，眼神落拓直逼，严肃而问讯般对我们说：“患者经历严重室颤，已被抢救恢缓。如果患者没有先天严重心脏病，那就是药物引起室颤。你们知道他曾服用治疗心律失常的药物么？或者误食？不管怎样，治疗心律失常的药物大部分会引起心脏室内传导阻滞，Q-T间期延长，心力衰竭，室颤甚至心脏停跳。等患者康复，务必转告他，禁止再服用与奎宁丁等一系列治疗心律失常相关的药物！”

我呆了。治疗心律失常的药物，只有……我有啊。

他……怎么会吃。

护士走进来给林咸喻换吊瓶。我低下头，轻轻地在她耳边问：“医生，他没事吧？”

“颅脑损伤，失血过多，现在即使醒过来，可能也会轻微失忆。”

我追问医生：“轻度失忆是什么意思？一天前的事情他记不记得？几个月前的事情他记不记得？几年前的事情他记不记得？轻度失忆是指距离当事人时间愈近的事情他不记得，还是越来越远的事情，他不记得？”

医生摇了摇头，“这个现在还说不好，要看他醒来后的恢复。”

林咸喻，我想，你解脱了，你不会记得是谁打了你。你也不会记得你为了我们3个人那些纠缠不清的事被打成这样，你看见我会叫不出我的名字，我走在路上你会以为是个路人，我再找你去弹钢琴你会以为是第一次。很好，很好，这不是最好的结果么。

这都是很好很好的。可是我为什么哭了呢。

我用指尖轻轻在他的病床边缘划了一道又一道圈。连环的圆环一圈又一圈，环环相扣，就像寓意了险象环生，就像映照了此刻我焦灼不安的心情。却听到了我这辈子都不会想到的两个字。

他用苍白裂皮的唇，用几欲干渴燥热而撕断的嗓喉说。

“咸玉。”

听他喊出这两个字眼，我惊呆了。

面前这个生息微弱的男孩，他或许是唯一知道金咸玉一切的人。

“金咸玉的墓碑安在小镇北面一个山头，学校已经尽了最大责任，不用担心。”我在他耳边对他说，尽管我知道，他现在听不到。

爱因斯坦说过，这个世界是相对而存在的。匍匐在地面上缓缓而行的乌龟。我可以嗤之以鼻地笑它的缓慢。地面上的小蚂蚁却说，它走的真快。那些冗长的，搁置在我心底缓缓流淌的时光。在另一个姑娘心里，其实是转瞬即逝。我声嘶力竭地向上天诉说我的痛苦与难过。我挣扎得就像是要永远见不到第二天的阳光。可是在阳光依旧调皮地映在我的脸颊时，那个姑娘却静悄悄的消失在这个世界。她的肉体随同湖面蒸发而去的蒸气，凝结在空中，在大气层形成缓缓而落的水滴。那是不是最接近阳光的地方呢？她在那个离太阳最近的地方，照耀着我们，终于将我沉睡在体内的灵魂叫醒。呐，我看清楚了一切。

他人永远无权指责成长。在心智已趋向成熟而生存仍手无缚鸡之力的十多岁年纪，我们唯一向命运抗衡的利器便是语言。因此我们喷溅的恶毒大多是用口。大簇滴血。娇艳成花。在这近似于拙劣孩童游戏的攻击过程里，我们渐渐感到自身的渺小与无能。

林咸喻住了3天院，我和杨天一起照看林咸喻3天。他不醒来，也没法进食，医生一瓶一瓶地给他输葡萄糖。曲胜交过的钱几乎被用光了。

我不知道怎么办，我该怎么办呢？我再去找谁要钱，曲胜吗？

5

我选择屈身去求助徐扬。

徐扬急匆匆地赶到时，并没有如我想象般皱眉嗔唤。她的淡定，平和，眉眼里无一丝慌乱的神情，就如同面前的场景，早是她梦里预料得到的。她把我拉到病房外一个角落，轻轻碰我的肘，吐着温湿却密度疏散的口气，咽喉里有声震颤，那话语一脱口便带动了周遭的空气流动得愈加频疾。

“艺傲，”她临危不乱地叫我。“你愿不愿意听我讲一个故事。”

“你说。”我并不明白在这样的时刻，会有什么故事与当下这个可怜的男孩相关。

几年前，有这样一个男孩有着这样的故事。男孩生得并不帅气，眉眼无令人过目不忘的边角，脸部轮廓也更不明显，放在人群里，最多是他那淡定温和的笑，让你还能够多记他几眼。可是男孩别无他求，只对自己喜欢的女孩执一不前，非她不可。那个女孩微胖，肤质极好，家境也好。最喜欢穿的是公主的蓬蓬裙。小时候生得大大咧咧，终日不离蓬蓬裙，内裤也不穿就直接大叉腿坐在校园门口的石阶上，引得诸多男孩吹口哨打响指。随着年岁的增加，这些年变得越来越秀美，也懂得了女孩子的矜持。会打扮，但是喜好穿公主蓬蓬裙的习惯始终未变。

男孩初中时有幸和自己喜欢的女孩成为了同桌。

3 年下来，他在女孩的陪伴下走过来。女孩很调皮，会在他趴在桌子上睡觉的时候捏他的脸蛋。女孩不想听课时必须要他陪她在小纸条上画漫画。那年他那般羞涩拘谨，唯独女孩叫他做什么他就做什么。女孩生气的时候拿他取乐，叫他下课去女厕所兜一圈回来，如若做不到就不再和他玩。那个男孩，他傻傻地竟然就应了。结果可想而知，他被厕所里的女孩大骂流氓被告老师，写了1000字的检讨并被找了家长。但自始至终，他没有怪过女孩，甚至还要讨好般地对女孩说，我做到了，你不要不和我好，不要不理我，只要你开心，我什么都愿意做。

他也曾和别人反复强调，和女孩成为同桌的那几年，那是他最美的小日子。因为他们挨得如此近。她坐在位置上看的第一眼是他，最后一眼也是他。她的喘息，委屈，烦怒，他都感受得如此近距离而变得愈加依赖，不可忘怀。

男孩想："如果高中还在一个校园，我就告诉她，我有多喜欢她。"

"然后呢？"

我已经听得有些貌合神离。合的是，我深深陶醉在这个故事中，并猜测结局。离的是，我恍惚察觉她嘴里的那个女孩，是我认识并熟悉的人。但，我并不敢下定口。

"然后？然后的故事，我以后讲给你听。当下最重要的事，是解决病床上这个男孩的事，不是吗？"

我"嗯嗯"地点头，在玻璃窗外水泄不通的过道里，看呼吸机上胸口此起彼伏的俊美少年，他本不该因我而至此。可他真美。他即使这样不省人事，也美得如同我不可多看，不可触摸的凡世天使。

"我要怎么解决呢？"

"试着给打人的那个男生打个电话吧。"

"徐扬，那个男孩他已经给了我5000块，以我对他的了解，再开口要钱，成功的几率是百分之十，所以我叫你来，其实是希望你能借我点钱……"我终于放下我的全部自尊，骄傲，甚至仇恨，祈求她的怜悯。

徐扬仿佛早有预料，腾出手来在她随身携带的包里翻出一些钱，准备给我。

我没有料到这时杨天会突然走近，皱眉对徐扬咆哮："收起你的钱，我们不需要！"

徐扬眼睛大睁，这或许是她这辈子第一次无缘无故受到责骂。杨天不理睬她，甚至不做任何解释，而是继续牵扯着我的胳膊，把我向过道的远处带去，"你来，我有话对你说。"

他把我的胳膊拽得生疼，"艺傲，我不知道你是不是相信我。但是我要说，那天曲胜去找你其实是徐扬早已知道的一件事。”

“什么意思？”我感觉到我的脑袋轰隆一下，一直以来反复存在在脑海里的骗局竟然是真的。“所以其实徐扬也知道舒琳娜根本就没事，曲胜和我见面，是舒琳娜为我下的计？”我急切地问。

杨天用淡定沉稳的眼神看着我，问：“我如果说出些实情，你不会责怪我吗？”

“不会。”我有些急了，迅速回答。

他把我带回林咸喻所在的病房，在只有我和他可以听得到的范围内，轻轻对我说：

“那你先回答我，现在已经游走在社会边缘的曲胜，每天满脑子都想充当社会大哥的曲胜，其实你早已经不喜欢了，对不对？你有喜欢的人，是不是？那个人长得和现在的曲胜很像，是不是？你有在一个夜晚失魂落魄而后在酒吧被舒琳娜撞见对不对？所以你不难理解为什么舒琳娜会知道这个男孩存在的事实了吧，她几乎绕过你打听了所有人，最后确定那个男孩就是金咸玉的初恋男友。所以酒吧那夜之前，她已经清楚地知道你的故事，这么些年，她一直身处事外地默默注视你的生活。”

我的眼睛瞪得很大。

“那个男孩几乎每天都会向你邮箱送糖果，所以你理解舒琳娜为什么会知道你的住址了吧？”

给我邮箱送糖果？是……林缄宇？我哑口无言，整个人已经听呆。

“所以你理解她看见有男生给你送信就上前费了很大的劲把邮箱撬开的事实了吧？”

他的这句话，我没反应过来。

“或许那天舒琳娜不是有意要去撕信的，她是看见了一个高高瘦瘦的男孩，以为是哥哥曲胜。她是个变态的女孩。这么些年，她一直对你和曲胜耿耿于怀。”

“我并不是偶然遇见她，我见她在你家楼下四处游荡很长一段时间了，那天她行迹尤其诡谲，我就跟在她背后，看到她撬信箱时在她身后喝令叫住她，她就急急地跑开了。”

我这次反应过来了，继续追问：“你为什么要撕扯她的衣服呢，仅仅是因为她做了这样的事吗？”

这一次他有点犹豫，抬起头看看我，确定我的眼里不再是犹豫和好奇，而是硬生生的责问。他说：“舒琳娜根本就没有被打。她在演戏。她想要刘艺傲的钱。你真傻。”

我呆住。

“你说有个男生给我送信，那封信我收到了，是一个女孩的画像。那个男生是谁？”

他低下了头，转瞬又抬起了头。

他的动作叫我看不懂。

“这是一年前的事了。其实这封信你在一年前就应该收到。信是险些拆过的，当我看见的时候，舒琳娜正要撕它。我斥责她，她吓得跑掉，这信我帮你保存了很久。因为是一封没有邮寄地址的信，所以我想投信人不希望你知道他是谁。我也不会告诉你他是谁。”

“不告诉也成，我想问你，你为什么会和曲胜在一起？你的家人不管你吗？你来自哪里，以后想做什么？爸爸妈妈做什么，就这样和曲胜在一起，以后混日子吗？现在，连日子都混不成了，曲胜伤害了林咸喻，林咸喻家长不知道会怎样问责。而我至今不知道，林咸喻家里是怎样一个背景。”

他不再说话。只抛下 4 个字。

“我……喜欢你。”

“噗。”我笑了，笑得这样无可奈何，“是从第一次遇见我开始吗？”

“是在遇见你以前。我看见过你给曲胜做的项链，就是那天他去见你，脖颈上戴着的项链。其实是很拙劣的手工，粗糙的穿针引线。亮晶晶的金属增光，廉价但逼真的片甲。银漆铃铛，发辫编织法。却像是对珠宝设计极其有研究和天赋的女孩。”

我抬起头，对着窗外投射过来的日光微笑。眼睛被强光刺痛，有星星点点的泪流出来。

那都是，多么久远的事啦，物是人非。

我们在病房里静站，看医院内雪白的万物被阳光铺上灰蒙蒙的金色。

第十三章　揭晓

1

病床上不管怎样冰凉枯瘦，都美得干净透明的男孩，躺了 4 天有余。我则在他的病房内整整陪了他 4 天。

最后一次，我用手拂过他的脸，看着他俊美消瘦的脸庞。悄悄地离开了林咸喻的病房。决定去联系他的爸爸妈妈，

公安局的当地居民资料库里记录了所有城市公民的详细资料，姓名，年龄，联系电话以及家庭住址。出于隐私保护，他们并不肯给我提供林咸喻的信息。我恳切地向他们百般索要林咸喻家庭住址，极力说服，解释那个男孩出事，我只是为了找到他的父母。

他们被我软磨硬泡，软硬皆施，最终委曲求全地把林咸喻家的地址给了我。

坐上出租车，手里攥着刚刚在医院里写下地址的小纸条，汗涔涔带着水渍，报给出租车司机位置的时候，精准到楼栋与单元门号。眼睛大致掠过，却突然定睛，地址所标的地点，是我所住的那栋小区。

那些已然流逝的年华，砰然间像粗暴却温柔的手掌一样拨动我的心弦，不知是惊喜还是诧异，我无力再试想与打探，坐在副驾驶的位置，背部发直，心里战战兢兢，我该怎么向他父母交代。

门铃，拍击，喊叫。无人应接。

他家没有人。

心里空落落的，不知何去何从。随升降梯缓缓降落的时候，心头黯然。

送我来的出租车未走，安安静静地在路边停驻，似是等待可以给他带来生意的寥寥行人。小城市永远是这样的，出租车的数量超过车道行者打车的流动量，司机是一个寂寞的职业。我敲他的车门，要他载我去小城市边缘那个寂寥空漠的教堂。

车停在小城市仅存的破落教堂。10米处教堂里传来悠扬的诵经声。

教堂的残损大钟。每隔一个小时报一次钟点。报鸣时候轰然巨响，无比神圣。我曾走过这片土地，每每这时我都会驻足凝神，甚至扭身回望，用双目直视那台因时日久长而破损的大钟。它漆皮已脱落斑驳，只剩隐约细微的外在与教堂建筑保持浑圆一体。我双手合十，闭眼屏息，因在人世前行十余年而日渐麻痹的思维，还有身处纷杂浑浊而衍生出世俗的腔调，被钟声携着飘逸远去。心境因此豁达释然。我便觉得它同教堂内室高挂的十字架一样高孤孑然，不可亵渎。因它使我的脊背愈加挺立，内里愈加纯明。

我向耶稣祷告。但我不止在祷告。没有任何一种仪式明确表态祷告者可以向耶和华讨得一个不知所以问题的答案。而我却因心脏边口不停摇晃打击而留存的痛痒记忆，而轻易脱口而出：

我曾经很爱过一个男生。因为他是在我最自卑的年岁里，第一个给我重拾自信心的人。尽管那代价是痛苦的。我要为了自己变得不再自卑而先把自己蜷缩得小小的，隐藏得深深的，最后再一鼓作气地振作起来。而这一切的动力，那隐藏在深海里引起巨大海啸的地心力量，难道不是那个男生吗？

他是出于什么目的来救我？他是爱我的吗？

而我此刻弄伤了一个男孩，因为我的缘故，他被打昏迷。他给我的世界带来的意义又是什么呢？

我的世界，总是有这样那样熙来攘往的人途经我们的生命。或许我只是要知道，但凡每个细小濯微的瞬间，必定有它不寻常的意义在。它帮助我们的命途不偏离最原始的轨道。是这样的吗？

我在想这个问题并祷告的时候，猛然发现一个姑娘。她十几岁大的模样，脸庞清秀，稚气蓬发。姿态怡然地跪在地面，手捧一本厚重的书。

我对着她的方向，脚步凝重地走过去。

“生命在他里头。这生命就是人的光。”

她愠愠读念，手里紧紧攥着那本书。像是那书，就已是万黑渊嶂里的一道光。华光四溢，五彩缤纷。

“光照在黑暗里。黑暗却不接受光。”

“你多大？”我突兀地打断她。

“我读《圣经》已经好些年。只读《新约》，每年4小约，姐姐您说我多大呢？”

她的书确实很厚。是用彩色记号笔一行一行涂抹印记上去。她该是十六七岁的年纪。

我试问她，耶稣带领以色列居民逃往的前一晚，指派门徒做了什么，她用拇指的纹路轻触小翻，指定页码和已被记号笔勾勒好的重点内容清晰可见。

“这个问题太简单，你要我读给你听《圣经》里的原话，还是用自己的话来解释呢？”

“那么，谈谈你对宗教的理解吧。”

“无论如何我都认为它是一种形而上，很多人信仰宗教只是为了求得永生之道。但探讨永生，本身就是意识主导物质的一种行为。因为人生不由自己决定，死亦是顺应自然规律的必然。假若再推置几亿年以后，我都不相信人会得到永生的办法。”

“不谈永生，只谈宗教。”

“宗教是唯心主义。”

“既是唯心主义，为什么这样信奉呢？”

“我生于美国，不在本市长大。信仰基督教是幼年随爸爸妈妈开始。基督教教会我很多现实生活解释不开的问题与道理。待人之心渐渐不因外表形态的差异而生分歧。众生平等。人皆是赤裸而来，赤裸离去。博爱，宽待，隐忍，接纳。个体渐渐融入团体。想象中的场景那该是人头攒动，意识与品行交汇，最后粘连成爱与信任相互交攘的海洋。如果问我根源，应该是爸爸妈妈领头带动吧。”

“我们生不由自己，甚至思维心智都由父母决定，不是吗？”说到这句话的时候，我莫名想到了早已离去的父亲，和仍在挣扎里的母亲。什么时候起，我性格里的乖戾特质已渐微像爸爸，而某些与这个小城市脱节并格格不入的品性，却来源于妈妈藏地高原与生俱来的凛冽与清傲。

“当我看见他们为了这个家庭苦苦挣扎的时候，我就知道，他们也决定不了一个生命所有能承受伤痛的底线。生，是爱的衍物。生命因爱而来，又因爱延续下去。这才是宗教里所探讨善念可得永生的动力源泉吧。虽然我不信永生，但某些脱离肉体而存的精神可以不死，这点我深信不疑。”

“你说话都是这样深沉而有哲理吗？”我突然觉得眼前的女孩很不一般。

这也就是，在数个忧伤纠结的麻线丝缕缠绕的夜，我无法入睡，心头思索为什么爸爸他会死去。而今我明白，人不该有超越圈定感情范畴的好坏判定。而只可接受命运的给予或拿去，淡定往复，性情真实。

“你生在美国，根据美国落地为籍的政策，你不是这里人，你不应该属于这个小城市。你为什么来？”

“你以为我是因为这个城市而来吗？哎，这个小城市，说白了，就是一只麻雀。麻雀如何能和大雁比。”

“你把哪个城市比作大雁了？”她的语气叫我很不舒服。或者说她的话里对我们这个小城市的讽刺让我很是反感。但是我必须要屏住呼吸，富有耐心地听她说下去。因为我别无他法，面前的基督教堂破烂如一桩隐居于世的栅栏排屋，除了几个虔诚的信徒每周固定朝拜，我相信这个小城市里，没有几个人会知道这栋房子是为了基督教而建的。或者说极少的人知道，在这个经济尚可土壤丰润的小城市，也有一幢楼，是为着信仰而立，像一个驻守着故土的士兵一样屹立，接受风雨的洗礼，暴雪的肆虐。几片砖瓦已经掉漆，摇摇欲坠地悬挂在房檐上方，除了表皮是上过颜色的澄亮。走进教堂内，所有事物就如老鼠洞穴般黢黑隐秘，如魑魅魍魉随意就可以从你身后冒出来，反而叫心底的某块柔软介质瞬间倒塌。原本应如空茫高原般圣洁清朗的地方，让人变得瑟瑟发抖。

然而纵使这样，我也听不得任何人讽刺针砭我所居住的城市。我屏神聆听，愿望从她接下来的话语里挑出语病和逻辑错误，好让百口莫辩的我得到一点慰藉。

“北京就是大雁。或者说上海也是。你看你，似乎是不开心了？我说你们的城市如麻雀，没有一点嘲讽的意思。我是说啊，麻雀虽小，五脏俱全，这里什么都有。我以前都不知道这个角落有这样一座教堂。”

我心里沉沉地落下一口气，但又心生疑惑，何以见得北京和上海就是大雁？有何意义呢？

于是我赌气回复道：“城市是人类社会经济文化发展到一定阶段的产物。城市的起源的原因和时间及其作用，学术界尚无定论。每个城市未来的发展方向以及规划统筹，谁也不敢预言。你怎么就肯定，小城市比不及大城市？”

“评估一个城市是否优良的基本要素是什么？打个最简单的比方吧。河流污染是否有人治理？楼宇布局是否规范？道路交通是否通畅？教育体制是否得当？上下班人流频率是否匹配经济发展速度？市场供给是否有可拓空间？地震来临房屋坚固程度是否可抵御伤亡？城市民族和谐否？宗教文化冲突否？城市娱乐休憩设施完善否？资源调配合理否？我说的这些，这个小城市做到完善并没有瑕疵么？”

“可我不认为我们小城市有哪里比不起北京上海。就拿地震来说，我们这里处于亚洲板块中心，很难发生地震。城市民族除却东北迁徙过来的满族人，少数民族并不多。宗教，你也知道，小城市有基督教堂着实不易。公园，广场，我们样样有。又是旅游中心。小城市可作为经济学家研究探讨其他大城市的模型与参照。因它虽小，交通物流科技人才经济建设样样不缺。我很爱这个城市。”

“你曲解了。你这么头头是道，怎么，对城市规划感兴趣？你可以大学报该专业。我只想说，大至国家不说，小至城市，资源永远是有限的，资源分布就显得尤为重要。所谓合理分布，不过就是物有所值人各有份。但那所谓的物合情合法合理否。那就不得而知了。有人是君子，就有人是小人。有人修天梯，就有人挖地道。这小城市，官府与民争利。这城市几乎所有商体背后都有政府下连组织背后撑腰。交通局可以包下道路建设产业。城管局可妄自为城镇结合部的荒田买庇承揽。就连纳税局，也可在下属人脉办公时增添保险附带增值业。人际连成一片网，利益关系分明可见。有钱可赚便是核心。政府引导宏观经济调控。主流商品交易是基础经济来源。由此彭生的边缘商品物流就显得尤为吃香。主次相助，上有白日光下的政府调配蓬荜生辉，下有见不得人的黑势力补苴罅漏。层层相扣，步履相接。所谓经济稳步发展，不过如此。”

“我知道你在想什么。可是你想得太简单了。在这个现代化建设骎骎日上的小城市，没有任何人敢明目张胆地胡作非为。就连股市里也常常要有个核心产业做脊梁骨。小城市亦是如此。你所看见的，只是表面上的。每个城市都有自己的特点，每个城市都要走出自己最具发展潜能的地方性道路。”

“我知道，有个姑娘的父亲是做模具的。那个姑娘叫舒琳娜。”

2

我有些诧异，甚至是惊恐。这种感觉密密麻麻传到心里剧烈抖动。

“我生在美国加州，但在纽约生活过。以纽约为例，纽约整个城市高楼林立，街道紧密排布，方向正中规矩，从无偏斜。站在帝王大厦顶层眺望，每栋豪华楼座就像是被插进土地里一样，极其规整。站得高，所有楼宇在视觉下变得袖珍，那才是真楼变模具的样式。这个小城市，楼与楼间隔大，道路整饬不合理，常常有些路途拥挤堵塞，有些路途却平坦宽敞。楼与楼之间间隔远，高度普遍低矮，如果飞机俯过，城市未开垦处女地居多，森田壤地居多，做模具摹建工作，哪里有那么多楼宇？”

“我是说。”她加重了嗓音，“这样的职业，你怎么保证在这个小城市可以发展得起来？”

她抬起头，目光邃狭地望向我。我们之间，两边，本是无穷际的旷远空间，却因她这直射且如梭的眼神，把我们囚禁于居高湍流之上却踽行艰难的独木桥。寸步惊心。

她什么也不说，我也不说话。而且我很明显得觉察出来，我们之间的沉默，并不是先前那些尴尬，忧虐，防备或者故作高深的冷漠，淡然，高傲。也不是她厚重却恐惧的姿态，以及肆虐的眼神。而是因为，她提到了一个女孩，她是舒琳娜。

“你为什么这样看我？”我有些微微的惊讶。我似乎也认得她。她化着淡淡的妆容，像极了徐扬。可是我不敢断定，虽然这个城市确实很小，但怎么可能所有人都具备了血缘关系。

可她真的，像极了。

以至于我对她说话的时候，会不由自主地把对徐扬的怨愤泼洒到她的身上。

“姐姐，我认得你。”她对我笑，“我叫徐阳。阳光的阳。”

我惊出一身冷汗。

“你是徐扬的妹妹？亲生的？”

“嗯。”

我无比惊愕，心中念叨着一些语焉不详的问话。两个女儿在家中叫相同发音的名字，在被呼应的那一瞬，她们自己如何区分？莫非一个被叫成“徐耳刀阳”，而另一个要被叫成“徐提手扬”？

“我们在家里是不叫彼此的中文名字的。我们有各自的英文名，更顺口一些。”

“所以说你姐姐徐扬她其实是美国人？你早就认识舒琳娜了对不对？舒琳娜演出被打的戏剧和你姐姐有关系？曲胜来找我和你姐姐也有关系？是你姐姐谋划着 3 人的戏剧，合起来想骗我？”

怒火就像崩裂的火山爆发需要岩浆在地底灼烧多年。终于，它们全部爆发出来。

3 岁看少，7 岁看老。人在少年时代的社交癖好，会渐渐渗透到个人生存习惯与社会适应法则里去。人是群居动物。大批量聚居构成城市的必备条件，因此都有社交需求与属性。成年社会圈子在少年时代就初见端倪。当两种极其不和谐的人群交融在一起，必会经历分离与聚合，最后形成固定并鲜明的友群。

这是一个必然的过程。

这一切冗杂纷繁的人情梳理程序，在徐扬身上太过鲜明。

因为喜好决定朋友性格、品味及属性。所谓人以群分，物以类聚，每相互自动排斥的圈子，必定会对另一圈子在背后说些闲言碎语。可这世上也存在着脱离这两类涉足第三类社交癖好的人。她软硬皆爱，无论何种人都应付得来，哪些人都可以与之厮混得热火朝天，又可常常跳脱一拨人，转向另一拨人。其转换速度，变换自如的能力，常常让我望尘莫及。

这人便是徐扬。

我大概，是不能原谅徐扬的。在我明白曲胜心中所谓的英雄梦日渐苍白时，我猛然想通，徐扬和他们一直间接地有联系。她面不改色，莞尔不惊。让我看不透。

她八面玲珑。她什么人似乎都勾结应付得来。可她为什么要做这些。

“13岁，姐姐她独自去美国波士顿，投奔亲戚伯叔。一去就是两年。波士顿是一座疏陌冷淡的小城。城中心包纳麻省理工和哈佛世界有名的大学。另外一些排名不分上下的学院也建隅城市边缘，属于剑桥区统筹。这是一所鲜有浮躁做作奢靡哗噪之气的小城，从它所蕴藉的大学就可微观端倪。学识之地带来孤郁保守的气氛环境。夏季细雨霏霏，冬季寒嶷骇然。寡默无言的当地白人穿梭于地铁、餐饮店、书城、大学校园各个角落。她就是这样，孤寂孑然地度过了无衣食父母贴身照料的两年。为的什么？为的是她所崇尚的贞亮洁白。”

“洁白？洁白什么？她并不穷，我相信她的本意并不是为了钱。我不要紧，舒琳娜怎么办？或者让一个穷人家的孩子游荡娱乐场所，这就是她引导的价值观？曲胜什么时候开始游荡在社会下层的？她在中间，偏左偏右，她的目的又是什么？”

“《圣经》里创世纪，多次提到同房。尽管草草带过，但可知上帝并不把同房之事列为人类不可永生的缘由。夏娃从亚当的身体上颖生，女人是男人的一部分。男女相和天经地义。人吃了禁果，如同神明，可知善恶，上帝因此发怒，在人类通往生命树的路途中设立基路伯，以此阻断人类摘食生命树上的果实，不得永生。姐姐，人因为知道善恶，却不得永生。你如何理解，这样的认知反而是一项罪孽？”

我被问住，哑口无言。

“《圣经》里从未标定人应做的善事云云，却告诫人不可轻犯罪孽与冤罚，并将其列为条例。真正的善要从心而发，大爱无疆，博通宽忍不需要标榜与献媚。我们活在这世上，每个人都有罪，不可避免。我们的使命，该是如何自选其径责无旁贷地承受苦痛、洗净灵魂、荡尽污秽，使人格得到最大程度的修炼与蒸馏。姐姐，你想起来我们何时见过么？几个月前我们在沙滩见过，那时我正在随学校排练，我穿紫色队服，看见你们。所以姐姐，你为什么要和林咸喻睡觉呢？你是否懂得爱？你真正爱过哪个男孩子？就这样草率地做违背道德的事，你说姐姐她不洁净，那么你洁净吗？几年前我们的爸爸开始做亏心生意，我姐姐看不下去，与爸爸大吵，离家出走。她对待朋友的态度或者不如你义气，但是她知道什么是真正的为别人好。你呢？你只是不停地在讲道理，并不付出行动。我想说，一个人明白好坏不是罪孽，把自己所认定的好坏当作衡量别人的标准，就是罪孽。”

我没有任何可以回驳的余地。

3

爬山虎的藤蔓顺着墙壁顺延而上，将整个学校鎏金彩漆的墙壁紧紧缠绕与包裹。我在这样的梦境里惊醒，想起那个发辫如拧穗纠结缠绕的姑娘。

城市经济发展的产业链环环相扣，一一接应传承。不久，这马路中心隔离东西不同方向的车道隔离带，就被换成了盆盆花栽，株株相望，紫色的花苞竞相绽夺。而据说包下这以花为界浩大城市布景工程的，是有交通局为背后支撑的劣质钢材生意商。后来，在我们得知这便是雅木楠爸爸一手搞起的生意时，我们每个人无不唏嘘感叹。关于她的传言亦不及徐扬的少。

“我总觉得她有时嚣张过了头，而且在学校里肆无忌惮地穿高跟鞋的女孩，除了她，没有几个吧？靠外在东西掩护内心的人，或极其自负，或极其自卑。而据我所知，他爸爸引荐的城市环境装饰工程，貌似被公众口论成了天大的笑话。这姑娘凭什么傲得起来。她的一举一动，谈吐举止，都和周围女孩不同。凭第六感来看，这女孩貌似不是本地人。”

“真瞎。有够瞎。还堂堂清华建筑设计毕业。我看学位八成是买来的吧。该种兰只适合热带种植，本身需要极高的疏风透气环境，因此盆栽设计更不该是倒梯形。我看雅木楠那个妞，吹牛不走心，破绽百出啊。如果国家承认这样的盆形获得专利，我也承认雅木楠她身材完美长得花儿一样。哈哈哈哈。”

那是金咸玉自杀前的一个星期。金咸玉穿着一身黑，在门外倚靠着，眼睛望向我们教室讲台那个角度。但是很明显，她只是轻轻地倚靠着，并无进去的打算，这并不是她的教室。

雅木楠同时也看见了金咸玉，走过去凑近和她说话。她们很小心翼翼地讲话，似乎并不希望那些话被旁人听到。

不知道雅木楠对她说了些什么，金咸玉的脸上露出一丝忧虑，进而转身向回走。走到属于她自己的那个教室，消失了。直至转身进入班级，她仍旧回头望了一眼。似乎在看我。不安的神情摇摇欲坠。这整个过程用了不到 3 分钟。雅木楠重新回到我身边。

一个像橡皮糖的姑娘。一个风光凛冽的姑娘。我不知道她们究竟小声窃语了什么，会让前者骤然失去她一直在努力维护的平衡。一直以来待人交友软硬拿捏恰当的姑娘，选择了将自己揉压成细微尘埃那么小。最后彻底消失。那话语必然有蹊跷。想要找到当事人问个究竟，只是我不知道该选择一个怎样的理由去问雅木楠。猎奇，打探，追根刨底，终究是对死者的不公与偏见。更何况她曾是我最为看重的一个朋友。

也许金咸玉要的也不过是甘愈平凡。所有猜忌中她欲求光环的场景，也许是假象。她若沉湎于甘愿平庸的情绪里自我沉醉，那么周围人的曲高和寡，哗众取宠，必然会给她带来伤害。我却因为她骑了林缄宇的自行车，把这极小的事端放大了无数倍，把微不足道的小事变成深重的罪孽去质问她。她承担不起我犀利的审问。

可为何她会主动靠近那些屈辱她的人。为何在她聪明的为人处世里，我看不见她一丝灵敏的躲避。没有条件反射似的自我防备，没有趋利避害下的遇强涌退。我所见的她，愈是黑暗的地方，愈是要往下走。

我在时间的洪流中，并不可随波逐流。一方面要做到理智与决绝，不可断疑，处变不惊。另一方面，又要可伸可缩，性情处事，时刻有跳出局内的勇气与智毅，面对所发事端静观其变。一个人要有怎样成熟的心性与智愚，才可把两样分量相当，缺一不可，如料峭于翘板两端的矛盾体演绎得不露端倪。我处在喜怒无常的人情百事里，必须权衡有加，不偏不向，才可驾驭这本身足够跌宕起伏，世事难料。

因为不能胜任驾驭情绪，我开始变得焦虑。这种焦虑甚至会渗透到生活的方方面面。

不自主地把自己放置于忙碌状态。一觉醒来，看着镜子里疲惫的脸。抑或是练琴时，察觉到自己仍旧未摆脱那个恐怖的心理障碍。甚至吃饭偶尔磨蹭了几分钟。马上自己就会觉察出。继而嘲笑自己，又在想些什么？是的。不得不承认，我是恐慌的，害怕的。就像一个在软钢丝上行走的人。必须将干扰于周边的力量当作蜉蝣撼树般渺小无意。将大脑放置于一个绝对平稳安和的真空之境。手无扶持物，意念中的双躯作梗，保持持平孤立，在幻想中的畅路或阻途中躲避，回转，抽身，突前或退避，跑行或舍身，无论速度，步调，抑或是应激招式，做到防患未然而游刃有余。除了要控制自己身体的平衡，还要运用好在绳索上施力的力度。而这两样到底是怎样错综复杂地融合在一起，又是怎么样被行走者控制得恰到好处？恐怕连行者也不得而知吧。

所以，当行者面对荣誉称赞时，或许会说，熟能生巧罢了。

因此我一直在软钢丝上行走。我的情绪，我的脾气，我的性格，抑或是我的朋友，我的爱情，代表着摇摇欲坠的绳索。

不置可否的是，以前我没有败过，即使我曾经从绳索上摔下去。但我还是站起来了。重新回到绳索上，继续我的表演。

直到她死去。

她的死，成为我的梦魇，也是我无法逃避的一个磨难。

4

林缄宇再次离开去北京，等待艺考。然后会在高三末尾辗转回来，参加高考。我看着他课桌上零零散散不知所置的书本，无规地摆放，仍像讽刺。

我的世界清净了，没有了雅木楠，没有了金咸玉，没有日复一日在教堂与我相会的舒琳娜。我该庆幸才对。终于，她们走了。我们不必再围绕在同一个男孩的周围。她们也不必再索取什么所谓的痕迹了。一切终究是尘埃落定了。泪水在眼睛里积蓄了很久很久，终于落了下来。

我却想不到，更大的事端发生了。

走进学校，白色的公告栏上画着那幅我曾收过的画，每个班级的留言板里，传言里，学生们茶余饭后的谈资变成：

“自杀的那个女孩，曾经和刘艺傲共享一个男孩。”

“女孩自杀前没有留下任何遗言，只有一张画，送给的人是刘艺傲。”

“刘艺傲和女孩的死有着脱离不开的干系。”

“据说是给那个女孩买了蛋糕又下了毒。”

“刘艺傲，巴不得那个女孩死。哪个女孩子不希望自己独占另外一个男孩子？”

传言炸开了锅一样，在方圆几千米的校园里，以迅雷不及掩耳之势，传播开来。

流言有这样的能力，它会途经不同人的口中，然后演变成下一个不同的版本。版本和版本之间有相似，性质却可以截然不同。我不知道该怎么制止这些话语的传播，它们就像迎面呼啸而来的风，任何一点缝隙，它都会轻易地穿梭而过。我无能为力。

高中的社交圈子已俨然如同社会。一拨人串联另一拨人。排挤，联合，团聚，分裂，消融。所有形式均与社会有九成相似之处。跌宕滋事的人情百态，年少的心智，情商，逆商，均在这样的磨砺中得到洗练。

该怎么形容自己所处的世界——

在每一分每一秒的流逝里，时光都会以洪水决堤般的速度将世界混淆成浊流，无知而感性的人类就在这样急遽的速度里将自己的阵营割裂又融合，企图对抗自己假想出来的敌营。

他们在这样的忙碌感中得到慰藉，自以为自己放缓了时光流逝的急剧性。

其实这个世界并不为所动——然而他们却不知道。

时间的最小单位以它悠然自得不失稳妥的步伐前行着，悲剧从未被避免，欢笑也从不因痛苦的降临而消失殆尽。

空间越小，时间越以更大的单位流逝。

在这方圆不过百千米的小城，但凡有一人与其他人不同，都会成为整个城的最中心。

我就这样被推进一个连我自己也不知罪行为何的牢狱。

我企图逃避任何一个被他们划分出来的阵营，却在他们眼中被视为异类。

我被巨大的人海浪涛打翻，可我并不明白到底发生了什么。那幅画被我好好地夹在书里，我不知道又是谁找到了它，而这一切传言的始作俑者，又是谁。

在那些辗转反侧的夜里，我翻来覆去睡不着。头脑里的思维比身体发肤每一寸的挣扎焦灼更震颤更急促。我一直不停地反复回想。所经历的全部幻化成故事，切成一段一段，放进高速运转的脑部神经。分辨那些岁月如高频闪动的倒计时秒针。一时，一分，一秒，我想不通我哪里做错，或做得不妥。因为想不通，所以更感无能为力。隐藏在这无能为力背后，是巨大的恐惧感和震慑感，怀疑自己一直深深相信的世界观，那些好恶坏善，通通已颠翻倒覆，黑白混淆。

姑娘，你到底经受了怎样的苦痛，你到底需要这个世界为你有何改变，你告诉我好吗？你告诉我，好吗？你让我这样孤独、彷徨地在荒芜的记忆平原，在暗晦的深海打转，我好难受，难受得想去死，你知道吗？

人都是有求生欲的，生的惯性如最自然的气息般经久不衰。哪怕垂死之人，临终时回想起这漫漫一生，也该有最后的感叹，是关乎留恋这存有温度的生命躯体的。若真有神灵存在，想必我们生不由自己抉择，死亦由命运指定，在万物皆存最后一丝存在的意义下被遁至虚弱与空无。这些过程都是自然而不需我们人为意识选择。

那么该是怎样的悲哀，可以让一个人有勇气结束自己的生命。

我害怕即使现在回到过去，一切依旧会按原轨道照搬行进。

我救不了她。永远救不了她。

这些年来渐渐看不懂她，因而心里惶恐。

那必是关乎生死的哀切。或自以为，生，无颠转命局的希望与机缘，在人生剧盛的十几岁年纪，选择最后一次关乎颠覆的壮举。

如果这样解读，死是一件比生更有勇气的事。如果这样猜测，我便愿理解，她的离去，可以让她更好受些。

异常火爆而焦躁的闷热炎夏，大家都在冲锋陷阵以命相搏，为着所谓的高考命途转捩点。校园里因此变得异常。看似平静无奇，实则隐含着因为竭力备考而愈加冷涩浮躁的氛围。

那一日，我正伏案抄写地理笔记，肩头被人轻轻一拍。外面一个我不熟悉的女孩发出甜美的声音，并用处变不惊淡定无神的表情对我说：“喂，你出来一下，大校长找你。”

我被校长亲自带进办公室问责。

校长轻蔑的眼神让我感觉，他不是在调查，而是在用肯定的语气，来问责一个他眼里注定在撒谎的女孩。

“学校发生这样的事，谁也不愿意。一个优秀的学生早早离世，并且是在高考前半年的时候。学校的人当然想象不到她经历了什么。我们也猜测，这样优秀的学生，不会是因为早恋啊这样小题大做的原因而死。她们说，唯一和咸玉走得很近并且熟识已久的人就是你了。我今天找你来，没有什么大事。只是想问问你，你和金咸玉是什么关系？她自杀前发生的事，你知道些什么？”

我想轻轻脱口，也许她的离开只是为了让一个男孩永生铭记。但是我料想，一向沉默寡言的校长，是不可能接受和郑重看待这样荒唐的理由的。

可是，除了这个理由，还有什么更为恰当呢？什么熟悉她多年的朋友。我深知她骨子里落寞而比常人更向往美好的愿望。也许，那个男孩子，就是美好的代言人。于她而言如此。与我而言也是如此。

我倔强着封口，不肯作答。

校长没有再说什么，开了一张假条，让我在家歇息几天。我知道，因传言的剧烈，他们会商量怎样对待我的事宜。

第十四章　真相

1

我并没有回家。

清朗的月发出朦胧的光，风也是刚刚好的暖。我着一袭白裙。褶皱碎花的蕾丝边，袒露着两条腿，不穿袜子，只一双白色帆布鞋裹在脚上，纯白色吊带背心，整身素雅落拓的色调浑然一体。此行，刻意打扮得简约清纯，为的是见一个重要的人。

方向是一千米之外接纳照料林咸喻的医院。

在路上，我反复絮叨着林缄宇和林咸喻的名字。我已经在心底怀疑他们有着血缘关系，而因为我的缘由，林咸喻被伤害成这样的模样，如果他们有着血缘关系的事实是真的，我该如何承担。

我急急地去问医生，医生说，林咸喻 3 天前就出院了。没有办理任何正式的出院手续。因为住院费刚好到期，医院认为他是自行出院。

那一瞬间，我的惶恐，愤怒，讶异，以及点触而发的关于细节的纠辩能力，让我猛然意识到，几个月以前，曲胜在医院床上拿去我的药，而林咸喻的室颤，多半是他给他所吃。或者在我照料不到他某些瞬间，曲胜曾偷偷探访他，如今林咸喻消失，是不是又和他有关?

那些针尖般细密的过往，给我永生都不再原谅他的力量。以此刻时间为界限，由此刻而向前的沸腾，肮脏，龌龊回忆，让我再无法委曲求全，更无法面对已知事实的过往。长期以来再也抑制不住的愤怒要把我撕裂了。

我给曲胜打了电话。

电话通了。我控制不住心里的绝望和悲痛，声嘶力竭道：“你在哪儿呢？出来。我要和你谈判。”

给他打电话，试探林咸喻是不是被他带走，要他承认用药物陷害林咸喻的事实，为他所做的事负责，一切都是合情合理的。

电话里传来他不冷不热的语气：

“刘艺傲，医药费没了，找我要钱来吗？你没看见杨天喜欢你吗？我打他是因为他有错在先，他凭什么对我女人拉拉扯扯，误伤了林咸喻，不是我的错。林咸喻的医药费不该他出吗？”

他以为我打电话来是要钱，我微微放心，原来林咸喻并不是被他带走。那么现在，他在哪里？

很意外的，电话里飘来一阵羸弱的女声。

“刘艺傲。我是舒琳娜。我和曲胜在公园呢。你来吗？”

对方的话语里有玩弄意味。我不知道该怎么形容我体内四分五裂的情绪。自从和曲胜有过在医院的那一段插曲，我不敢再对舒琳娜大声说话。我心底的小怪兽蔫了下去，取而代之的，是对她强烈的不安和愧疚。如果时光可以倒流，如果可以选择。那么我情愿这些人都不要再回到我的生命里。我情愿我没有在那个落荒而逃的夜晚遇见舒琳娜。我情愿曲胜没有来找我，我情愿我不曾认识杨天。我情愿那晚不联系金咸玉。

可我还是去见了他们。

舒琳娜走过来。她慢慢地，踱着步子走过来。我定定地看着她走过来，我甚至还没有反应过来她要做什么。然后紧接着，“啪”的一声。我的右脸颊就一阵火辣的疼。脑袋原本就是眩晕状态，此刻更加地难以分辨眼前的世界。平衡感找不到，马上就要跌下去。我的上空传来犀利的女声。

“刘艺傲，金咸玉已经被你害死了，你满意了么？”

说完这句话，舒琳娜的眼睛里充满了惊慌失措和对我的冷淡与冷酷。时隔这么多年，我仍旧在她的眼里看到了防备，和一点不亚于在那个砂砾操场上她的冷漠神情。

头部是眩晕的。紧接着整个世界都摇晃起来。

“曲胜。我现在只问你一个问题，只一个问题，你不要回避，当着舒琳娜的面，大声告诉我，那天你为什么要找我？”

他不说话，低沉着脑袋。并不像我这样调侃而无所谓。相反，我在他的脸上看到了令我恐惧的严肃和戾气。

我的质问，却因为他的严肃懔然，变得不安，如千万只蚁虫嗜血于心口，贴敷在灵魂最浅薄那一层的悸动，刹那间慌忙失措，变成千万条牵连于神经元的触手，着急却恐吓般的，强迫我的头向下低去。

半晌，他低垂着深沉的鼻音，用不洪亮但是我们3个人足以听到的声音对我说。

“我找你的原因，是救娜娜。”他一张口，所有周围的气氛突然变得凝重，死寂一般的，盘旋着哀悼回鸣的巨大悲殇。

“所以……连你也相信，那天舒琳娜被我打？”

“不。是杨天要我等在停车场，把你带给我。”

你为什么要骗我？你为什么要骗我？你为什么要骗我？我把身体蜷成一团，双臂抱住膝盖，把自己掩得实实的。质疑或者说更像是委诉的话语，咽在喉咙里，是不敢说出口的。因为我深刻地知晓，他并没有骗我。是我已追究了很久的一个结果，终于落地开花，结出真相的果实了。那真相并无欺骗成分。只是太血淋，太直白，断绝了我的所有念想。或者只有将它归类于一个骗局，我才不会因此崩溃。

我很想问问他。你爱过我吗？或者，你喜欢过我吗？一个人是怎样理智地做到性与感情界限分明的？为什么我做不到，或者说，即使我做得到，我还是会感性地将你归属于感情这一边，并不断为你对我肉体上戏弄与索取的行为推诿。

“刘艺傲。”

我流出泪来，静静听他说。

“我并不知道那天舒琳娜去找你。我甚至不知道继初中毕业之后，你们已经联系了那么久。后来，舒琳娜对我说，那天我们在地下停车场碰面，是因为有一帮少年追赶逼迫。她一度以为这些人和你有关。”

继而转身，他对舒琳娜说："那天，杨天要求我在地下停车场等待刘艺傲，他以你为条件，告诉我，如果我不见她，他们会伤害你。"

不要骗我，不要这样的骗我。哪怕你漏出破绽给我也好，我可以迎合，我可以不说破，我甚至可以逢场作戏，因你曾是我喜欢过的男孩，我将这份久远的热情释放给你。为什么你要把所有相遇、关心、矛盾、戏弄，都如同背公式一样完整不漏地在我面前表演一遍，又突然留下这样咄咄逼人的真相在我前面。原来所有人，都联合起来骗我?

曲胜在一旁用听不到情绪的声音对我说："你走吧。"

我踉跄地向回走，脸上已满是横七竖八的泪痕。

我给了他时间叫他看清我。虽然他最后看到的我并非本来的我。他给了我时间叫我依赖他。虽然那并不是简单依赖而是关乎曾经的幻灭又重启。在一个相同的时间点，我们骤然抽断，分崩离析。他带着对我的拙念，我带着对他千丝万缕的情愫。从此分别于同一岔路。至此不再有交集。

或许这就是处于青春时代的孩子必然会重蹈的幼稚拙念。自以为经历过寥寥几段惨淡岁月，便信诺自己已看透百味人生。走在向着最繁耀岁月的中末尾角，被昏暗迷住双眼，被愈加窄细的道路枷狭其中，一时忘记如何自救，连呼吸都急促膨胀，呼阖错织，以畸变的式样改变频率。

所有人，都在骗我。

2

我回家了。

我蜷缩在小区某所油漆味发霉般腐臭的楼道，身子疲软，用力把两只手臂做成一个圆的姿态，好让两只腿被收进圈内，集聚身体散发出的暖气以不再感到寒冷。可事实证明这无济于事，我越来越冷，由心底里恣肆而来的寒就要把我冻成一座冰雕。

脑袋里回放的，是半个小时前，我妈妈对我的大声斥责：

“你这个没心肝的，我生你养你有什么用！你以为你是谁？如果你有个有权有势的爸爸，你尽管狂，我不说什么。你什么都没有，只有妈妈我费劲谋生辛苦养着你，你不懂些事，你以后怎么办，怎么办？”

说到最后，她的脸已经通红，泪水纵横排列在脸部的遽罅处，把每一条皱纹都添溢得很满。我在她半米的距离外，心脏已经如易脆玻璃碎成好多片。她在爸爸离开后变得苍老有加，面部拉耷。14 岁的我以为她会永远年轻，脸部永远精致，而今越发觉得那是假象。心疼，或是因为自责，因为不忍，还有我那虽廉价但已被糟蹋殆尽的自尊，百味陈杂在心房内狭窄的空间，渐渐腐烂腥臭，逼迫我窒息。我蹲在这里，是我折中选择不与她发生口角的最终结局。

继父消失了。

我的生命里发生了第二次抛弃。那个男人离开了。

那个曾经真的替代过我爸爸的位置的男人。

他是第二个把我用温暖深深地包裹，又将我从云端摔下来的人。我不再是那个面对事情不会理清逻辑的小孩，我也不必再去从妈妈的眼睛里窥探出什么。我已经深深地意识到，是谁将那一排连带我记忆的砖瓦房推翻，是谁把城墙外那一侧的农田夷为平地，是谁给我的生活带来了异常奢求的惊喜，又像一阵风将它们全部吹走。

曾几何时。我也有过关于他对我悉心照料的回忆。那些我睡不着，辗转反侧的夜，因为想起对金咸玉的伤害，如坐针毡，如芒在背。紧张，恐惧，大滴的汗珠顺着已经打缕的头发丝条滑坠下来。卧室的灯始终是亮着不敢关闭，怕自己一不留神又陷入如黑洞般孤立无援的境遇。他就走进我的屋，叫我半枕着靠垫，轻拍我的背，哄我入眠。有时他也会讲些话，但那话多半不提就夷田之事。我想，他必然也有愧于那些因夷田变废墟无家可归、游离失所、经受这世间最大苦痛的人们。我更是因此事罹患失眠症，只要闭眼，就能看见金咸玉漂陨在湖面上的寒身。那景面因愧疚心与良心牵绊，终究不能让我忘怀。是谁抱着投资的姿态，给了我这辈子都未曾奢求过的幸福和奢华，而收获了自己想要的之后，卷席而逃。

我多次试探自我反复纠结而不确定的信任感。关于他给我的爱，给我的无端照料。完美悉心到无可挑剔。

有时候，和他一起睡，穿着凉快的小背心，环抱住他，感受他大腿上汗毛林立，每个毛孔，每个疙瘩。在他身旁静静打盹。偶尔醒来，听见鼻孔里从肺泡溢出的气体穿过鼻腔重重阻碍，带着畸变滑稽的声音嘶穿出来。月光皎洁，透过窗户映下几片银白。有一天，我们玩笑，他挠我的胳肢窝，我忍不住地笑。他越加欢愉起来，闹得没有了礼节，索性一把反手把我夹起。我哈哈大笑着，猛一个瞬间，须臾恍惚，觉得他是我爸。我真的爸。我亲的爸。

那时觉得，这样甜美的小日子，真幸福。

身后传来一个女人缓重疾行的脚步声。

我转过头。

是妈妈。

这些年，她没变。除却脸部渐渐松弛下垂。身材仍是我出生时那般。未臃肿，也未消瘦。我静静在她背后环住她。她开襟的衬衣露出细致滑嫩的肌肤。有几条极其细微的紫青色血丝。母亲的身上没有胎记。更没有可被辨识的标志。只有这几尾似小鱼般的毛细血丝，悠悠淡淡，游游觅觅。

而我不可能软下来向妈妈道歉。学校的人都在觊觎我，我已经莫名成为校园里满园风雨的杀人犯，作恶者。她不会理解的。

她静静蹲下来，用手指替我梳理头发。

“妈妈，你知道我最怕什么吗？我最怕我认为已经变化的东西，它没变。而我坚信它永远不会变的东西，它却一直在悄悄背对着我改变。妈妈，你说，一个家庭最大的意义就是给每个生活在这个家庭的人提供安全感。这是什么东西都换不回来的。可是，我心里不停对这个世界或者对于你，对于爸爸的诘问，似乎从来就没避开过这个问题。我们的家，为什么总是不停地在变，到底什么是真的，什么是可以被留住的，妈妈？"

怕什么呢？

意象随记忆深处循规蹈矩般扎实蔓延，仿佛一根刺进血脉中的钉针。它将被清空的过去重新整理并填充进来。我仿佛又看见那个咿呀学语，身材矮小，但目光远眺凝视，对自己的父亲始终心生崇拜的十几岁小丫头。她因始终不懂这一切的实质而心生怯畏，又因畏惧滋生猎奇，她梦见爸爸将自己驮在后背的摩托车，并不将她妥善落稳，开车的速度极为迅疾又左右摇摆，不能安稳。她就这样企图用臂紧紧环绕，却因他颠簸窜跃的身子手无着落，甩出坐骑几米，血流成河。

是在怕这个吗？

因你始终无法抓稳任何一个男人。这个赐予你生命的男人，是在若干年前某个情欢之夜，将最有生命活动力的精种埋进你母亲的体内。他甚至没有做出下意识的准备，你就这样候时待生。在你生命的伊始，他毫无防备地成了你的父亲，这个离你最近的男人，在你有生之年最为羸弱的幼时，带你做了种种危险的举止，种种漫不经心的生活习惯，就像仍处于青年并沉湎于游乐之中的男子。你不自知，在他做这一切的时候，你已经因为失去安全感而不敢走出自己的囚牢壁垒半步。

或许你是在自责，对吗？如果连自己的亲生父亲都抓不住，你如何抓得住在你青春时代第一个爱上的男子？

你没有安全感，关于如何让一个男人甘愿并安稳地长久留在你身边，你毫无对策。

因此你会在意林缄宇的无心靠近和刻意疏离。

它是你心中的一道疤，它是你翻来覆去日星月夜百转千回无法入眠的最终原因。

我无法抓住任何一个男人。无法。因此我常常恐惧到抽搐，难过到痉挛，悲伤到想要去死。

而现在，最后一个曾给过我安全感的男子，一样离开了。

是在怕这个吧。

“每个家庭都应该有自己的目标和方向，有凝聚力的家庭，才强大。”

“那么妈妈，你的目标是什么？”我看着她的眼睛，可是，我什么都看不到。妈妈的眼睛，太灼亮，瞳孔黝黑并且极大。我望着她，只感觉自己被不断地向内吸去。

3

妈妈把我领回家，坐在我的床边，用温暖和柔和握着我的手。用不高不低的语气对我说。

傲傲，我看见你翻过我藏在柜子里的证件了，我知道，你爸爸的事情你已经知道。

傲傲，你知道，你亲爸爸离开之前对妈妈说过什么吗？他说，是不是我们的相遇就是一个错误。他说这句话的时候我屏住呼吸，有什么东西要被抽离走的感觉，越来越强烈。一个男人怀疑他的爱情，却是因为承担不住未来一起走下去的负担。我不知道该怎么定义自己的存在。我随着时光的流失，只会越来越老，越来越依赖他，对不对？可他无力承担下去，他甚至开始怀疑我们的相遇相识，甚至怀疑这个家。

你中考前几天，舒琳娜告诉我，你在课堂上突然晕厥，你爸爸刚好在那几日心脏病突犯，去世，我怕你情绪受挫，央求舒琳娜替我隐瞒你父亲去世的消息，并且把你带回家照料你。

你爸爸走之后，丧葬费就花去一大笔，我再也没有力气供得起你上学的费用，在街坊邻居的非议声里迅速改嫁，在你继父面前努力做一个温柔的妻子，维系这一段其实并不是以爱为由的婚姻，继续对你隐瞒这一切。这些年你上学的高额学费，都是爸爸他为你提供。

傲傲，你会不会有一天理解妈妈。

我比任何人都要爱你。

过去十几年的回忆，像梦境一样。喧然。却藏在一片哑然背后。

它有光泽，极其灼目。又耀眼。趸足在黯淡与虚无之中。给人以须臾的纯白透明感。又迅疾地遁入暴烈与狂雨。

很小的时候，妈妈给我洗脚，坐在水盆边，我拿起一旁的成语书，大声念给她读。前一页是“刻舟求剑”，下一页是“相依为命”。

“刻舟求剑”“相依为命”，什么时候这两个成语成为了我印象里必须连在一起的概念。我和妈妈，相依为命。守着曾经支离破碎的幸福，捡起里面最锋利的那个记忆碎片，重重地刻在那只叫“家”的船。

我们还在守望，哪怕船只已渐行渐远。

这晚过后，母亲开始变得匆忙。我不知道她在忙什么，只是她不经风霜的双手渐渐被脱落的白皮覆盖，张着道道丑陋结痂的白色口子。她愈来愈早出晚归，常常累到不吃晚饭便躺在床上呼呼大睡，又睡得不安稳，午夜突然惊醒，想起要为我做饭。她因疲倦，张皇，失措而拍着胸脯，对我一脸的愧疚与歉意。

我猜不出她在忙什么。我只知道，继父离开后，家里的经济条件未减弱半分。妈妈在维持财源。

我的生命原来这样递进。它似乎一直被我母亲所掌控。我想象不到她是怎样找到那两个姑娘，悉心为她们解释这一切。又是如何巧妙地设下这样一个局，让我中考前可以以稳定的心态复习并进入考场。母亲虽然漂亮，可是她没有理由让一个男人马上娶她，又乐意为她抚养不属于自己的女儿这么些年。

除了矿产，没有任何理由让我继父愿意娶一无所有的母亲，并且保留旧瓦房的房屋那么些年。

那土地有我们家的一份。这么些年，他一定在努力艰辛万苦地取得探矿权，高低着手寻来专家现场勘察和论证，做精准的投资回报分析和预算。

我开始调查小镇强拆事件。

城市布局俨然成了布置景区的模式。大中型工厂放郊区，娱乐建设、公园广场、各大学校设立在城市中心。真正纯暇未经污染的自然景区，往往都依附在城市的最边缘。如同夏日泛有蒸腾气泽的潮湿湖水，大口吞吐着水泡，青草，藻荇，野花各自点缀于周边。尚待开发的城乡结合部，就是不知名却镶缀于这城市周边的植株草荇。因为太过随欲发展，所以带着神秘与凌乱的气息。城乡结合部如同锦绣边缘的针脚，一穿一引，无特定循迹，因尚未完全开拓而具有它未知的气息与秘密。那小镇便是秘密。

那土地位于城乡交错带，位于市区和城市影响带之间，属于乡村边缘。城市边缘区的土地，几乎完全没有非农业住宅、非农业占地和非农业土地利用。它属于纯农业腹地之间的土地利用转换地区，很难有可被挖掘掠取的宝藏。所有房屋被转瞬强拆。除了矿产，没有任何理由让那些人为了一块不起眼的土地，生生毁掉金咸玉的家。

他一定是为了小镇数不尽的金山银矿而来，他是毁坏这儿所有一切的那个始作俑者。他暗修栈道，打碎了那脆弱如玻璃的美好世界。

第十五章 意外

1

我回到学校，向大校长细心解释了所有的一切，哪怕有些话委曲求全。放学，我在校门口看见舒琳娜。只有她一个人，没有同行的曲胜。往事倒幕，她仿若仍是那个我初入这学校送我的少女，就在那里不来不去，静谧等待了 3 年。我向她打招呼。不打算靠近。

“刘艺傲，你还在恨我，对吗？”舒琳娜凑近我，拉住我的手，不允许我走。

“娜娜。你为什么会喜欢上曲胜？”

她扬了扬头，用手把斜留在额头上的刘海拨到一边。一道触目惊心的瘢痕，像一只硕大无朋的鱼骨，张咧着嘴，连着一条脊肋扩张的鱼身。我恐怖而惊魂，吓得捂住了嘴。可我什么也不敢问。我甚至在下一秒，就羞于那样明显地表现我的不安。我并不是嫌弃，也不是鄙夷。我是想不到，在我没有陪伴她的这么些年，她到底经历了什么。

她预料到了我的反应，无所谓似的松开了拨刘海的手。头发松松垮垮地泄下，她又变回了那个美丽、有着可爱刘海的学生头娜娜。

“初中毕业，有一晚，我留在曲胜家过夜。现在想想挺刺激的。有点像私奔。”

“然后呢？”

“我们在他家的炕上过夜。炕，知道什么叫炕不？就是用灶台烧火柴，水泥砌的那种大通铺。”

我听她继续说下去，心里隐隐约约觉得心酸而难过。纵我在数千个电视剧里听说过“炕”这个字，可我从没想过自己身边的人真的会过这样窘迫的环境。

“那晚特冷，特冷。他往灶台里添了很多柴，火烧得特别旺，特别旺。后来我不冷了，他抱着我，我睡得可香可香。”

“他开始结识道上的人时，才开始抽烟。从此一发不可收拾。那晚他抽过烟后，把打火机随手放到被下。后来，睡到半夜，打火机因为炕火太旺而爆炸。我额头上的疤就这样来了。”

“初中那段时间，父母见不得我脸上的疤痕，扬言我再与他有瓜葛，就断绝关系。我被父母看守在家，不能联系他。他喝酒，抽烟，闹事，打架。后来，我偷偷逃出来，从此开始自己谋生。”

“他说对不起我，在胸口为我纹了身。他说，我因为他留下一个疤，他也要为我留一个印记，这样才公平。”

“我怀念初中那个羞赧内向的男孩。我感动于这些年他为我所做的所有改变。你呢，你又是为什么喜欢上林缄宇？”

“我在进这学校的第一天，就喜欢上他了。那天你来送我上学，你看到他，不是吗？”

“所以你愿意在他生日那天给他买蛋糕，却把蛋糕放在金咸玉的电动车上。”

“舒琳娜……我……我放错了蛋糕？”

“刘艺傲，如果是你，怎么办？如果真的是你把蛋糕放错，而蛋糕又恰巧被人下了毒，让那想陷害金咸玉的人得了逞——我是说，如果真的是你，怎么办？”舒琳娜盯着我的眼睛看。

“不，不是。即使全校的学生都以为金咸玉的死和我有关，还有林缄宇，他是唯一一个知道真相的男孩。他知道那天那个蛋糕是为他买的，而不是为她。”他是唯一一个可以为我作证的人。

“他靠什么来给你作证呢？虽然那天是他的生日，可是谁能保证你不是借他生日的名义买蛋糕，下了毒后放在金咸玉的电动车上，达到陷害她的目的？”

我自知欠缺令她完全信任的条件，不再争辩。我以为她说出自己心底的话，这就彻底解了气。所以想要默默离开。但我没想到，她突然和缓地降低了声调，问我：“闹闹，你愿不愿意坐车和我一起回小镇的麦田去？”

2

我们潜回麦田。已经被销毁的麦田西部还残存了一些顽强生机着的植物。

根根拔地而起的麦秆，把庄稼平原上的田垄构架防起。我们坐在细碎狗尾草铺就的平地上，被这样株株茂盛的植物保护在安全壁垒里。身边有缓缓溪水流过，漫浸在土壤，成为黏稠凝聚的泥巴。我也不再顾及形象，随手捞起一把泥，胡乱涂抹在她脸颊，又涂抹在自己鼻尖。觉得又回到天性使然的日子。

“我们就这样睁眼平躺一整夜，不动地，不吃饭，更不添衣。我们会死吗？”

“也许会。可是我们无法预知会有怎样的人恰巧经过，遇见我们，将我们救起。这个世界发生的机缘巧合，维系某些概率定数，改变不了。”

“是啊，我们无法预知命运。3年前林缄宇在我生命里的出现，就是最好的例子。3年前我在学校门口认识林缄宇，从此觉醒自己因父亲的离开所缺失的性格缺陷。他用另一种手段，迂回治疗我的病态。甚至曝光我于联欢舞台上，让我受尽尴尬与屈辱。”我对她说。

“6年前徐扬的出现，也是最好的例子。”

“徐扬？”我微微诧异。

“6年前她来到这个小镇，其实是为了给她父亲打理生意。6年的磨砺，她如今也已变得精明能干，无所不能。”

他们都是我们生命注定经过的人。

“过去的事，我不怪你，我想问你，在琴房那天，你口口声声诉诸我把你打伤，你在想什么？”

“徐扬给我一叠钱，叫我去找你见面曲胜。我收了那些钱。等到真正面对你，我已经不知道该如何解释了。那天在琴房，不想让曲胜知道，你们见面，其实有我引线搭桥，慌乱之下才编造那样一个虚假事实。”

她一声低过一声，我听见她的喉咙里有在哽咽。最后，她哭了，那一刻我突然明白，一直以来深深压抑的情绪，我们都一样。她真的是那种胳膊肘子撞到铁杆上，还可以面带微笑的那种人。只要她愿隐藏，没人看得到她溃烂于心的伤疤。

“你不必自责，不怪你娜娜。徐扬她好像正在准备出国上大学。”

“去哪里啊？”

“应该是美国排名占前50位的大学吧。一年平均花销算下来也该有40万人民币。有一天我在教堂巧遇徐扬的妹妹，才知道她们真正的家在美国。她们一家应该很早就移民了。”

3

“她家确实有钱，之所以移民，是因为她家钱的来源并不全是正当途径。对么？”娜娜摘了一把黑麦草，把它们盛进一个陶制容器，用捣子捣碎，一股清香沁鼻。我不解地问她：“你这是做什么？”

她回过头来对我笑，“这是黑麦。黑麦有个特点就是叶量大，茎秆柔软，营养丰富，适口性好，可以给牲畜做饲草。”

“黑麦？看起来果真和普通的麦子不一样，麦穗更窸细[illegible]叶鞘无毛，叶舌近膜质。颖果是长圆形，淡褐色，腹面还有纵沟呢。”

“我们平时吃的黑面包就是用黑麦制成的。黑麦还可以用来酿酒，酿油。秆可以用来编帽造纸。”

“用处可真多，这也是这片黑麦为什么可以在别的植物都遗销之后仍能完好的理由吧。”

“桂花红可以做馅，玉米可以酿酒，玉米加黑麦经发酵蒸馏之后放入橡木桶，可以酿造世界闻名的威士忌。”她并不回应我，只是自顾自地说，“植物再怎么顽强，遭人破坏也是无法长活的。这和语文课本里歌颂的什么大自然顽强生命力可以创造奇迹一点关系也没有。”

我看着她只言一半的话语，隐约觉得不好的预感腾升。

舒琳娜望着远方，金咸玉曾经的小房已经被强行拆除，剩下几砖瓦木了。这一片蛮荒之景，映得她流出了热泪。“因为从小生活在庄稼里，对作物极其了解。这田垄里每一寸种怎样的植物，每种作物几时收成，如何截枝嫁接，怎样统筹调配可以创造最大产值，我都是一清二楚。我更明白这作物都有着怎样不为人熟知的功效。”她手持我们从田地里摘来的桂花红，用棒槌捣碎，又加糖搅拌，直到它们都变成了血滴一般红艳的浊汁浆液，带着花瓣的残香，传至无尽之远。“我摘花来，是想给你做桂花馅的年糕吃，3月种桂花，6月采摘，刚好做馅。这是属于我们共同的童年。你，我，还有金咸玉的共同童年，不是吗？”

“舒琳娜，你来找我那天，衣衫不整，面部有红肿，我以为你真的出事。那天到底发生了什么？”我想起她来找我的那天，眼睛肿得如小兔子，神情涣散行为极其不自然。

“闹闹，你并没有找人打我，我在琴房质问你，你为什么要恐慌，你那时完全可以像杨天一样，吼着揪住我的衣服，质问我为什么要编造你打我的谎话。”转瞬间，她转过头，用眼睛望向我。

“是杨天把我带进琴房，我完全没有料到……会在琴房看见你。还会看见曲胜。”是的，我有愧于她。在面对曲胜的那一刻，想起在医院里发生的种种，一股巨大的愧疚已经腾升，我无力回复她的任何一句指责。可我不敢说。

“这就是我一瞬之间明白所有的阴谋都是徐扬设计的因由。徐扬给我一叠钱，要我允许曲胜去见你。我以为，你若是我的朋友，你不会和曲胜发生什么。所以我收了那叠钱。我去找你的那天前一晚，在酒吧喝过她递给我的酒，在酒吧昏昏睡去，第二天从酒吧起身浑浑噩噩去找你，完全不知道自己在做什么。那群少年在我后面追赶，扬言不把你叫出来就打我。我跑了很久，以为那群男孩和你有关。”

我呆呆地听着她话里的全部内容，只觉得大脑一片空白。直到她把捣碎的桂花馅端给我，我毫无知觉地品尝，只觉得整个人麻木，味蕾迟滞，心里一阵惊一阵恐惧。

“闹闹，徐扬有没有叫你去找一个叫潘央的男孩？”娜娜看着我的眼睛，对我说。

“有。她反复说是为了他父亲的生意集资，要我去找这个男孩。你是怎么知道这一切的？”

“前天。曲胜告诉我，这个城市最大房产商的儿子潘央，就在你们学校读书，高二那年突然辍学，现在人在包头。我不觉得强拆事件和任何外人有关，徐扬是唯一的疑点，如果硬说谁和她家有着利益上千丝万缕的联系，那么应该就是这个叫潘央的男孩。如果徐扬曾经急不可耐地要你去找他……那么闹闹，你不觉得这个男生和你有着千丝万缕的联系么？你不该去见一见他吗？”

“你要我……去找他？”

“7年前，有政府官员的人来探访金咸玉小屋，随行来的一个十来岁的男孩，大概就是林缄宇。他和金咸玉在田地里玩耍嬉戏了好久，我就在我的小屋，隔着玻璃窗遥遥相望，看着他们，觉得他们真般配。送你去高中上学的那天，我在学校门口撞见他，目光迟迟转移不开，我确信他就是林缄宇。”

“所以……林缄宇和金咸玉早在7年前……就认识？”我神情激动，喉咙已经在哽咽。

“对。金咸玉走后，她的外婆在政府收纳所生活。她的外婆不识字，不懂法，更不知道该怎么维权。这黑麦并不存在于金咸玉所包种范围内，黑麦子房易感染麦角菌，形成有毒麦角，经人提炼麦角酸制造就会成为LSD致幻剂的原料。你会明白为何这地会无缘无故出现这样一批完好无损的黑麦了。LSD可以做成液体滴在邮票背面贴合处，也可以溶于饮料。

这成片成片的黑麦都该是她父亲的产业。这土地若想要被长久利用，仅仅靠临时用地许可是不够的。”

“我猜测，潘央家以建筑工程为名义，合理化用地批准手续，他们相互利用，一方为了隐匿违法毒品制造生产，另一方为了什么，我不知道。但是我知道，这里土地房屋虽然被强拆，建筑工程却迟迟不肯动工。因故不能按期开工超过6个月的，应当重新办理开工报告的批准手续了。所以我的猜测或许有纰漏，真正的真相是什么，还是你亲自去问吧。”

“闹闹，我爸爸是工匠，大家都会嘲笑他，这个职业太寒酸，太土气。他给建筑商做模具，只是一个工匠，连设计师都算不上。有时候，建商会要求他做一套关于建筑房屋的模拟环境，有时候也会指派他做一个构图里虚幻抽画来的模型实体。对，爸爸就是干这个的。他是怎样一点一点从一个专门给别人做小板凳、小桌椅的起始点，走到现在，只有我看在眼里。我常常端坐在爸爸身边，看着他细致的施工，小心的用力，精益的布局，在他的手下，整个城市都仿佛被收纳于眼下。华灯初上，各种建筑鳞次栉比，节节生辉。我看得懂这个城市的布局，我看得见这个城市最原始的模样，我看得见属于他的模具城池。我们每个人都有家，为了维护它，我们该不遗余力。”

她几乎用了排比式的祈愿说服我去找那个男孩子，我答应她，高考过后就去找潘央，她欣慰地对我笑，用笔在我的手上写下潘央的电话号码和QQ号，还有一串地址。

有风逆拂，顺行飘散。我们牵着手，躺在野地里。万物在头顶上掠过生发。已经不知道有多久没看见她洋溢这样轻松的笑。第二天暮云叆叇下依旧簸荡的市场局势。市中心街道人满为患。母亲紧锁的眉宇下满满的焦灼。小镇的农宅里赶完农活的农民捏着糍粑膏就着甜酱。城市楼宇房屋内蒸炉里的蛋挞吱吱冒着白气与黄油。

千种万种生活，大同小异。鼻腔下涤荡着恣睢万千，抑或是盛馔百宴。它们有一个共同的主题，是爱与家。

我们所枕的土地，曾是金咸玉的家。

我要替她，不遗余力地保护它。 这或许是她死后，我唯一可以为她做的事情。

4

我永远想不到这一切来得这么快。

林缄宇考学的好消息传来。那个曾经在琴房被我嘲辱过的男孩子，带着他傲人的成绩重新回到学校。他顺利通过中央音乐学院的专业考试。他回来时，再也不是往日的模样。不是那天在地铁站衣衫单薄的他，也不是几个月前因金咸玉的死讯，站在门口那个目光呆滞的男孩。他的脆弱和疲惫不再，悲伤和失意也统统消失。取而代之的，是一个春光盎然，目光灼灼的少年。

高考紧接着来了。

烈烈炎夏的高考，是一次充满苦难与折磨的地狱之炼。天气如蒸汽房里的热团包裹而将每一寸皮肤堵塞得麻木，身体发肤失去新陈代谢的能力。

我埋头在考卷上写字，梦境惊蛰后给娜娜写信的时光重现。笔尖牵引连接我思维里逻辑却感性的线条，滑溜，娓娓泄开在纸张上，与此同时，所有矛盾，对立，分裂，撕扯的情绪，那来头是林缄宇。

我侧耳听同学们在我周围笔尖沙沙作响的声音，在过去我们以初中入高中为起点的 3 年，或者追溯更远，以初涉初中为起始的六年，抑或是蔓延整个童年的 7 年，8 年，10 年，终究在这一刻，我们以平等的姿态端庄而坐，接受统一正规的测验。而在这几十万号考生心里，又有着怎样森罗万象的故事，纠错复杂的盘亘在心里。

我多想时间过得慢一点，48 小时的高考过程里，绸缪倒计着与他在这个校园里，最后相伴的分秒。

可我又多么希望时间过得快一点，因了他荒废的学业，已经不足以因最后两个月的奋力拼搏而改变丝毫。料想的成绩就在脑子里蜂窝般回鸣。我无力回天。

我们浅尝人生，辄止于18岁高考的夏季。我们是已经历过纷杂人世的老僧，垂目老去的那一刻，也是我们递交考卷的那一刻。

我们从考场结束青春，以此点为刻度，开始经历真正的人生。

5

高考后的半个月，按照惯例，是学校一年一度的高三毕业典礼。

我在衣柜里翻箱倒橱，选择了最普通的一件衣服。我像一只躲避众人目光的仓鼠，躲在校门口阴沉晦暗的角落，不安而胆怯地听着大会宣布这次高考的喜讯。我得知林缄宇被中央音乐学院录取的消息。

我永远想不到，在我以为雅木楠已经在我生命里消失了的时候，她竟然又重新出现。她重重地在我肩上拍了一下，对我笑。

“嗨，刘艺傲，你在这里干吗？”

“我……我在听校长宣布高考喜讯。“她的笑像一抹阳光，让我不由自主地温和回应她。

“我考得很好，如愿以偿地留在北京。你呢？”

我不说话，不知道怎么回答自己落榜的事实。

“艺傲。”她的手温和地搭在我肩膀上，她的下一句话脱口而出：“我相信你。我相信金咸玉自杀，和你把有毒的蛋糕放在她电动车上没关系。”

说完这句话，她眨巴眨巴眼睛，向着整个人潮最拥挤的地方走去了。

她的眼眸温暖，灼目，像珍珠一样熠熠发光。所以，任谁看到她晶莹剔透的瞳孔，都不会将她归为邪恶一类。哪怕她曾对我说，林缄宇把她带回家去拥抱她，哪怕那天在阳光倾照小胡同的蹩脚场景下，她撅起嘴巴包住林缄宇的唇。我都从没有怨恨过她。直到那一瞬，我看到她走向林缄宇的方向，眨着无辜的大眼睛，用尽可能放大的声音对着她周围所有的人说："刘艺傲她就像只过街老鼠藏在校门口不敢进来，给金咸玉下毒的人真的是她吗？"

体内爆炸的情绪就像一只不受我控制的利爪，在下一秒，我就疯子一般地拉扯住她的头发。她波浪造型的头发被我用力的手抓得无比凌乱。她发出尖锐的，令整个操场上的人都听得见的嗓音——"救我，救我，刘艺傲这个疯子，她杀了一个还不够，还要带上我。"

整个校园的人齐刷刷地望向我们纠缠扭打的方向，我被其他人用力地拉扯到另一个方向，质疑的，鄙夷的，嘲讽的眼神，就像一针针有毒的药液，肆意而嚣张地流进我的心脏。被毒化了。凝固了。

我颓然倒地。

就像烈日最后一抹余晖是殆尽整个前半场暖阳的最后结局。暴发和毁灭是本质。先前所有的忍耐，渴求，念念不忘想要重回过去的希冀，全部是构成回忆泡沫凄惨单调的化学物质。在泡沫破裂的那一瞬，所有幻影都会灰飞烟灭，留白余生。

青春宛若破荚而开的毛豆。需要这样承受身体裂痛罹厄。

我比小丑还难堪。脸上触碰到这个操场的地面，我的衣服被划出口子。

倒下的一刹那，我看见的最后一张脸，是林缄宇悲凉而凄哀的眼神。

他无限漫长的目光投向我这个方向，那眼神里有我说不出的，委屈和哀怨。如果我没有看错，那应该是一个被深深伤害的人，才会有的目光。

因为失去理智，大脑思维没有逻辑地乱跳，我没有头绪整理雅木楠说出的所有内容。

"艺傲，我相信你。我相信金咸玉自杀，和你把有毒的蛋糕放在她电动车上没关系。"

"刘艺傲她就像只过街老鼠藏在校门口不敢进来。给金咸玉下毒的人真的是她吗？"

"救我，救我，刘艺傲这个疯子，她杀了一个还不够，还要带上我。"

林缄宇生日的前一天。我和林缄宇一起回家，在夜幕低垂、辰星如同赴宴般热闹轰然地凑于天空时，所有景物都因此变得静谧无声，像是经历一场浩大而正式的冬眠仪式。我就坐在那个男孩后面，他的修长身姿，他从后背打击而来的铿锵心鸣，一下一下，节拍分明。让我安然而恬静。

他的电动车是微蓝，银漆。他的电动车前面有一个筐，那晚他就在上面帮我载书包。我因此记得他的车型，并在他生日那天辨认出哪个才是他的车。

我还记得，自那天之后，他消失了15天。

很久以前我和金咸玉一起走过风沙小路，尘土飞扬，所以微尘都渐渐地铺满我们的衣裳。她不语，灰尘不会反射光，茫茫低沉地落在她的身上。她是洁净的，所以任何迷乱风暴都不会将她染脏。高二那年，她隐遁而谦逊的姿态，倏然配上不和谐的浮华附丽。她突然入手一辆和林缄宇一模一样的电动车。那辆崭新的微蓝、银漆的电动车，成为全校流言她的根源。

她从来未告诉别人，这辆电动车是谁给她，她又骑了多久。

电动车微蓝，银漆。所有景物都因此急剧紧缩成一片剪刀下的剪花图影，轮廓以她的身姿为原型。泛着凄哀而悲鸣的光。

眼睛面前是无数个金光闪闪的星星，不受我的控制，在我的周围环绕起来。

如果是我放错蛋糕，证明那晚，我把金咸玉和林缄宇的电动车混淆。

因为他们的电动车太过相像。

所以金咸玉从没有骑过林缄宇的车子。

一直以来，都是我错怪了她。

从心底滋生的孤寂，大雪一样地把我掩埋。源源不断地，从最深的那个位置，类似地心引力吸附失控般，迸溅着像岩浆一样足以披覆于整个躯干的，冷漠和空虚。

第十六章　尾声

1

雅木楠已经转学，回来也只是探望，我清楚地明白她不会久留。在典礼结束的当口，我偷偷步行在她身后跟踪，企图窥到会发生什么。

耳边清风作响，打在脸上时并不寒冷，却也不是那种叫人舒服的暖意。阳光不刺眼，也不明媚，一切都在浑浑噩噩的境遇下，让我疲惫的腿不知所向。

我在她身后足足尾随了两分钟。

她向着校园内部走去，走了很远一段路。

贵族学校保持它的端庄与肃立。夏末，高大莽壮的白桦树在旁边镇路。整个校园不再以暗色调自居。川流不息的学生、老师，甚至家长，在校园内浓稠壅塞的人流下黏稠移动。毕业季却也仿佛是一片充满希冀的向荣景象。不时有被风吹散的落叶，洋洋洒洒从高大的树上飘散下来，悄无声息。有一枚冷不防落于我身上，耳边听到它的掷地有声。

转弯处，我听到林缄宇和雅木楠的嬉闹声。

我开始退缩了。

天边的雾霭未像往常一样升起，两分钟前那坚定勇敢、大无畏的潜行精神，变成一抷燃尽的烈烈火柴，刺鼻的灰烬味，作呕地盘旋缭绕在心房里狭窄的空间。

是的，我知道他爱的不是我，给我一个逃遁的出口，让我看清他们到底怎样在言论我。我就可以安然离开。

他们继续向前走，我依旧小心翼翼如鼠般尾随。5 分钟后，他们停下了。这是校内为老师们专门设置的停车场地，偶尔被校外人员停车占用。视线里成堆的车辆驶过，有的静静驻足于某处，在某个低沉晦暗的角落。雅木楠打开一辆车的车门，嬉笑着让林缄宇也坐进。那是一辆银白色宝马车，在阳光下泛着反射的光，有吊坠摇晃在车前座，吊坠是和车身一样的银白。晶莹剔透。

我想走近一点。

我挪步子靠近那辆车。

前一秒，我还在自顾自地埋头走路。下一秒，他们突然下车，轻轻地从我身旁走过。在意识到经过我身旁的人是他们的时候，我的整个身子都僵住。身上像是有无数条隐形的细线牵引。我骤然停下，僵硬的肢体做不出任何适宜的动作，尴尬得想要掉头跑。却意识到，此刻跑掉，更会引起他们的注意。

他们却什么也没做。他们甚至没有看到我。

林缄宇在笑，和雅木楠一样没有看见我。他们互相调侃着，并且渐渐走远。

我以为，他们离开后，那辆车除了精致的外壳，已经没有值得我靠近探究的地方。我也转头欲走，却被车前银色吊坠反射的光刺住了眼。几秒钟的眨眼时间，我看清楚了那个坠链的形状。

有那么一瞬。我看到整个世界以逆时光的速度倒退。

华贵的皇冠形状，有钻石镶在周遭，Tiffany 坠链。

那条吊坠如一只可以无限延伸的冤魂的利掌，急速不猝防地把我的心脏捏得鲜血迸溅，枯瘪无救。僵硬如木偶的我，刹那间失去了所有坚强的力量。蹲在地上，号啕大哭起来。

在这个校园里，高二三班金咸玉的那个位置的视线里，有雾的窗外和没雾的窗外，格调是完全不同的。没雾的时候，整个教学楼的轮廓都像用褐色铅笔勾勒过一遍，线条分明。楼外包裹它的颜色与其他颜色交相辉映，因为每栋楼都被漆了不同颜色，所以整个世界在眼帘下，宛如一张巨大的调色板。有雾的时候，所有轮廓都像被用橡皮擦过，线条不再明朗，视线里的世界被罩上了毛玻璃，粗糙，被割裂成若隐若现的颗粒，让人浮想联翩。要是下雪就更好玩了，楼下的学生在雪面上一深一浅地踩过去。在楼上人的眼界里，就像显微镜下的分子原子。他们相互游离，拥簇，在满天雾霭的雪天，筑成一场楼上的人臆想中的梦境。

林缄宇生日的那个冬至，就是这样一个雾霭蒙蒙的雪天。

下了晚自习，学生们浪潮般向着校园外走去，我在学校旁边一个布满浅淡灯光小角落见到金咸玉背影。我叫她，问她蛋糕是不是还在，她转过身回眸的那一瞬，就像是要哭起来，“傲傲，我把你的蛋糕，看丢了。”

就像晴空被乌云掩埋。河流随细沙飘远殆尽。砖瓦建筑因强烈震颤碎成灰末。

这个世界上最可怕的事，不是被欺骗，被背叛。被嘲笑。被误解。亦不是挫折、苦难、贫穷。而是你一直深深相信并执着的事情，终究在你一层层的深扒下，露出它的本来面目。那面孔昭然若揭，挑衅般地望着你，在你惊异的眸子里迅速膨胀，张开血盆大口，向你咆哮。耳边刺刺作响，继而一股清凉而血腥的液体触及到你的面容，又急遽地流进眼睛，吞噬瞳孔，撕破网膜。而你在不甘心、被惊吓、仍企盼的小心愿涌动下，被迅速地拉近了浑水和黑暗。

这个面孔有个名字，叫真相。

在这之前，我无法猜到那块蛋糕最终落到谁手。我甚至不确定林缄宇有没有收到它。

而今，我送给林缄宇的 Tiffany 坠链，辗转反侧，竟出现在接送雅木楠的车里。

时至今日，我再也无法苟且。我曾以为春光烂漫澄澈美好的少年，在我一点点揭开真相的末尾时，露出了满目疮痍的挫疤。我微微作呕，恶心泛滥，更大的痛切则来自于对他的失望。

林缄宇收到了那块蛋糕，把蛋糕里的 Tiffany 坠链送给了雅木楠。

——这就是真相。

2

两个月之后，我加潘央。

他的QQ昵称让我觉得熟悉。我仔细去想，才发觉他的昵称和雅木楠昵称的形式是相辅相成的。雅木楠那个姑娘，表面看起来浮夸躁动，每天换一身衣服都觉得不够，网络昵称却稳恒不变。她叫xiao雅，他叫xiao央。

我忘记了先礼貌地向他打招呼，唐突地问他："你认识雅木楠？为什么要和她情侣昵称呢？你们并不是真的情侣吧？"

他淡然回复："你是谁？"并不理会我的疑惑。

我轻轻打字给他。"我是刘艺傲，你可能并不认识我。"

他半晌未回复。

"我听别人说，你在蒙古。我高考过后，想前去散心，顺便为了研究蒙古音乐文化。蒙古草原是否有马头琴？"

"蒙古草原不仅有马头琴，还有胡琴、太平鼓、火不思、雅托噶。胡琴是蒙古化了的二胡，火不思是蒙古化了的琵琶，雅托噶是蒙古化了的古筝。你应该尤为对最后一个感兴趣，对不对？"

"你认得我？"这次换我半晌才回复。一个我从未谋面的陌生人，竟对自己的兴趣了如指掌，我的心脏怦怦直跳。

"嗯。"他很淡然，只是回复一个字。

"所以……我去那里，你是否可以接应？"我为自己的决定和小计谋捏了把汗。我深深明白去散心和研究蒙古音乐并不是我的初衷，去见他，才是我的本意。

蒙古，想象中该是一幅鹤唳，鹿鸣，鸟啾，猴呦，马嘶般百物杂烩的景象。那里定有坝上一望无际的戚草芳泽。有我臆想和梦幻里的逶迤灼天，有火烧云连着最后一片余晖在整个日落的戏码中留下润美的句点。那里应是完美无瑕，可以借以永生逃避的逸所。

我想去那里。哪怕无法达到初衷。

“嗯，好。你怎么来？给我时间和地址。”对话框里的那个男孩，太过冷静和淡然，一切完全出乎我的意料。

感情和友情不同。感情是两个人在一起久了，熟悉了彼此的生活习惯，生活模式，每一次近距离的呼吸，心跳频率，或者因为喘息而带来的气流余味，因为时间的累积和空间上的近密而变得悉数可感。友情却要远远高于它。那是两个人为着同一个目标而努力的精神陪伴。

舒琳娜属于后者。

此行，我是带着舒琳娜的小小心愿而来。

我坐上火车，半倚在座位上，回忆这段日子以来经历的一幕一幕。奔赴前往。一路上窗外的景物不断地向后退去，就像那些从我生命中消失褪尽的时光。我想起徐扬在医院为我讲的那个青梅竹马的小故事，她只讲了一半，突然离开，去了其他的国度。直到现在，我都不知道故事里的女主人公和男主人公分别是谁，可是我已经隐隐觉得，这个故事，与我此刻坐上火车前去见面的男孩有关。或许舒琳娜同样清楚徐扬所清楚的一些真相，可她并没有告诉我全部的故事。

下了车，踩到地面。果真如我料想般那样敦厚结实的黄土。我没有告诉潘央我到达的时间和地点，却是循着舒琳娜给我的地址找到他所在的工地。

我在工地上看见了潘央，他正搬着好几摞砖头向前走。

破旧的工地上，裸露的水泥钢筋支架凌乱而破裂地散落一地。正午的太阳穿过支架未被水泥墙面掩挡的四方框架，在地面映画出一面有棱有角的圈，他就站在那个圈子的正中央。他被阳光抵面照射，地面投影出他的巨大身影，威猛高大。不需问出口，我就知道那是潘央，他的衣服很干净，不像工地上其他的工人。

我叫他的时候，他转过头来对着我看。他的眼神先是疑惑，继而反应过来，尴尬地擦了擦头上的汗：“爸爸的工地，我没事做，来帮帮忙。你怎么没打招呼就直接过来，谁告诉你我在这里的，雅木楠？”

他有着凸起结实的肌肉，侃侃温淡的话语。他对我讲话时，耳边响起猎猎飘动的腰鼓号角，尖锐却砰然的巨响。此地远离东部东北分界线几里有余，略有东北气息。男人说话豪迈粗犷，女人也并不如想象中温婉低回。我所感受至极的是一片如同草原般的淳白，空旷而自由的心性在广袤无边的苍穹下奔跑。他口中所说的“蒙古化”，因他质朴却真实的声音震颤而变得有形有相，在我面前展示出一幅巨大的起伏画面，像诱香，像蛊毒，像黑洞，吸附又吞吐，百转千回于我心口那层薄翼的介质。

“内蒙古有草原吗？”我并不回答他的问题，仰起头问他。

“我出生于此地。十几年前的这里，天灰地荒，满目疮痍。绿色更是奢望，哪里有苍翠欲滴的草原。”

“现在呢？”

“现在当然不是 20 年前，要去草原么？我带你。”

“可我并不熟悉这里的地况。”

“你可以选择赛汗塔拉草原，是这里的都市草原，也是全国唯一一个都市草原。但，都市草原不及边缘偏僻的草原来得纯粹。希拉穆仁草原是典型的高原草场，每当夏秋时节绿草如茵，鲜花遍地。当地政府不断地投资建设，接待设施相当完善，现在是著名的内蒙古草原旅游景点。你想要去哪里？”

“去边远一些的。”

他开车 3 个小时，我们来到达茂镇。希拉穆仁草原。整个草场空旷且寂静，草质已经变得稀疏，并不如我想象般繁茂壮阔。这里接近呼市，开车再走远便是赤峰，是古往今来人们概念里东北一带的分界线。内蒙古高原横穿赤峰，向东北一带鱼贯，此地的人文风情在潜移默化下将东北气息移地而来。

3

他不再说话，在草原的静谧的环境下，我在头脑里静默地想，要怎样循序渐进地让他感觉亲密，再告诉他我此行找他的目的。

真正的安全感由真诚的话语起先构立。

“潘央，你认识我，对吗？”我小心地试探，瑟缩地打开话题。

“别绕话题了，直接告诉我，是雅木楠告诉你我在这里的，对吗？”

“不，不是。”

“那是谁？”他皱了皱眉，眉头上的三道纹锁成不好看的扭曲线条。他防备心很重。任何人向他探出触手，小心接近之后，他稍微体察到不安和危险的讯号，就会立刻缩手收回，静默猎守，警惕察查。至于这段将自己围御起来的时间是多久，恐怕连他自己也不知晓。

看起来他很难做到全身心地去相信一个人。

“是我自己要来找你。潘央。你知道的，如果想要找到一个人，千山万水都不是阻碍。”

“雅木楠……还好么？” 他的眼睛发出失望，忧伤和柔情并存的目光，我越来越坚信徐扬为我讲的那个故事，男主角是他。

而女主角，没有猜错的话，就是雅木楠。

“你和雅木楠……真的是情侣吗？”我心里微微兴奋，如果雅木楠和他一直在一起，那么林缄宇，只是这场青梅竹梅恋情里的身外客。

他抬起头，定睛望向我。“我们一起长大。第一次见她，我就很喜欢她。那种喜欢，真的是懵懂隐约里藏着宿命的味道。你从来想不到，第一眼见到一个人，便觉得她是你这辈子必娶的新娘，那是种怎样的欣喜，以及这欣喜背后带来的巨大的惴惴不安。我就这样陷进去，从此不管上课，下课，甚至课间休息，躺在课桌上，梦里也全部是她。我见她受伤，见她在视我为朋友时所经历的所有缺残的恋情。她是除却我家人，我最了解最熟悉的一个人。我们彼此陪伴，相互依靠，互诉埋怨。我不知道你有没有过和你相伴十年的人，从幼儿园你们就在一起，小学，初中，高中，年年都巧合地在同一所学校。而那个人恰恰被你喜欢着，因为命运的巧合，你便认为这就是命运的旨意。这十年，我是在她的陪伴下走过来的。我追着她考进同一所高中。直到她认识林缄宇——”

他不再说话。

我心底的巨大希望被一瓢冷水浇熄。

“你永远想不到她金枝玉叶的外在下，内心多么败絮不堪。她是伤痕累累的，不仅是心，也是肉体。林缄宇那个男孩并不是真正爱她。她总是把自己弄得很伤，我想不懂她为什么要这么做。也许一个人出生环境太好，自觉有着不会沉堕的趋势，所以甘愿故意让自己受伤？这是怎样的一种逻辑。” 他想了一会儿，继续说起她。

“你怎么知道林缄宇不爱她？他不用你的方式去爱，就是不爱她吗？你又是怎么解读爱的呢？我觉得，这仅仅是依赖吧。”

这段十年的爱情长跑，也许是他并不自知的一段相依扶靠，并不属于真爱的范畴。只因他是如此孤默静立的一个男孩，他的完全信任如同上膛枪弹，一旦扣动扳机弹丸射出，就再也无力收回。他把全部的爱，信任，扶持，依赖，迷恋，全全孤注一掷地投给面前的靶位，并不理睬那靶位立点是否有失偏差。

“你要是明白我说的，你就会懂，有时候你熟悉一个人熟悉到她类同你身体上的一部分。你并不是具有时时明白她想什么的能力。而是，你虽然不知道她在想什么，但你知道，有些事，她一定会去做。她骨子里有种自轻的倾向，我不知道你们是否发觉。如果你们察觉不到，可是为什么，我总是能看见你们所看不见的东西。关于，在她身上，蕴藏的特质。”

“她，怎么说呢。她是一个善良到，在网络社交里聊天，你和她说三句话，她回你一句，自己都会觉得不好意思，然后再在那一句话后加上两句，或者加上表情符号的一个人。她的善良集中到任何细微的小事中去。不是真心青睐这样谨小慎微的美丽，并视其为优良特质的人，我想，林缄宇他看不到。”

“你其实是想报复林缄宇，只是拿雅木楠做借口，对么？徐扬父亲搞非法毒品生产，你们以开发的名义得到土地使用权，强权霸占小镇里金咸玉的土地，珠联璧合，狼狈为奸地去侵犯弱势群体的利益，却说这一切都是源于爱。徐扬爱林缄宇，雅木楠爱林缄宇，你爱雅木楠，所以你们要逼死金咸玉，只因为她是林缄宇第一个爱上的女孩，是你们所有人的心头大害，对么？”

他抬头望我，想要说些什么，却终究没有说出口。

“这十年来你做出了什么成就？为雅木楠改变了什么？你们的感情基柱是什么？只是在若干细小时间组成的十年，在一个小婴儿足以蜕变为有意识的孩童，一个乳臭未干的孩童足以发育成婷立少女的漫长时光里。你什么也未做，你把她的一切当成了你野心聚源地，你以可以占有她为课题，进行了长达十年的远途征役。终于，在你即将到达末途彼端时，却发现她并未在属于你的目的地等你。你慌了，你不知道自己这十年做了什么，所以你不择手段，左欺右瞒，对着尚存良知的一端，安慰自己说这是为了雅木楠为了爱。竭尽的占有欲和心底的恶念，其实终究希望那个处处比你优秀的男孩会得到报应。对么？”

眼前这个男孩。他有他的傻，他畸变的依赖，他忘我的依存而失去自身独立性。他或许已经认定，时间是一切关系建立的根基。他未想到的是，如果一个女孩伴你成长，为你成长的旅途增添的是莠杂的污点，而不是镶金般宝贵的品质。这种陪伴，不值得依赖。

“刘艺傲，学校里几乎所有人都知道林缄宇最爱的人是谁。你还好好的，他就没有得到报应。”

他用这句并不算收尾的话语，巧妙地避开了话题。

我却呆住。整个人像被塑封一样，巨大的哽咽卡在喉咙。

“是我在你送给林缄宇的蛋糕里下了毒。可你放错了位置，放在了金咸玉的电动车上。雅木楠知道你要送给林缄宇，所以她好心帮你把蛋糕转移到林缄宇电动车上。如果不是因为他中毒，在医院里住了15天，这个学校里不会有人知道你送给金咸玉的那块蛋糕里是有毒的。刘艺傲，你才是所有人的心头大害。可是，刘艺傲，你知道吗？林缄宇他其实知道蛋糕被下了毒，他大无畏地吃了。他用身体在和我抗衡。如果不是因为雅木楠为我辩护，我现在应该是在牢狱，在少年劳教所接受拘禁。我被劝退，没学可上。刘艺傲，除了我，没人有能力伤害你。除了林缄宇，也没有第二个人这样爱过你。”

我张开嘴巴，想要扑上前去把面前的男孩挠成稀巴烂。簌簌而流的眼泪挂在脸颊，下不去。

我终于明白，那坠链不是林缄宇送给雅木楠，他从始至终，都未收到那条链子。

“这就是全部真相，你现在可以回程了么？”他粗实的口音从喉咙的位置发出，却没有玩乐的味道，无尽的喑哑沧桑。

第十七章　落幕

1

八月中旬，秋季濒临。

林缄宇突然要带我去金咸玉的墓地。

不远处雾霭沉沉，我们爬过了很高很高的一层层石阶，终于在一座墓碑之前停下。

上面赫然写着：金咸玉之墓。

我们站在墓碑前，迎面刮来一阵轻微的风，少有的，秋季的轻风。并不寒冷，可却带动着我身边的男孩，肩膀抽搐起来。他哭了，先是低低的小声啜泣，而后哭得更大声，蹲在地上。整个地面似乎都被他一声声撕心裂肺的哭腔所震触。我轻轻坐过去。世界是静止的。我阖上眼之后，眼前仿佛有线条相交。一个从遥远的西面，一个自无垠的东面。耳边似乎响起那天我伫立在湖面，有轨列车金属碰撞的声响。那两条愈来愈近即将交汇的线条，如同列车般缓慢驰骋，缓行持重。在它们即将碰撞的那一刻，我突然听见眼前的男孩嗫嚅了一句，轻慢温柔，略带拘谨，“对不起”。

我诧异地看他，问：“你在向谁说？”

他抬起头看我，半米的距离内，那么近，他的眼睛红肿。“我在向她说。刘艺傲。”

他不再说下去，我看得见他眼底深深的悲哀。"是因为没钱交学费，甚至没钱生存。觉得生活无望了，所以就这么选择了死。" 半晌，他用微低的音调，似乎在向我解释，又似乎只是自言自语。

我有点呆，不知道怎么办才好。这是长这么大以来，我第一次看到有男生在我面前哭。他的难过和喃喃自语是那么的哀伤，不由得带动我一起哭了起来。

我与金咸玉认识 7 年有余。高一时，她坐在林缄宇的前桌，我喜欢坐在她的课桌上吃饭，她喜欢默默地在一边学习。在那个校外必胜客提供打包服务的年月，她只吃她的馒头咸菜，在数个周围女孩勾心斗角心照不宣的日日夜夜，她就静静地坐在一边，看她的练习书。她的成绩向来都是班里第一，年级前十。直到最后一次。最后一次，她的成绩滑到了年级 100 名。而后她自杀了，所有人都不知道死因是什么。她的死因成为全校猜测与争议的焦点。最后一次见到她是在湖边，她苍白的脸和爆皮的唇。但是我一直从心底里坚信，我能感知她的哀伤。若不是她的死，那天做出荒唐不理智举动的人就是我。

是因为太优秀，家里又供不起大学的学费。

所以就选择了死。

就是这样选择了死。因为经济拮据，穷困潦倒。因为钱，因为没钱，所以选择了死。而其实，她的死，和小镇田地房屋强拆，有着不可推卸的责任吧。我轻声问道："你的初恋女友真的是她吗？"

他对我低沉地点了一下头。眼里带着柔光。那一刻，我就笃定。他是爱她的。很爱很爱。不会消亡。我对他抱以安慰的笑，眼里的泪水再也抑制不住了。"林缄宇，我一直以为，我们之间的距离，仅仅是雅木楠一个人，我曾经想过要退出你生命，让你幸福，终于我都被自己感动了，却在这个漫天灌木交杂的下午明白，这个每日不语、终日沉默的女孩，这个我认识了 7 年的女孩，才是你心底最深的伤。"

鱼的记忆只有 7 秒，所以 1 秒钟的温存对它来说是不是很长。可是我的记忆不止 7 秒啊，我的记忆，因为你的加入而生生横亘开来，演变成一场长达 7 年的拉锯战。

带着对相伴多年的女孩的愧疚，带着这整整 3 年来对面前男孩的迷恋，以及他所赐给我的苦痛。我想当下我最好消失，甚至马上剥离肉体完全屏蔽自我存在。可是我更明白，此刻我什么也不做，依旧微笑。比任何一种方式都要完美。他会懂吗？一颗心变成五马分尸的状态，是瞬间的事。而我还在微笑看你。这是我所能做到的，给他的。最大程度的爱。

我转头想就这样悄悄离开，他突然一把抓住我的手，紧紧地，就像不再放开一样。

“你要走吗——”

他突然抱住我，那么近的距离，我不止看见他的眼睛。连并他的眉毛、下颌，并不凌乱的胡茬，还有白净细嫩的面容。成熟而爬溢两颊的胡孔。不大，不小。刚巧被刮过的样子。是我预料不到的亲吻，拥抱，和一切我曾经幻想过的亲密。

可是，此刻我看不懂他的眼神。

是很深很深的眼眸。看着他，我想和他一起下坠。

“我教你占卜，是希望你在最应该做什么的时候保持镇静。继续做下去。而不是加重臆想和心理负担啊。日本森田说，在人最难受的时候，想着生活还要继续，顺其自然，把自我意志里不和谐的部分自动忽略。这样是对的。

“还记得我曾经跟你提起的契丹族的故事吗？所以，北京并不是我最终目的地，我会如当年归顺蒙古的契丹人征兵南下般，去中国南部的城市。”

“可是，你还是选择了北京。”

“没有，我把志愿改成了上海。” 他淡漠对我一笑。我浑身颤抖了一下。

“我并不喜欢雅木楠。我知道你不相信我，我从来就不奢求你的相信。今天带你到这里来，是想和你告别，下午，我就要启程去我的大学报名了。”

他不再说话，伸手，小心触碰了一下我右脸上侧的位置。我感到一阵微微的刺痛。然后突然想起，那个地方蹦出了一颗叫做青春痘的东西。原本还可以直视他的我，那勇气猛然间就消失殆尽。原来我同这个年纪千千万万的女孩没什么两样。在乎形象，在乎青春痘。在乎把自己最不堪的一面，展示给男孩，哪怕这个男孩，我已经再没有了力气爱他。

脑袋里纠缠对立矛盾的思索变成我想喊出声的话语。却哽咽在喉咙里。我如鲠在喉，吐不出半个字。脸部涨得通红，就像真的是被什么卡住了嗓部而呼吸困难，脸色苍白。目光呆滞地眺望远方。脑子里理智并清晰地感知到，他对我的好，只是他对所有女生的好，最为稀薄的那一条分支。我也深知他曾是金咸玉的前男友，他与雅木楠在一起，徐扬又喜欢他。而其他更多女生与他是否有模糊不清嘤嘤袅袅的暧昧，已经不在我可知的范围内。但他并不是一个处理人际关系界限清明的男生。因此无法猜透他的想法，情理之中。我也确信，不止我一个女生有这样无法猜透他想法的知觉与感应。

林缄宇，你最爱的人，是我吗？

我想要鼓起勇气问出口，却在这时候，在林缄宇的背后看见林咸喻。

2

林咸喻好好的，毫发无伤地站在我面前。这么久来因为担心他而提在嗓子眼的心，终于回到胸腔。

他看见我们时，我不知道他已经在不远处待了多久。我尴尬地挣脱开林缄宇的怀抱，林缄宇转头回望，在看见林咸喻的那一刻，他口齿发出的音节清晰却颤抖地划过我们彼此之间的空气——“弟弟”。

“你们……你们真的是亲兄弟？”

“嗯，对。亲兄弟喜欢上同一个女孩，然后在同一天想要为她扫墓。我来这里，并不是跟踪你们。”林咸喻淡淡地回我一个无奈的微笑，用手轻轻拔去墓碑周围的几叶杂草，用衣服袖子掸碑上浅浅的灰。

“不过，哥哥和你在，我就先不打扰你们了，刘艺傲，我有东西要送给你。”他走上前来，递给我一张叠得方正的纸条，继而顺着小路下山，临行前最后回望林缄宇的眼神里，不知道是失望还是落寞，抑或是什么都不是。

林缄宇就要离开了，这是他要走的这一天。一辆奥迪车停在山下。黝黑的外漆，我们在山上，可以看见他的母亲为他打点行囊。那女人穿着朴素，举手投足间透着隐约的妩媚。我记得我见过她。第一天在偌大的校园门口，我用余光扫过这个坐在驾驶座的女子，如今她妇韵余裕。自有三月春花烂漫灼灼其华的感觉。

这不是一座属于音乐的城市。但凡在音乐方面有天赋的学哥学姐，纷纷离开了这座城，去更适合他们发展的地方开始了新的、关于梦的追逐。林缄宇选择了上海音乐学院。从这里自驾开至上海，要一天的时间。他们会在山东某座小城市停留片刻，再继续启程。

我们没有更多的时间留在这里，如今站在分离彼端，想起曾经那些曲折的分离聚合，那些无数个猜他心思的夜晚，那些故意制造相遇形式企图与他见面的片段。觉得悲伤又幸福。我无心的靠近，又轻松的抽离。在他眼里与任何匆匆路过他生命里的女孩子无异。只有我记得，我们每一个片段，微末的细节，我用着怎样千回百转的心思，掏空肺腑的热情。才换得那些过去。而今自己已然走到故事尾声，很多疑惑虽然没有得到解答，但已经可以明白，有些细节我曾错怪，也曾猜错他的真实想法。

“刘艺傲，就在这里告别吧。时间不早了，我必须得走了。”

“嗯……以后，祝好。”我再也吐不出半个字，怕自己说多就会泪流。

“再见，刘艺傲。”

他已经不再是那个穿着白衬衫低头走路的少年。

青春的改变往往带着惊叹与出其不意。几年的时间，男生喉结凸出，身高拔起，女生饱满丰润，愈见风华。因为无定数，所以生活总是出乎意料。而今我们再回不去这年龄。

他身高背挺，缓缓走下山去。走路也有了成人气概。

学生时代的爱伴随着急剧改变与强烈的动荡不安。再也不是那个被圈在这所校园砖墙之内的少年。再也无法日日相见。再也不能守候着他的一举一动就如同可以抓得住他心中所想。我不知我是否经历足够的大荣大枯，去日繁多，才可淡然接纳一个我很在乎我的人，背对我而行。

但我也深知，此刻我留不留他。我们的生命轨迹也不会就此偏颇良多。

我曾经在愤怒和模糊的梦境中对着他干净美好的脸百般辱亵，大声叫嚷我恨你生得如此清秀隽美却要不得我动心，一如命运为百般磨练我而设的枷锁和障栏。在醒来之后想起这是一日之首，我仍旧可以在布满阳光的金色校园看见他，又为我此生有过这可被悉数的年岁与他相见而感恩戴德。我的矛盾，分裂，幻想。不是烈火焚尽壁炉的痛苦所能言喻。

这个在地铁中会模糊成小黑点的少年，能轻易颤动我心底那根最敏感的心弦。这个走在人群会被浩瀚的人海淹没的身影，却是我心里唯一的挂念。

很早之前我便明白，人与人之间必定是循着特定的行迹疏密又分离。那些繁复踯躅，梦中千百次摄入心中锥骨的痛，一次次血淋淋梦醒又醍醐，辗转中依稀忘记不掉他的影子，愿与他永生定格那记忆的残念，即使压迫感已侵入脏腑却不愿放弃爱他的执念……或是命运。

借以命运的名义，从此想他便不再身处负罪与煎熬的壁炉。

如果可以重新来过。如果可以重新来过。

我想在误解他的那些时刻，送他我最温暖的拥抱。

已知我不管做什么，生活都给我这样的结果。又深知命运的蛮力与微薄生命的无能为力。那些细枝末尾的情节。男孩，我后悔没有将它们营造得更美好。

我极目眺望，携这 3 年韶华里所有无言的苦痛。向他以目告别。

此去经年，不知道两个人再以怎样的理由相遇。

或者他会在十几岁年纪构建的人际圈里走丢，我不怪他。我不奇怪。我不试图去猜解。这人世这么庞大，如果他回得来，说明这渺小如堡的小城市，他的存在，我们的闹剧，所有苦痛编织的故事。终年有效。

车子在宽旷的平地缓缓启动，我的眼泪一点点流下来。

林缄宇。你知道吗。

我最爱你孩子般的笑。

我最珍惜我们还在十几岁著称的年纪。

我爱每日白炽灯闪耀整个教学楼绽放华彩的情形。

我永远记得这份年少时没有任何情欲交织，单纯美好的小恋情。

我愿从此在心底某个隐秘的角落将某些秘密掩盖贮藏，祭奠这座永久的小城市。

因为我知道。人，事，时间，风景，行程，路段，奔波，上路。这样的变迁迟早会降临。

你会记得这座小城市吗？这所曾经纪录我们所有故事的小城市，这座承载你青春剧盛与哀痛的小城市，这座人事更迭白驹过隙的小城市。

那个一直试图孤僻并将自己围裹起来的女孩。她的心病。她的缺乏安全感。使她很想因了这不能完复的手病，把她之前所有不明不白的经历以幻想的方式重现，最后在自我救赎中彻悟，那个她很爱很爱的姑娘，为什么头也不回地就走掉。那个她很爱很爱的少年，为什么她得不到却放不下。曾经以为的爱，痴狂，轰轰烈烈，或是超越于整片天空呖呖作响的仇恨，终究因为坟墓前男孩巨大的悲怆哭鸣那刻让她释怀。她不仅不该有恨，而且该向她，他，他们说声抱歉。如果一个人爱你，她会活在你看不见的，比你自己感受至极更为狭窄的空间。你的皱眉、叱怒、嗔唤，甚至因为一时冲动而骂出的气话，通通会在她心里烙下一个抹之不掉的疤印。所谓爱，抱着永恒的姿态和与她同等高度的拙念，把自己活成另一个你，朝暮相伴，向死而生。

我回家，在淡然好闻的信笺上，落下我清秀的字体。

“我是爱你的，男孩。”

地址是他的学校。秋季来临了。他会收获我尾随落叶而至的讯息，在最华美的，他的，18 岁尽头。

而她此刻成全她心里的这场虚幻的婉转痴迷，并非一时冲动。

3

林咸喻给我的纸条上有QQ号码与QQ密码，空间里只有一篇文章。还有零零散散的几个心情状态。

我翻开那仅存的文章《楠楠》。

我已经好多年没看见我的妈妈，你是怎么找到她，又是怎么调查出那就是我的妈妈，我真的不知道。可是你说的话，我全信。

我信那晚跟踪林缄宇和刘艺傲的疯癫女人是我妈妈。我信她现在已经精神不正常。我信你给我看的那条昂贵的坠链是刘艺傲给我买的。我信那是她想在我生前最后一次送的东西。我信那块蛋糕是刘艺傲故意放错。我信她是想害我。

楠楠，我一直都不敢确信你是真的对我好。平时你花钱大手大脚不着边际，偶尔剩余的不愿穿的衣服都送给了我。我黏着你，缠着你，对你比对待那些从童年起一路走来的姐们都要好。这种无缘无故的好，连我自己也不知道为什么。可是楠楠，我仍不觉得你是真的对我好。你和我说话有防备，眼神里常常有闪躲，对待林缄宇更是像藏匿一件宝物一样，但凡我提起只言片语，你都像被惊动了风声的响尾蛇一样，支起防备与视敌的姿态。

可我不求你对我怎样，我只希望我永远在你身边，你并不烦我。带着我，走到哪里不叫我躲避。拉着我跑东跑西。让我进入你们的圈子。

我知道林缄宇最喜欢的人是你，让我进入你的圈子，这样……我也不至于和他太远……

你是个好女孩。所以，那条链子送给你。替我保管它。还有那个关于我母亲的秘密，这是只有你和我才知道的秘密，希望你不要再和任何人说。

只是，楠楠。恳求你一件事。可不可以等刘艺傲24岁生日的时候，告诉她这个关于我和林缄宇之间的真相。这个只有你知道的真相。

我会如她所愿的消失。

今年她18岁。我只想让她难过6年，并不想让她因为我痛苦一辈子。她24岁生日那天，你告诉她，我是因为不想让林缄宇知道这个真相而死，却不是因为她。不管她的初衷是怎样的想害我，她在我心里，也一直占着最重要的位置的。

我知道我写在这里你会看见的。

楠楠

时间显示，这篇日志发表于金咸玉自杀前的那晚。

同时刻的心情状态，是简短的一句话："我是金咸玉。我走了。希望大家不要太挂念我。祝所有人好。"

知了在树桠嗡嗡鸣叫，聒噪不停，阳光照耀绿油油的树叶片子，像是被晒得可以淌出汁液。我的大脑失去逻辑运行主线，生活似一条无法被分割的弧线。而它此刻圆滑地翻滚向前，扯着后续的尾翼头也不回。在前头后尾骤然分裂的节骨眼。我突然看懂了这一切的事端。

心里的逻辑轴线渐渐恢复顺行，或许我已经接触到了真相的表层。

房门咯吱一声。爸爸竟在这时刻回来，带着微疲的身躯和满面的憔悴，解锁开门。

"爸爸，这么久，你去了哪里？"我惊异地看着他的回归，目瞪口呆。

"我去北京做化学试验药剂证明了。囡囡，你相信爸爸吗？"

"您消失了这么久，就是为了做试验？证明什么呢？证明出来又改变得了什么呢？您知道不知道您离开这段时间，我怎么度过的吗？就这样曾给我第二次关于家庭的圆满的梦的您，给我的伤害不亚于我亲爸！您看看我妈妈一个弱女子怎么一个人支撑起的这个家，您看看您走之后她憔悴了多少？您以为您套上冠冕堂皇的理由，就可以掩盖您逃避的事实吗？实际上您只会让我曾经小心对您构筑的爱一点点粉碎瓦解！爸，亏我叫了您这么些年爸！"

声嘶力竭的话语嚷出口，我张着嘴巴，再也没有力气说一句话。金咸玉日志上星星点点的文字还在脑海里盘旋，见到父亲，因为想念而压抑良久的情绪，还有因为怀疑而藏匿起的仇恨，快要把我劈成两半。我不清楚自己因为重新见到他的欣喜更多一些，还是储藏在脑海里对他的怨念更多一些。

4

“开矿拆迁事宜，并不是爸爸我所为，小镇政府有一声名狼藉官员，与黑社会性质势力联手，强行拆除那片田，而且针对区域只限于那片田。我请了专家去勘测，一面检验山田相接处到底是否有矿石，一面寻找那所谓的黑社会势力，果不其然，他们偷偷倒卖迷幻剂和毒品，依靠暴力强压，做亏心生意。市里所有娱乐场所都被他们悄悄霸占。爸爸担心你，你以后再也不要去酒吧或 KTV 这样的地方，听话，好吗？”

我不知道该如何回应。因为我知道，那所谓承包市区蔓延小镇大小娱乐场所的人，是徐扬的爸爸。

“土壤呈微酸性。从土壤表层几星微渺的茶叶瓣就可看出。经勘测，土壤中确实含有致使土壤成酸的磷矿物质。这种矿北方极其少见，多产于云南广西一带。地质结构和长年沉积致使此片区域矿床堆累，倒是蛮有开拓价值。只是，磷矿不算值钱矿物，硬度不够，做不得珠宝。只能做成低档饰物。商业用途基本是用来做激光发射材料、人造纤维或有机合成。可是这个小城市，没有工厂开这套产业的先例。环链产业都没有，更哪谈开发动机？即使挖掘也不会带来价值连城的意义。所以，我想，要靠销毁庄园土地的代价来换得的产业，必然不是这样简单。大概背后有些见不得人的秘密，还无法光天化日于下呢吧？

“我不求你理解我，只要你相信我，我就得到莫大的满足。” 说到最后，他重重叹气，坐在沙发上，我看得出他的疲惫，瘫软，以及红血丝密布在眼白处。

这些年，他或许一直心有耿介，觉得他自己作为继父始终无法真正进入他女儿的内心里去。又或许在第一天他在整个空洞只有承重墙的土胚房里见我第一面，就有过想要取代我过去的爸，成为从此我一直依赖的男人的念头。只是这些年过去了，我从来没有尽性尽欢、直截了当地表达过我的爱。这些年过去了，他是否还在执着着那年他对那个不懂事的小女孩深切的期待?

爸，其实你已经成功了。我已把您当成我亲的爸。您走之后，我日夜想的是您，数个夜晚浸湿被单的泪，不亚于当年我对那个依赖骑摩托车载我的那个爸，一丝一毫的怀念。并非等同，却因意义不同，您对我生命里的重要性，已有甚于他。

我在这时间恰当的时候，想把这些话对他说清楚。促膝长谈般，数数这些苍莽化须臾的经年。

爸爸，我爱你。你回来就好，只是，以后不许再这样什么都不说就离开。妈妈她真的很不容易。

你走后，妈妈她更加辛苦奔波，她憔悴了许多，额上渐渐布满皱纹，鬓角也多了许多白发，我心疼我的妈妈。一个女人在面对窘境时，该是怎样的挣扎与有所担当。不可否认女性忍受疼痛与重压的能力要强于男人，因此在面对逆境时，将体内那份敢于承压与追求挺立的性格翻倒出来，并成为人格主要面，可这不是一日而语的过程。几年前我还未窥见她体内这样的品格。自你走后，她完全变化，成为我以前从未谋面的人。

我才得知，她又重走故地，来到冰川纵横水源充沛的格尔木。与当地水库库存区长做了类似哀求般的协商，终于达成允许她开水厂以此地冰川水为供水源泉的协议。她卖车，卖地，拿出存款与积蓄，在格尔木开起了像样的水厂。人们开始渐渐熟知，这新兴的瓶装水牌子，其浆液是来自青藏高原唐古拉山麓北脉的圣水，清洁凛冽，甘甜爽口，天然无害。

她是如此睿智而有担当的女子，敢想敢做，计划一旦形成于她脑，从不拖延。

她成功了。凭着敏锐的第六感，精准的投资分析，坚韧的不怕苦精神，聪慧的头脑，以及最最重要的，对这片记载她由女孩变女人的热土的钟爱。她得到了她该得到的一切。

她把品牌水的商标名注册为“福源”，自言是为感激生她的那片土地，以及20岁那年接纳她的这座小城市。

我把这一切讲给他听。又对他说。

亲爱的爸，我自知这些年你为我的操劳。也知道一直让您心存芥蒂的心事是什么。您想不通的事，这些叛逆的年岁经历这些起落沉浮大浪大风的曲折事端，我已在走一段由模糊不自知而后清晰明了的过程。一个孩子从母体脱离，在渐渐长大的过程中，骨子里永远有父母亲双重的性格缓慢成形。这是必然，也是不可逆转的事情。因此，我对我生父的不可忘怀，只是一种潜意识里追根溯源，因命里注定所以神圣并责无旁贷的任务。这是普天下每个孩子都要面临的课题，只是我的课题更为复杂一些。孩子正是在体内不可抗拒性格成型的内在心路里，加之外界亲眼所见父母所行所为，渐渐了化家的概念于心里。这概念清晰通透，一旦形成，无法改变。我的课题，内在旅程是上天注定，我无法决定我的亲生父母，但外界这些年来的耳濡目染，我自知是你和妈妈的陪伴带来。因此你对我的意义，要远远超过于我的生父。

我爸不可自控地将我搂在怀里。第一次，我感受他抱我抱得如此紧。

爸爸回家，他和母亲的感情渐渐恢复到从前。爸爸妈妈带我去正规医院做了身体全检，我的心脏一切正常。是健康的。

这消息让我惊讶很久。

妈妈在日日与我相伴的亲密下，无端透漏给我秘密。

那天我在琴边手指僵硬，不能发力。她躲在门外看在眼里，疼在心里。她焦急，在网络里查阅了好多资料，明白这样突发性的肌无力是心理病的一种，又唯恐被我知道，偷偷与爸爸商量，为我花钱请了心理医生，善意编织谎言对我说那只是我的一个姑姑。那幢郊外民宅，是他们花钱所租。这3年因为请心理医生而花去的费用颇多。父母为我，用心良苦。尤其是爸爸，他不是我亲父，却比亲父的照顾还要细微。我偷钱的事他亦有所知，但并没有追责我，只是纵情迁就，宠爱，溺惯我。他对我而言，恩重如山。

一切都是心理病。

我的心脏病实则为臆想，而自从得知亲生父亲因心脏病去世以来，我一直把这个赘负于我心头的病秧归为遗传。我以为此病为我亲父所延，坚信每一次我的心脏剧痛都是因他而生。

爸爸。原来一直以来，我并没有真的从内心原谅你。原谅那些日子你的颓靡，脱逃，狼狈。那段日子你的嗜酒如命，对妈妈的百般蹂躏，以及转瞬就可向我露出的慈祥假面的笑颜。你珍重这个家的日子乏善可数，因压力巨大而逃避，更是不负责的一种表现。

可自你走后。我从无一日埋怨过你。我想你想到落泪，念你念到痴恨。并因此罹患心理疾病折磨自己。

可谁说这不是我心甘情愿。

我的眼泪倏倏向下流。那些壮丽磅礴的时光，渐渐凝聚成一根艮脆不坚的脊梁骨，用以承接和承压余后不知是辛酸还是踌躇的余生，脆弱不再，只有回忆编织成的边远梦境，将不安和心悸灭迹遁形。

这是容纳了我整个青春岁月的小城池。它承载了我的一切。我的欢乐，我的苦恼，我的委屈，我的笑声。我以为我带着我盛大的过往辗转来到这个城市，就可以扎根于这里。而今，分离的时刻已到，每个人都走向了分道扬镳的路。从东北方向迁徙而来的，从小镇移居而来的，从小城市走向大都市的，远远离开这片国土的少年少女们，各自奔向了自己的盛大美好。

只有我，守着脚下的土地，在偌大的城市里摇曳漂流，前无定向。

但无论怎样，结局终究是殊途同归。在那个女孩披风斩棘无所畏惧地走向湖边，任湖水轻轻漫过她的腿，她的身，她的耳鼻。那一刹那，小镇里所有的故事都结束了。没人拯救得了故事里的所有姑娘。她们从来，从来，都未属于过这座城市。

法院门口，警车围聚。

法院判曲胜构成故意伤人罪，有期徒刑一年。

所有人都知道了这个消息。所有人。不管是曾被他中伤的林咸喻，还是一直被他誉为“他手下最得力弟兄”的杨天。男生圈子一传百传，所有人都了然高一曾有一个会弹钢琴，面目俊秀，双手似绸般光洁润滑的男孩，却被早已不上学的“小混混”打成重伤，在医院住院，几度不曾上学。而与这一切事端息息相关的女孩，她叫刘艺傲。她因两番舆论高潮被整个学校的人熟知。她与自杀的女孩曾是亲密无间的姐妹，她用她的“妖术”蛊惑了林咸喻，所以林咸喻愿意为了她挡下砸来的椅子遭到重创。而之所以流言蜚语里用到“妖术”这两个字而不是“美色”，因为人人都知道，刘艺傲并不美，她落在人堆里就再也不能被找出来，她只是一个平凡至极的姑娘。

平凡至极的灰姑娘，带着自己刻意争取来的一头长发，活在自认的美与幻想里。如何就掀得学校满园不得安宁。这比一个姿色绝顶，身材妖娆的女生走红于校园更值得探究。人们的好奇与打探愈加频繁。我被周围密密麻麻的眼睛包裹住，一时间无法自救出去。

曲胜他多半是抱着传言里黑社会集资的古老梦想颤颤巍巍寻找他自己活下去的路径。他还处于幼稚的年纪，却也只是这纷乱社会里怀揣热血与梦想，被大步调顺流下拥挤的人潮淘汰滤除，被迫选择旁门邪道的方式谋求生存的孩子。这个城市的上方，有在社会里跌倒滚爬老谋深算的政府官员、大房产商、企业家，甚至老一辈真正靠黑暴力模式开辟产业链的商人。他们兢兢业业，目不转睛地在城市高点俯瞰，面对阻碍、限制、蓄意扰乱他们发展的潜在不安因素，下手稳准狠。城市是人类弱肉强食的丛林，成人尚在其中晕头转向，唯唯诺诺，求得自保之地。18岁的少年，你如何就那样自信盲目，认为你的计划安然无忧？曲胜啊曲胜，如果不是因你这次伤人，你是不是还在做着你终有一日成为黑帮老大的梦，而你有没有料到，那个梦是虚幻而不切实际的。面前的警车虽然囚住了你的肉身，可它也在一定程度上解救了你多年麻痹自禁的灵魂。有没有想过出来之后怎么办，这一年舒琳娜怎么办，去当兵吧，去服役，或者还会回到现在这样混日子的状态？

我的大脑以电脑运算数字的速度噼啪地思考。曲胜从法院大门颓废地出来，一脸烟云。他面无表情地向我这个方向张望，看见是我，眼睛里有我说不明看不懂的情愫流露。之后他很快把目光收回，再也不向这里看。我知道，他因没有看见舒琳娜而失落。

我也落寞地收回了眼光，却没想到他向我的方向走来。

他缓缓向我走过来，用嗫嚅但并不怯懦的，很沙哑很沙哑的嗓音对我讲：“倘若那天我对你讲，我见你的初衷不是救娜娜，事情会不会比今天要遭，我没有把握。你不必看我难过，这是最好的结局。我在社会上混了这么多年，我怎么会看不出舒琳娜中了别人的计，她什么都没和我讲，但我什么都看得一清二楚。如果她按照那个人的计划，一步步陷下去，最后会以诈骗罪被判劳教入狱的，所以我见你的初衷，是救娜娜不假。

“但不全是。我顺着那个人和舒琳娜给我设下的计中计靠近了你，抱了你，我说的话都是真的，喜欢你也不是假的。

“我说的那个人是谁，我心里有数。你呢，你还要为一段外表华丽内部破败的友谊迷惑多久？

“你好好想想那天在医院我对你说的话。我不是什么好人，但也没你想的那么坏。

“我走了。或许以后都不会再见面了吧。”

我听着他口齿分明的音节。不再有怨恨，更不再有他精心设了这样一个局的臆想。我只是，静静望着他，唯一的想要问出口的话在脑海里盘旋。

你若是真的只是为了贪图肉欲的欢愉，所以来找我的。这些年你可以与多个女孩发生过肉体纠葛。而你为什么在那个夏季。又猛然想起我。

警车向东面偏北的位置开去，曲胜被警车带走。他在里面轻轻地笑着，就像是在说：我终于，回家了。

我看着渐行渐远的车，心里那片年少时就为他留存下的，很软很软的空间，终于在这一刻全部坍塌，幻化，变形，叠加，我完全明白了眼前这个男孩，就在这一瞬。其实他一直未变，就如 15 岁那年我遥望他的侧脸，自忖看穿他灵魂的透彻和净明。

他同我们一样，从不属于这座小城市。从来，未属于过。

这座小城，荒凉而寂静。在我的全部问题没有得到丝毫答案的时候，一切却已经远离并消盲。这个我从初中起就喜欢的男孩，在我 18 岁这一年兀自出现，带给了我怎样的震撼与惊异。而后又是怎样的失落与凌辱。他在我生命里的意义，究竟善美意义多一些，还是醒目的教训和苦痛更多一些。而今他临走的瞬间，我却连最想问的问题，都没有问出口。

他如一面镜。来过又走了。我依靠他，映照出了自己最真实的颓然，本性，欲望，念求。

以后，无论在大雨滂沱，大雪巍峨，寒风料峭，抑或是阳光明媚的时光，我都会记得身上怀揣另一个影子，如他。

这是我能做到的，最深沉的缅怀。

5

高考成绩不理想。父母考虑送我出国。申请学校，等待签证，花费了几个月的时间，我踏上行程。

飞机在北京 T3 航站楼的巨大空地上盘旋翁鸣。我随着人流窜挤向前行走，展开舒琳娜为我留的一张字条。那并不能算得上一封真正意义的信件，但是字里行间渗透出的叮咛与爱意，不亚于 3 年前那封我寄出的信笺。

“闹闹。每个人都应该有被原谅的机会。尤其是感情。因为爱没有因由，一旦付出，没人有能力收回。而当它在被倾注的过程中，兀自被要求割断并回缴，那过程，有多痛苦，曲胜讲过给我听。我因此原谅他和你。或许年少，并不懂爱。但却明白，一个人是可以喜欢上很多人的。但只有一种感觉像陷进深渊一样不可自拔。前者的欢喜带着掠夺似的占有欲。后者则，当你全身心以他做信仰。是无害状态。或为爱的人伤了自己也不自知。永久的爱是相濡以沫地陪伴。我已选定与曲胜相伴一辈子，他在监狱囚禁多久，我就等他多久。这个小城市，或许就像今日这般，放走了大批大批我曾经的朋友、伙伴、我认识的萍水之交，但我不会走。等你回来的时候，记得，我在。我们在。”

我知道她最后所说的我们，指的是她和曲胜。

我把信件缓慢收起，泪已顺着眼角垂落。

当我了解自己的心脏病并不存在时，那个她在操场上淡漠掠过的心结，倏然释怀。这些年，我从来未曾在舒琳娜的眼里望见对待一个病人一丝的鄙夷与嘲弄，哪怕投来丝毫不屑与怀疑，我都从未窥见。

她是善良的。在我 7 年的痛苦挣扎里，在我自以为失去世界的路途里，我却已得到我想要的一切，落地圆满。

爱就是这样现实。它不会逃开背叛，厌倦，疲乏，争吵，它亦不是被歌颂如水仙般清高圣洁。它是如此的混沌，只可被经历，被感触、被触受，却无法被言说。

或我一直竭力吹毛求疵去找到周围人的纰漏，以为她们全部携带人类的原罪苟活，却不知，自己误打误撞，在原有不安稳经验的恶劣观点固存的时候，就进入这个事实来讲充满友爱的小圈子。因脑部龌龊观点滋生孤戾频率，与周围环境发生严重冲突，自以为周围人都有错。或我该以更加博爱的心去审视这一切，她们不过就是一群亟待成长的孩子，谈不上勾心斗角，尔虞我诈。我一直觉得自己在青春期遭受的剧变已经足以填充我整个人生。一直以为自己在这反复的失去后一无所有，食不果腹，衣不蔽体。然而我却从未想到，我已经在这虚像的渐失中，得到了我想得到的一切。

我马上就要离开高中这些浩浩荡荡的人事。

自从 15 岁远离小镇，我似乎已习惯了将迁徙视作生命中不可或缺的一项运动。只是脚下所踏的每一寸土地，因为年岁的增长，远离故土愈来愈遥，所走的每一步，每一个跋涉的动作，都因为背负的重担越来越沉重，而显得恓惶无期。我已把这必经的旅程化作我人生漫漫无尽的信仰，因此不觉疲惫。

走过时光的流沙筑构的软路，一时被绵绵无期的温柔裹纳，自失，沉醉，忘了继续向前。因泥足深陷而不自知，错误以为这延绵无尽的坍落下陷才是生活的实质。早已忘记、放弃不断跋足前行挣扎前进的期待。而这一切已到了暮云见清，歧途陌路的时刻。有必要擦亮双眼，为曾经软弱颓废的逃避弓膝践行。

该远程离开了。

这小城市是画里的画，诗中的诗，镜中的花，水里的月。我诚惶诚恐，不停触摸，想要触摸到它体内的情绪到底在哪里。我这样将自己的人生定则归类于迁徙。从小镇到市区，从市区到帝都，从帝都返回小城，从小城踏进内蒙古，每次历程，都怀揣着最最真实的惶惶不安，以及命运最为调侃的戏弄。而今，下一个目的地是远离这片国土。因这一切牵连的故事，庞大引枝到了更远的人脉。

那个有徐扬在的国度。

我在飞机上，渐渐睡着，在复杂错综的梦境和被汗泪混杂而濡湿的盖毯下，嘴里嗫嚅地说出她的名字。

我知道曲胜说的女孩是徐扬。我会跋山涉水地找到她，穷途末路地找到她，形单影只地找到她。

因为，所有事情都该有个最合理的解释。

不是么?

番外篇　我是林葳喻

1

我平躺在一张床上，坚硬的床板把我的肋骨硌得生疼。我的身体每一处都被插上冰凉的纤细的管子。周遭是大团大团的冷空气。不知道是因为眩晕出现了幻觉，还是真实有雾霭透过窗子飘进了病房里，在我努力睁开双眼的时候,臂膀所能感受到的那团冷空气似乎有了实在的载体，雾蒙蒙的，撞击我的身体发肤。

冰冷的刺感透过毛细血管传遍身体的每一角落，无一遗漏。

无法动弹，听见耳朵上方嘈杂的人声混迹，还有微微蒙蒙的痛感。那痛感并不强烈，但还是不置可否地把我推向恐怖的深渊。我企图做出微弱挣扎的动作，哪怕仅仅是抬抬胳膊，动动指头。可在我用尽全力复习此前再微妙不过的熟悉动作时，却发现自己的身体已不接收大脑的讯号，胳膊照旧紧密夹在身体两侧，手指依然冰凉下垂，额头轻微抵触着被枕布单。我连挣扎的力气都没有。

除我之外的人是无法了解那种感受的，有那么一瞬间，大脑的思维与这个世界完全脱节。这种骤然脱节和深眠的体会又是不同。入眠前或清醒后，我会很容易记起这一套程序的起始时间和逻辑因由，那一部分的间空档期也不会因此突兀。这次却不同，我只记得我来不及转头就感觉到头部一阵剧痛，紧接而来的片段就是我耳际上方这个滴滴作响的吊瓶。

除此之外，我是如何躺在这张冰凉的床上，又是怎样被一针一针从死亡的边口被缝合拉拽回来，吊瓶里滴答作响的声音缘何如此清晰，我却讲不出话。我是不知道的。或许我是昏厥过去了。

我不能被这么放进黑暗了啊，最让我害怕的是，我的大脑一片空白，就像一台被设置了空档程序的机器，什么也没有，只有一次又一次地感受身体上的疼痛所传达过来的知觉，尚可叫我保持清醒，思维是逻辑分明的，当下该怎样用语言去表达我的无助，字节清晰地存在在我大脑里。可是我说不出话，发不出求救讯号，甚至不能完全睁得开眼。我什么都做不了。

耳膜里传来一个男孩和一个女孩的声音。两个我似乎熟悉的声音，可是我忘记的是，这两个声音的主人有着怎样的昵称，什么样的脸庞。多高的体态——他们笑起来美不美。

脑海里仅存的画面一次次犀利地回放又停播，因为它，我可以体察我的情绪波动，那是在黑暗里唯一可以牵动我神经的记忆。借着这一点余光，我还能在意识的黑暗里再往前爬一点。画面里，哥哥的脸庞泪水纵横，他在床上哭，眼睛红肿。

这是生平我第一次看见哥哥哭。他从来都是坚强地保护我的大男孩，这次却哭得不再像他。

他眼里有淡淡的哀伤，有凄美，有我望不到的深邃。但是我不知道，他为什么哭呢？

——我是弄坏了他最喜欢的东西吗？可是哥哥自从长大就再没有和我抢过东西了。

——我是弄坏了他辛苦做完的作业吗？我似乎将时间错位了，因为哥哥已经不是小时候的那个他了。

我忘记了。或许这只是我潜意识里的投影，并不是真相。记忆就像在黑暗里唯一引导我向前走的光亮，我顺着引导，好像就要跑起来，速度瞬间又戛然而止，光亮消失了，绝望没有减少半分，黑暗的恐惧感没有消失，反而愈加强烈了。我到底做了什么，让他这么难过，我好盼望自己可以想起来。我着急地想从床上跳起来。

2

我叫林咸喻。林是爸爸的林，林是哥哥的林。我是林缄宇的弟弟。咸、喻，是妈妈当初为了配合哥哥的名字而起的。

我想起一个女孩，她的名字和我的很像。她叫金咸玉。

他们常常说林咸喻和金咸玉的名字真的是绝配，所以他们常常拿我和金咸玉开玩笑。

第一次从别人口中听到的金咸玉，是一个静美异乡的女孩。她来自于半个小时车程外的小镇。半个小时的车程，其实不算遥远。但是她身上的气质，常常让我觉得，她来自遥远的国度。她身上的频率仿若与整个小城遥遥相接，又相互抵触，这矛盾的闪光点，点亮了我 15 岁那年每个不眠的夜晚昏暗阴沉的夜空。

她是不属于这个城市的精灵。

哥哥高一的全校联欢晚会，我作为初中艺术生参加，参报了钢琴演奏节目。当我立定台上的一刹那，看到台下有个静默的姑娘，她的眼睛清澈透明。我有强烈的感觉，她就是金咸玉。

后来，我考进哥哥所在的学校。某一个可以把人冻得结冰的晚上，我随着如海的人流向前走，她突然出现，塞给我一张纸条。我诧异地问："你认识我？"她回复给我一个矜持的浅笑，轻轻地点点头，然后又低低地说："我知道你是林缄宇的弟弟。"

她那么不安，那样小心翼翼，不肯再多说半句，也不肯告诉我她给我纸条的目的。

嘿，告诉我，你为什么要给我这个？

我翻开她给我的纸条。上面是一个 QQ 号，连带着 QQ 号的密码，是整齐的黑色小字。

“这个号码是林缄宇的，我有一天突然知道了它的密码。空间里有好多的内容，并不是为我而写。我什么都忍受得了。可是我唯独忍受不了背叛。”她盯着我的眼睛，这时候我才从她通红的眼睛里看见一丝她应有的神情。那不是歇斯底里，不是仇恨也不是窘态。而是一个女生在面对自己喜欢的男孩的背叛时，正常的悲愤和绝望。她眼底有一面很深的湖，我不忍心再去问什么，更不敢就这样唐突地施手去触碰。其实我已经猜想到，哥哥在那个号码里的内容为另外一个女孩子写了很多东西，那个女孩子不是她。

她的眼睛越发红肿，看上去像只无辜的红眼小兔子。

我想走上前去帮她擦，手抬起的动作却尴尬地停在半空。很柔软很柔软的心疼，变成了没有防备的爱，藏在了心里。

我们就是这样熟悉。只是那时我在她心里，或许只担任了这样一个位子——我是可以帮她的，林缄宇的，亲弟弟。

她是金咸玉。她是哥哥的初恋女友。因而我喜欢金咸玉，却始终不知道应该不应该靠近她。我小心翼翼以朋友的身份对她好。我把妈妈买给我与哥哥相同款式型号的电动车借给她骑。我最大的欢喜，和最大的秘密，就是有那么一天，我载着我心爱的姑娘回去她的老家。路那么长，我骑了那么久。她就在我身后静静地坐着。有时她或许抱了我，可是顷刻又腾开双手，那若即若离的动作，抓住了我整颗匆忙赶路却并不因此而烦躁疲惫的心。

她叫我平和喜乐。和她在一起，整个世界都是宁静的。

她回到小镇，见到一望无际的麦田，兴奋得像个孩子，用手撩拨金黄麦穗，在田地里静静打转。我远远地望。不知道为什么，质朴和宁静的气息，总能吸引到我。她并不美艳。齐刘海。淡淡然然。却是我的微醺，是我的谜。我爱她的宁静，爱我第一次见到她，她矜持内敛的神情。

我载她返程时，在路上与她调侃。

“哎。有点巧啊，咱俩姓氏不同，名字一样。”

“那可差太多了吧。”她坦然地面对我的玩笑，呆呆说道，“我祖辈都是农村人，农村自然比不得城市。我妈妈出生那个年代，不管生育设施，还是人体抵抗病毒能力，包括外界防护措施都极差。尚且不保哪个婴儿刚出生便经受风寒死掉。婴儿胎死腹中，未出生便夭折也是常有的事。生我那年，医疗保障设施渐渐完好，可农村有个习俗并未改变。这个习俗流传很多年，便是给新出生的婴孩起一个脏名，什么狗啊，蛋啊，婢啊。还好我妈没给我起个贱啊之类的词。农村口重吃咸。取咸字，也是为了保我健康顺利长大的意思吧。玉，就再正常不过了。视为珍贵，不能亵玩。”

“哈哈。”我被她的话逗笑了，“你妈妈给你起这个名，还蛮有讲究。她一定很爱你。”

“我从出生起就没见过我的妈妈。”她眼神黯然下去，“我只是听姥姥说，名字是妈妈起的。连姓氏，都是随她的。”

是时间冲刷下，留下最斑驳印记的时光碎片。关于金咸玉的所有片段，我都忘不掉。因她的情绪是陈年老窖的酒。是微醺，是让人微醉的刺激。最重要的是，人人都想一醉方休。却很少有人愿意慢慢斟用，静静解读。我是唯一的那个愿意去打探，触碰，靠近她情绪的人。可关于哥哥在床上哭泣泪流的画面，我却记不起缘由。

3

一阵嘈杂的声音在我耳边响起，有人给我解开了衣服扣子，有什么冰凉的东西被探进我的衬衫，接着机器的嘟嘟声此起彼伏地迎合起来。我放弃了继续去回忆的念头，听到那个熟悉的女孩的声音近在咫尺，一阵暖暖的气流撞击到我的胸膛前面，我能体察那是她的呼吸，那团空气，比周遭的要暖一些。

不一会儿，女孩消失了。房外走廊人声嘈杂，我想用力在不清晰的混杂音波里寻找她的声音，房门却在我集中注意力的一刹那咯吱一响，一个略带稚嫩的男声破门而入。

“那你先回答我，现在已经游走在社会边缘的曲胜，每天满脑子都想充当社会大哥的曲胜，其实你早已经不喜欢了，对不对？你有喜欢的人，是不是？那个人长得和现在的曲胜很像，是不是？你有在一个夜晚失魂落魄而后在酒吧被舒琳娜撞见，对不对？所以你不难理解为什么舒琳娜会知道这个男孩存在的事实了吧？她几乎绕过你打听了所有人，最后确定那个男孩就是金咸玉的初恋男友。所以酒吧那夜之前，她已经清楚地知道你的故事，这么些年，她一直身处事外地默默注视你的生活。”

“那个男孩几乎每天都会向你邮箱送糖果，所以你理解舒琳娜为什么会知道你的住址了吧？所以你理解她看见有男生给你送信就上前费了很大的劲把邮箱撬开的事实了吧？”

我假装没有醒来，静静地听他们讲话。可虽然紧闭着双眼，脑海里还是不由自主地想象到一个女孩，在冰天雪地里，猛足了劲想要撬开信箱的画面。

“或许那天舒琳娜不是有意要去撕信的，他是看见了一个高高瘦瘦的男孩，以为是哥哥曲胜。她是个变态的女孩。这么些年，她一直对你和曲胜耿耿于怀。”

“哥哥”，听到这两个字眼，我心里一颤，想起我熟睡无法动弹的梦境里，黑暗下哥哥对我哭泣的画面。但是紧接着，我就意识到整句话里最重要的不是“哥哥”二字，那个反复出现的字眼——“信”，才是可以一下子将我从混沌的记忆苦海里解救出来的魔杖。 我确信，那个画面我经历过。在同样冰天雪地的一个晚上，我将一幅画有生日蛋糕的信，投到了刘艺傲家的邮箱里。

所有七零八碎的画面此刻都完整地拼凑在一起,我像是猛然醒过来，在意识到他们无论在讲着什么样的故事，什么样的人，都与我有关时，我就像一个坐以待毙的逃犯，无处遁形，坐立难安。

“我并不是偶然遇见她，我见她在你家楼下四处游荡很长一段时间了，那天她行迹尤其诡谲，我就跟在她背后，看到她撬信箱时在她身后喝令叫住她，她就急急地跑开。”

“你为什么要撕扯她的衣服呢，仅仅是因为她做了这样的事吗？”女孩的声音响起，出乎意料的是，她比我想象中还要平静。

“舒琳娜根本就没有被打。她在演戏。她想要刘艺傲你的钱。你真傻吗？”

“你说有个男生给我送信，那封信我收到了，是一个女孩的画像。那个男生是谁？”女孩急急地询问。

我开始慌了。

“这是一年前的事了。其实这封信你在一年前就应该收到。信是险些拆过的，当我看见的时候，舒琳娜正要撕它。我斥责她，她吓得跑掉，这信我帮你保存了很久。因为是一封没有邮寄地址的信，所以我想投信人不希望你知道他是谁。我也不会告诉你他是谁。”

我的心猛然安顿下去，手心里已经微微冒汗，他们接下来的对话，我再也没有听下去。直到一句淡淡的“我喜欢你”从男孩嘴里说出，我才重新转移注意力，却听到有开门的声响。

周围的声音突然变得戛然而止，男孩似乎是已离去。

他的话语是一记尾音。整个病房骤然变得沉静起来。我努力平静的呼吸，却无法掩盖住内心的慌张和错乱。

女孩的声音在 10 厘米的距离内轻轻向我扑来，她的手指在我的被角打旋，甚是疼爱。我于心不忍，如果不是因为体虚，我一定会流出泪来。

刘艺傲。是你。

刘艺傲。哥哥林缄宇的家和你住在同一个小区，上学那段时间你邮箱里每天十颗糖是他给你的。若不是我跟踪哥哥，我也无法知道你的邮箱是第几排第几行。那些藏在心底的小秘密，我小心地在心底重演了一遍。即使我多么想张开口说话，可是只要一想起所有错综复杂的事情都与我有关时，我就没有勇气亮起嗓音，向我面前的这个女孩说一声：对不起。

再也没有力气去想事，在她近距离的守护下，我渐渐疲惫地睡去。

4

我是一个于日光与昏暗交接处出生的娃娃。呱呱坠地又于襁褓之中长大，始终处在旋落将至的魆黑和盈美柔顺的光芒错替中汲取力量。所以长大至今，我的价值观仍旧混沌不明，一面视阴暗可摧毁万物的颓退力量做信仰，一面敬畏积极向上的精神图腾。这一切表现在我的成长里，主要圈定在社交构局，也就是我的朋友来向。他们一半是在社会底层游荡不安，时刻可有资备成为危险分子的混混流氓。另一半，就是哥哥这样的乖学生，他们每天 70% 的时间用来学习，另外 30% 用来练琴。时间作息，每天生活内容圈定在学校、琴房、食堂三个地方。

我从初中起爱上滑板。因为滑板结交了不学无术、堕落生活的朋友们。父母说我玩世不恭，放荡不羁，全是因滑板而起。我多次背着他们出逃，走遍全国各地的滑板场地。人们大多只知道滑板起源于美国，首先传至台湾，却不知它在大陆真正的发源地是这座小城市。这些年，我像个自由流浪者一样，几乎游历了中国各大极限运动场地。我从北京大兴 Worldward 飘到南山滑板公园，又辗转南移来到上海 SMP 滑板场。甚至曾在深圳游街走巷，在沿街石阶上为路人表演我们的滑板技术。我已不觉得这是一种单纯的运动形式，它已经成为我的梦想，繁灼，诱人的，梦想。

我就是在这样疯狂追梦的滑板生涯里，在某次简单随性的消遣时间里，认识了杨天。

踩着滑板从高处滑下来有着让人眩晕的快感。那天，我在某个十几米高的斜坡上向下滑，面前滚圆的石头挡路，因速度太快，重心未掌握好，我未能躲开，砰然摔倒。更不巧的是，面前刚好有一男孩路过。我撞到那个男孩的身上，就这样连人带板人仰马翻。我们抱团躺在柏油路面，狼狈不堪。

我拍拍身上的土，看着满面土灰的他，起身扶他。他不咒骂我，也不喊疼。

我一瞬间对眼前这个男孩产生了好奇，我问他，你是学生么？在哪里上学？

他坏坏地笑，我是混黑的。

我面无惧色地回应，是么，那么加我一个如何。

我就这样渐渐混入少年混混的行列。

男孩们最爱做的事，都极具风险之迷情。打火机，短暂火苗，搁置于女孩子的脸前，拿手机拍照。照下来的照片呈现白茫茫雾气涣散般的朦胧与妩媚。吹口哨，打响指，竹叶放置嘴边，抿成一条缝，尖刺破裂的乐音扶摇而上。轮滑，滑板，小轮车，极限运动引得周围的女生喧闹哗然。跑酷，前滚翻，后庭跃，单手倒立。运动竞赛的 PK 永远比暴力杂耍更具和平气息。更多的时候，兄弟们喜欢玩街舞，随便在大街上摆潦潦草草一个摊子，放置携带而来的音响器具，不随规矩，自编自创，狂跳乱舞，引得街上行路匆匆的人顿脚驻足。这就是关于少年黑派所有传闻的假象或者辟谣。这是属于我们少年时代的革命与起爆。风言风语里的东北黑帮，所有男子都肌肉发达，高大矫健，为了心爱的女孩肯于豁出一切，以命相抵赤拳搏击。至此落得一个肯与命运抗衡的英雄形象。庞大的征服与横夺气场，使得传言里的他们偏财连连，家财万贯。而事实上的他们呢？

所有因为义气而结成的联盟团队，终究会在不同的人所期待的不同世界观下，渐渐分离他们最初的设想。

和平的解散是好的。浩大而爆炸式的分崩离析，终究会引来灾难。

我们就是那灾难。

我与杨天渐渐熟络，常常一起出去参加极限游戏。他从不喊苦怕累，更不会因为摔打滚伤就退却，我自觉这男孩有与他人的不同之处，两个人渐渐发展成形影不离的好哥们，听他讲起自己的身世以及来到这个小城市的原因，他自称父母都从事家族企业。从北京只身一人跑到这个小城市。做这一切只是为了逃避压力。

我刻意提起他口中多言的压力，多半带有少年不识愁滋味的凄惶感。

“你感觉自己压力很大么？”我问他。

他拾起一根烟。“最主要还是来自爸妈的期待那一层吧。北京城整个家族企业，30% 被第二代接管，剩下的也只有 13% 被第三代接管。我们家族企业创始在我爷爷手下，我爸接管，已经做得相当不错了。我一点没把握，自己可以做得更好。”

“为什么还没到那个年纪就已经觉得自己不行？”

“因为我已经感觉到成长的过程中因为钱衍生出来的各种人心险恶居心叵测了，我现在价值观已经和我爸走偏，感觉钱那玩意，真的没用。得不到什么真的东西，尤其是……感情。”

我笑他：“你才多大，你就谈感情。”

他回过一个眼神，“那么你感觉你多大，只许你暗恋，不许我意淫哈？”

我闭口，并不介意他开这样无良心无节操的玩笑。我只是看他的眼睛，听他继续说。

“你不懂。所谓家族企业，家长的文化就是企业的文化。家长的思想就是维系这些物质的思想。你敢违背，那好，你被整个家族排斥，扫地出门，连温饱都不保。”他马上收起玩笑话，继续侃侃而谈。

“这么严重？”我半信半疑这个与我出生环境严重不同的男孩，嘴里的话有多少因为我不熟知而蒙骗的成分。

“我的意思是，我要负重与担待的东西，会比别人多得多。考学考不上，家里有钱买好学校。四环太拥挤。家里有钱给我在学校附近买房子。钱可以买来的东西太多，钱买不来的更多。小时候还算个敞开心胸交朋友的小屁孩，越长大越变化，周围的人也一个比一个更会假面虚心，借出去的钱往往有去无回。看遍人性里的炎凉。已经不敢敞开心胸交友，更别说去爱一个人。”

就是这样一个让我觉得无害的少年，不久之后，我们竟然因为一个女孩大打出手。

某天，我在教堂巧遇刘艺傲，看见她和一个女孩吵得厉害。我并没有走过去，因某个诵经人送我一本《圣经》。这本书完全吸引了我的视线，细细回忆和咀嚼自我出生伊始到现在的点滴，家里没有一个人信奉宗教，所以对于基督书籍、教曲、仪式、禁忌、崇奉，以及所有与基督教有关的主题，都给予我一股强烈的神秘感。

第二天，我揣着那本《圣经》给杨天看，想要问他他是否信仰基督。

他并没有我想象里或是或否的回应。取而代之的，是他突然惊异而慌张的眼神。

“林咸喻，你去教堂了？刘艺傲在吗？”

“在啊，怎么了？” 面前的男孩有一瞬叫我陌生到心生恐惧，他怎么会知道刘艺傲在教堂？莫非他一直在密切注视她的生活行径？

“然后呢？看见什么了？” 他的眼睛有急于寻求什么的冲动。

我看见刘艺傲和一个女孩吵起来。可是这一切与你有什么关系？他的眼神仿佛是一个穿针引线的起头针，缝合了我无数七零八碎的念想在一起，让整个故事变得扑朔迷离，无枝可附。

学校传言刘艺傲经常犯着抽搐的怪病。又说她的私生活污浊不堪。因年少对人对物的洁癖。事端全是因一个玩笑与耍乐的动机开始。

我定了定神，对杨天扬起骄傲的眉，声音故意奸笑道：“杨天，我什么都看见了。刘艺傲和一个女孩吵起来，好像是因为一个男孩。到最后，刘艺傲和那个女孩厮打起来，刘艺傲狠狠掐住她的脖子，直到那女孩连声求饶。刘艺傲到底是怎样一个女孩？学校里有她精神不正常的传言，或许是真的？不过，真不知道她们是为了哪个男孩吵起来，那男孩魅力可真大。”

一切画面都仅仅是我的伪构。

我心里如有块石头压抑，被山雨欲来的闪电劈得七零八碎，也并不安分，顺着心里每一道狭隘的沟壑滚动而下，呼吸骤然急促。等待他下一秒的回复。

他确实是慌了神，但是我却不知道为何。他的眼神从类似祈求的状态，变得如小兽狂躁，然后他开始语无伦次地给我讲一个故事。因为看得出他不好受，脸色很差，所以连说出口的语句都断断续续，可是我还是听懂了他在讲什么。

“我头上的大哥叫曲胜。大哥的女朋友叫舒琳娜。故事都是曲胜给我讲的。他15岁的某一天，看见刘艺傲在回家的路上被一群男孩围住，向她索要钱财。曲胜形单影只，不顾一切地冲了过去。被舒琳娜看见。因为年少，所以但凡细微的嫉妒，也可以在内心造成一辈子的阴影。舒琳娜一直在对刘艺傲耿耿于怀。”

我怎么会不知道那个男孩是谁，他在这个小城市已经颇有名气，因他的痞气和不符合他现在这个年纪的万事不惧，在这个城市同龄人的团体下，他已经显然成了畸怪英雄的代言。我不知道的是，原来杨天一直在他手下做事。

“我一直在跟踪这个叫舒琳娜的姑娘，我知道她在教堂打工，也知道这段日子刘艺傲一直反复出入教堂。祈求你不要在学校传播你所看见的一切。刘艺傲她已经很不容易，你不要雪上加霜。”

“刘艺傲不是你所以为的那样，她是个好姑娘。”他断了断，继续说道。

“如果你想证明她是好姑娘，就让曲胜和她见一面，如果他们什么都没有发生，她在我心里，就是个好姑娘。我也不会无事生非，恶语相向。”

猝不及防，杨天突然给我一拳，我整个人差点昏厥，眼前黑屏一般倒在地上。

“你他妈说笑话呢？”

“你好激动……杨天，你是喜欢刘艺傲，还是觉得这件事需要你头上的大哥亲自出面，你搞不定？”我用胳膊撑起我倒地的身体，仰望他狰狞的面容。那是那么久以来，我第一次看见他如此歇斯底里的暴怒。

“舒琳娜一旦知道，你想过后果吗？”

“没关系，舒琳娜那边，我有徐扬帮忙，你只管把刘艺傲带到曲胜面前就行了……”

我还未说完，杨天情绪失控，又险些打我。我用手掌钳住他的手臂，制止他，两个人的眼睛死死对峙。

我知道，其实这个世界上的感情，未必都要以生死来句读。

眼前这个男孩却在为一个女孩的名声，与自己的弟兄大打出手。

心里有一个魔鬼在复苏，全全是在那一瞬。

“你不必激动，这只是一个赌局。赌他们之间关系是不是纯洁。我的目的只是想了解刘艺傲她到底是个怎样的女孩。只有这么简单而已。你赢了，我帮你追刘艺傲，你输了，就把那天我投到刘艺傲信箱里的信重新投给她，好么？杨天，你以为我不知道那天你在我身后跟踪我吗？我连给她的信件都要被你没收，凭什么？”

或许是因为底气不足，杨天渐渐缓下扬起的手臂，微微点头，说了个轻微的“好”字。

回忆断断续续，被我的困意强行分节。我不知道自己昏睡了多少天。也忘记多少次挣扎着想要看清前面的世界，让他们不再那么模糊。终于有一次，我用尽全力试图睁开双眼时，面前露出了久违的，我预想好久的光亮。

笨拙的，残余的记忆，一点没有比黑暗里更完整一些。它们因为视线明亮阳光刺眼，反而变得错综复杂起来。连带它们衍生的图像，像是一段被人抠去的拼图，我越是想要拼凑完整，就越发的吃力。

5

一切若按照我的谋划去发生——

舒琳娜在中专读书，平时在徐扬爸爸所开的酒吧里打工。让徐扬在舒琳娜的酒里下药，绰绰有余。

杨天提前通知曲胜，刘艺傲要见他。

舒琳娜意识不清后，杨天带着一帮兄弟逼迫她去刘艺傲家找刘艺傲。只要刘艺傲从家里出来，计划就成功了一大半。

杨天会紧接着把刘艺傲带到一个隐秘的角落，留给曲胜和刘艺傲单独见面。

曲胜在15岁那年因刘艺傲而受到社会痞子的殴打，开始接触小混混。渐渐地，他的旗下收拢了一帮兄弟。他的人脉变广，他开始游走于各个场合，和任何人谈笑都游刃有余。他的黑社会梦想因刘艺傲而起源。他不会想到的，时隔3年，刘艺傲竟会主动和他见面。

曲胜和刘艺傲单独在一起，不管发生什么，都可以成为诽谤和造谣刘艺傲的信息源。

舒琳娜不明就里，当她知道刘艺傲和曲胜见面的事实后，会以为这一切都是刘艺傲一手安排。可如何检验曲胜和刘艺傲到底有没有发生什么——

方法很简单，让他们3个人尴尬相遇。

没人解释得通这一切的发生。每个人都会慌乱。而如果最慌乱的是刘艺傲，那么她和曲胜在见面后发生了什么，不言而喻。

杨天不会知道我串通徐扬给舒琳娜下了药，他一直都以为是我找徐扬帮忙说服了舒琳娜。一切都是在光天化日下耀眼开展。

金咸玉出事之后，舒琳娜带着曲胜辗转来到这个校园。

那天，杨天把刘艺傲带到琴房。完全出乎我的意料。是早就设想好的3人见面，却是在我毫无防备的情况下发生。

舒琳娜一口咬定刘艺傲打了她。曲胜不言一声。可他没有想到他手下的小弟杨天喜欢刘艺傲。舒琳娜的行为激怒了杨天，直到杨天疯狂到像一只狮子，前去撕扯舒琳娜的衣服，曲胜终于失去理智，他拿起椅子，冲他的不谙世事的手下“小弟”，后脑勺重重一砸。

杨天若被打失忆，是最好的结局，他醒来会忘记事发前所发生的一切。所以他永远不会知道，其实这一切，只是我的一个陷害刘艺傲的企图。

舒琳娜也想不到，那天她行迹紊乱，衣冠不整，是因为徐扬在酒吧在酒液里为她下药。那么多少年将刘艺傲带走，是我在背后精心的策划。

这个故事很复杂，也很曲折。

可是。一切的假设都不成立。

因为我代替杨天，挡下了那椅子的重砸。

“杨天，你去休息吧，我来守着他。”是女孩的声音。是刘艺傲的声音。

我再也无法平静。

我一直在恨她。

我从没有相信过她。

可我不知道为什么，在计划要成功的最后，我却突然心疼了。

6

我深深明白蛋糕投毒，是潘央所做，而他好端端地生活着，并未进监狱，甚至未进少年劳教所。是什么样的感情值得一个男孩不顾一切地去做一件幼稚的、入不敷出的，甚至是丢掉性命的事情。是什么样的内幕还可以让一切归于平静，男孩没有被追究任何法律责任，安然地生活着。尽管被退了学。

有太多太多的秘密被安然潜藏在深海下面。

深海的最表面潮起潮落，不起波澜。远远望去，世界是宁静的。

并且会一直这样宁静下去。

内心最潜意识里的蠢蠢欲动，要比这个宇宙的任何，都要难以言喻吧。

我从来没有真正地相信过刘艺傲。

哥哥高二的生日那天晚自习，我透过窗户看见刘艺傲把一块蛋糕放在了金咸玉的电动车上。紧接着，第二节晚自习后，潘央蹑手蹑脚走近那块蛋糕，似乎在上面做手脚。

我几乎飞奔着下楼，赶到他面前，厉声道："你在干什么？"

他扭头回望的时候，我看见他眼神里满是错愕和不安。他哆哆嗦嗦唯唯诺诺的样子，让我满身寒噤，最坏的预想已经在脑子里排演一遍。我顾不得那么多，伸手抢过他手里的注射器，那里面有无色的液体。潘央脸色煞白。我则像一只被激怒的狮子，一个拳头打到他的眼眶上，大声呵责他：“你在下毒？你在下毒？”

他捂着眼睛。字不达意，但是我还是从他不连贯的说辞中听到了那句话：

“背后指使人……不是我，蛋糕并不是我买的……”

“我不管背后指使人是谁，你要陷害金咸玉，你就该死！”我又想上去给他一拳，在气急的情况下，我没有想过，他有什么理由去陷害金咸玉呢？

“这辆电动车……是金咸玉的？不是林缄宇的？”他毫无理智地爆出这样一句话。

前一秒，我还在整理他说出话的逻辑。下一秒，我就原谅了他所有的一切，而将矛头全部指向了刘艺傲。在我的目睹下，最先将这蛋糕放到电动车上的人，确实是刘艺傲，而不是潘央。

刘艺傲知道这是金咸玉的电动车，她对她再熟悉不过了。可是这个叫潘央的男孩却以为这是林缄宇的车子。

潘央喜欢雅木楠的事实几乎所有人都知道，所以刘艺傲借着他对林缄宇的恨意，利用他，陷害金咸玉。

——利用嫁接法害人的姑娘，你是有多恨金咸玉。

——只是因为她是哥哥的初恋女友，而你喜欢林缄宇，不是吗？

我确定我梳理清楚一切的逻辑，第一时间冲到金咸玉的教室，她还在上着晚自习。我给她座位旁的徐扬发信息，“转告金咸玉，电动车上的蛋糕，不要动。等放晚自习时我会去车棚找她。”

徐扬很快地回复：金咸玉说她知道呀。

她说她知道。而我不知道，她说她的“知道”，是什么意思。

那个夜晚让我筋疲力尽，最后的结局是蛋糕不翼而飞。

直到现在我都记得，我在车棚里焦灼地等待金咸玉，而她终于出现，在见到电动车上的蛋糕消失后，整个人变得麻木僵硬。半分钟之后，她几乎带着哭腔对我说——“怎么办？丢了，丢了。刘艺傲放在车子上的蛋糕丢了。”

我惊异地瞪大眼睛，摆动她的肩膀大声对她喊：“你傻不傻，刘艺傲要害你，你知道吗？”

那是我生平第一次那么粗暴地对待女孩子，而且，这个女孩子，她是我这辈子最爱的人。

我只记得她睁着空旷的双眼，就像是要流出泪来。我舍不得地将她抱在怀里。

我抱着她，感受到她因为哭泣而全身颤栗。我拍着她的背，安慰她，没事没事，丢了才好，没事。我却也在哭。我哭得甚至比她还惨。嘴里默默念叨着语焉不详的话语，女孩，女孩，我一定要保护好你。如果今天的这一切，没有被我看见，你会怎么样？你会怎么样？

那晚过后，我画了一幅画。那幅画，是一个女孩吹蛋糕蜡烛时的侧脸，铅笔素描，一笔一划。我的画技拙劣，那是我倾尽毕生的感情，照着我脑海里金咸玉的样子，用细密线条勾勒而成。

我偷偷投进刘艺傲的信箱，就像我很久很久之前，尾随哥哥，看见他向信箱里投糖果那样。

我最大的动机，是想要刘艺傲为她所做的一切感到良知上的谴责。仅此而已。

可是我没想到，原来在我把信件投到刘艺傲信箱的那一瞬。那个叫舒琳娜的女孩子，就躲在我的身后。

我的信不翼而飞。几天之后，发现它出现在杨天的手里。

我恼羞成怒，不久后的某个夜晚，我带领一帮少年混混追赶刘艺傲，在小树林里将她折磨至极。几个月前，在得知徐扬和刘艺傲在酒吧时，带领一帮男孩亲近并将她亵渎，也是我干的。

我从来没有相信过她。

我不知道自己又昏睡了几天过去，每当有阳光温暖地照射在我脸上，又渐渐褪去，我明白自己又这样虚度了一天。有一天，当我察觉到自己恢复了体力，又闻耳边的对话声消失，我知道他们都已经出去。

我睁开眼睛。艰难地下地，在确认自己可以动身之后，拔掉了身上的所有管子。

悄悄地，我从后门溜了出去。

7

我徒步缓行来到学校的琴房。

手机信息收件箱，是几个月前哥哥发给我的，大段大段的文字，我都没有删。

那是哥哥去北京的第一个月，我一个人静静在琴房弹琴。他从车程两个多小时的首都发来焦灼的字句。

“咸喻，刘艺傲回去了吗？那小家伙消失了，帮我找找啊……”

时到现在，当我想起那条短信，我都打心眼里承认，那天哥哥温柔和急切的关怀，不是每个女孩子都有权利占有。而我确信，能占有这样细心的体贴和抓住他整颗心的人，一定在他心中，在某段曾经的青葱岁月，给他的生命带来了永不磨灭的痕迹。

“我在地铁里看见刘艺傲，是我跟踪她，她从西土城坐地铁去昌平附近，又从昌平坐地铁南下。我跟在她的后面，后来暴露，被她看见。可是她淡淡然，甚至没有走过来打招呼。”

“那一刻我整个人都有点天崩地裂，我们明明可以无压力地在一起了，她为什么突然对我置之不理？那刻报复心强烈，我故意在她面前闪过又不接近，把她带到了灯市口雅木楠在的学校。”

“我是故意的，但是我不是有心要伤害她。我只是想知道，她看见我和雅木楠接吻会不会难过。那是我第一次和女孩接吻。可笑吧，我曾经反复幻想对面的这个女孩是刘艺傲，但是我永远也想不到，会有这么一天，我是为了试探刘艺傲心里是否有我所以选择和另一个女孩接吻。”

“我用余光去看刘艺傲，可她不见了，几分钟之后她发过来一条镇定自若的短信，她说她看见我了。没有其他的内容。我心灰意冷，所有的结果在那一刻尘埃落定。原来她心里真的没有我。我考虑了好多天，最后决定放手。”

“我等了她两年。你当然不知道为什么是两年，事情太复杂，我不知道从何解释。现在我给她发信息，她不回，我问她在哪里，她也不告诉我，我好怕她一个女孩子出危险。”

那是一个阳光的下午，我悄悄潜进一间琴房，看见一个侧脸很瘦削的女孩在弹琴。我确定她就是刘艺傲，很久之前在学校的跨年联欢会上，她曾经和哥哥四手联弹。我见过她。只是她的琴声很拙劣。面前的一切让我觉得滑稽。她明明不是钢琴专业生，那天，哥哥为什么要让她上台表演呢？

她是勉为其难的吧。

她转头的那一瞬眼里满是灰尘。蜡黄的脸就像是未眠好多天。她呆滞、木讷的神情让我深深地怀疑，这样一个不会动用肢体动作，也不会挑眉动睛，甚至不会微笑的姑娘，是怎样一个人，茕茕孑立，形单影只地生存在这个校园的？

我就在她钢琴的旁边一架坐下，笑她：“怎么，还在练巴赫三部曲啊，赋格没听过么？”

她依旧不说话，不笑，不做任何的表态。

我坐在琴边开始练习我手上的柴可夫斯基练习曲。我知道，如果我弹得够好，够吸引到她，她不可能继续像一个木头人没有反应。

果不其然，她站起来了，立定在我面前，我听见她的声音传来。

她的声音不同于我之前认识的任何女孩，好听，又不做作。似像非像的娃娃音，还带着少女的温柔气息。最重要的是，她笑了。虽然那笑有些勉强。她说她想和我学曲子。我刻意逃避 secret 琴谱，想让她亲自承认她就是那个曾经和哥哥联弹这个谱子的刘艺傲。可她，什么也没说。

我知道，她在想念哥哥。

她练琴低下头的瞬间，我掏出手机给电话那头遥远却不心安的哥哥回复了一条信息。

“不要担心，我已经找到她了。她现在，就在我身边呢。”

8

金咸玉出事的那天，哥哥回来了。我同样是在这里遇见他。

他见到我时，并不震惊。琴房阴暗狭窄的空间，是两个人袒露心扉最好的空间。

我说：“哥哥，你回来啦。最近可好？”

我明明知道，在金咸玉的死轰动全校的节骨眼，他这样唐突回来，怎么会好。可我实在想不出另一句开场语，可以掩饰出我全部的愤怒，不甘，痛苦，空落。

他不点头，也不摇头。

哥哥，金咸玉死了。你知道吗？

他还是不说话，但这次他将头深深埋进手臂，再也无法自控，良久才抬起头。“嗯，是，我知道，我就是因为她才回来。”

没有更多的话语，其实我多想问：哥哥，金咸玉她是不是因为你而自杀？哥哥，你是否知道金咸玉介意你和其他女孩的关系？哥哥，你知道不知道我有多恨刘艺傲？因为她的存在，你没法投入去爱金咸玉一个，而这个单纯傻呆呆的姑娘，又偏偏放不下你一个，我处在事外，进不得，退不得。

我一直不解的一个问题。那刻有机会问他。

我避重就轻，没有单刀直入问他，在那次的学校晚会上，为什么要在那么多人面前，把琴艺并不精的刘艺傲叫上台。我轻轻地说：“哥哥，你觉得古筝发出来的音和钢琴有什么区别？或者说，这两件乐器之间有什么区别？刘艺傲，她好像并不擅长钢琴。”

我绕了那么多个弯，无非就是想问：“哥哥，你为什么要故意叫她难堪？我明明知道你是喜欢她的。”

“你是想问刘艺傲，不是么？你其实是想问我为什么在大庭广众之下叫她出丑，对吧？钢琴的声音敦厚凝重，音响大。古筝的声音纤细悠扬，音量小。钢琴要上下摁键，而古筝要前后拨弹。我的意思是，自由指法的乐器更难掌握情感，她钢琴是有基础的，古筝却弹得极差。我敢笃定她那段时间情绪不好。”

“哪段时间？”我突然狂躁不安起来。

“就是她刚到学校来的那段时间。”哥哥抽动了下喉结。

我再也控制不住内心的涌动了，我无法忍受我爱的那个女孩和自己爱的人在一起时还要遭受心灵上的背叛。如果是这样，为什么那个最先进入金咸玉生命里的人，不是我？纵使我与哥哥一般高，那一刻我无法控制自己的情绪，一把把他摁在墙上，如果面前有镜子，我一定会看见我眼睛里的血丝是怎样的线条分明，缕缕密布。我咆哮着——“她刚到学校来的那段时间你不是和金咸玉在一起吗？开学之后不久你不就和金咸玉在一起了吗？可你那时为什么还要关注刘艺傲？在你心里，什么是爱？你嘴上说着爱刘艺傲，行为上和雅木楠在一起，心里对金咸玉有所内疚与亏欠，这是爱？哥哥，如果说金咸玉自杀和你半点关系都没有。我不认可，我更不原谅。我不原谅！永不原谅！”

我嘴角抽搐，心里已经激动难当。

“我不能和金咸玉在一起，个中原因，你永远不会知道。”

“可是在学期开始你已经和金咸玉在一起，你完全可以大胆主动去追刘艺傲一次，可你没有，却是选择在喜欢着一个女孩的同时和另一个女孩在一起，你知道这对金咸玉是伤害么？你知道么？”

“我没法和刘艺傲在一起，有你不理解的逻辑因由的阻塞。若我明明知道最终的结局是两个人因为彼此各有缺陷而分崩离析，我为何要去试？只为了想歆享那种短促即逝骤然消亡的快感？因为我本身性格就不健全。我没法自我救赎的同时，去扶助另外一个人。很多时候，我反而要靠着另一人看透自己。而你懂不懂得一个道理，爱之深，恨之切，明知无法在一起的爱，却偏要在一起，最后结局只是因爱生恨，最后形同陌路，天涯离散。最后真正相伴的人，总是细水长流慢慢聚合在一起。”

“哥哥，在金咸玉死去的这一天，你还未把全部感情留给那个死去的女孩，而是仍旧对刘艺傲心存幻想，是么？不是么？”

哥哥不说话，静静地看着我。良久，他才缓缓道来。

我不只一次地看见刘艺傲独自一人在某个角落蜷嗦。她发病的时候，整个人都是僵硬的。浑身发抖，身体仿若直板，脊梁骨里细密的骨节就像被结绑在一起无法弯曲。手指的抽搐尤其剧烈。嘴唇苍白泛着爆皮，涎水顺着脖颈向下流。两只眼睛时而空洞无神，时而暴戾如一只被惹怒而歇斯底里的吠狗。但她是不具备攻击性的，即使看起来那样恐怖的她，多挣扎也只一个人用尽最大力气把自己塞进墙角不足半平方米的空余僻地。她愈难受，就愈把自己藏得隐秘。那样叫人误以为下一秒就会嘶吼出来的她。你说，我该以怎样的心境、行为、言语、态度去面对？自觉她遭受过什么变故之后，我也曾试着亲近。但总觉得她眼神里有着极强的防备。言语也极其冷淡，让人不敢靠近。就猜测她是不是单亲，或父母有一方亡故。她孤僻，疏离，除了几个固定好友，不愿再和更多的人交流。像是内心有一处缺损，受过极大创伤因而不完整。

所以我研究日本森田心理疗法。把她带上台，叫她在众人面前表演。我能看得出她的战战兢兢。可除了这样我没有别的办法。那晚过后，悄悄在她身后陪她回家，接近她，本身就是一个极大的难题。如何面对她的暴戾，仍能心平气和讲话，对我来说挑战太大了。我自小到大接触的女性楷模就是妈妈，我从没想过这个世界还会有这样倔犟独立的女孩子。

如果说爱太肤浅，我是喜欢她的。只是不敢表现，不敢让她知道。我喜欢她。可是我知道自己或许并不喜欢全部的她。我爱她的笑，她的灿烂，她的颦蹙。但我想不透，是怎样的繁复心酸，如何巨大而叫人荡气回肠的过往，会让她变成如此不堪的模样？那个女孩，她表里不一的人格模型，哪个对我而言是真的？哪个向我放射出来的讯号是她真实所愿的？而我在她生命里，又担负了怎样的位子？我情愿她那狭遽的心病所在，有我可企及的通途。只怕，这也只是我一个人的臆想吧。

哥哥说着说着，便声泪俱下了。

我突然明白他对刘艺傲的感情，先前的暴怒渐渐缓和，轻轻走上前去安慰他，并说“哥哥对不起”。可是我知道，我需要帮助他理清他对于爱与施舍，感情与怜悯的界限。或者他对刘艺傲仅仅是同情，而他并不自知。

我在他耳边轻轻说。

“哥哥，你要知道，很多时候，我们对待另一些人的感情，也许并不是你心底所认定的爱情。那或者是出于同情，或者是出于怜悯，或者什么都不是，只是我们生来这世界，世界派给我们的命题。我们发自善心去对待，就算是尽到自己的职责了。不需要投入真的感情，并把这份牵绊视为爱情的爱，这不值得。”

哥哥抬起头来看我，良久，他口中蹦出一句话：“我想，你还是不懂我。”

这句话彻底地激怒了我。金咸玉死亡带来的悲恸尚未在我心底平息，而他是她最亲近的人。他周旋在这样多的女孩之间，却道我并不懂他。

我再一次咆哮了，“是的，我是不懂你，我确实不懂你。我他妈真不懂你！我不懂，我想不透，我更想不开，为什么金咸玉会对你念念不忘？为什么最先进入她生命里去的人不是我？为什么她会死？为什么她要选择自杀？为什么你明明知道她对你念念不忘，你却那么狠心和她分开？我想要懂你，我一直想懂！只是作为弟弟，我兀自地问你是对你的不礼貌。哥哥，当你说起刘艺傲时，你会哭，因为你喜欢她。可是你也感同身受地替我想想，当我说起金咸玉的时候，我也在落泪。她是那么善良单纯的一个女孩子。为什么，为什么她会选择去死？你说，你说啊！”

哥哥缓缓抬起头。

“7 年前的一天，想必你也不记得了吧。在你可以选择第一个走进金咸玉生命的那天，你借口上厕所回避去小屋拜访，其实是娇气的你受不了酷暑露天的蚊虫叮咬，是我选择和爸爸走进那家破旧的屋舍，是我让她最先认识了我。虽然并不是有意。她是如此需要希望和光芒在眼前照耀指挥的女孩，她把我的出现当成了上天的指定。我只告诉你，弟弟。和她分手，不是我主观的错。她临死之前到底经历了什么，我也一无所知。她有物质上的困难我没能及时支援，这是我主观上的错，我承认。弟弟，会有一天你理解这全部的一切，也终于会有一天，你明白所有的真相。那时你会理解现在的我。”

哥哥微阖了双眼。似若有所思。接着，他静静地盯着我的眼睛，又对我说。

“你对你爱的姑娘，敢爱敢恨，敢想敢做。所以，那块差点送了我的命的蛋糕，是你知道但没说的吧？”

我的心訇然跌落，继而“扑通”一下跪在哥哥的面前。

9

“那块蛋糕，它最先被放到金咸玉的电动车上。后来不翼而飞，我不会想到它竟被转送到了你的生日晚宴，那晚人太多，我没有第一时间分辨得清那块蛋糕就是我知道的已经被投毒的蛋糕……我已经尽最大能力去保护你们两个人，可是我不知道为什么，我一个也没保护好，一个也没保护好。”

我的记忆终于全部打开，而我终于意识到在梦境里我对哥哥双膝而跪的场景是为何。那天，就是在这琴房，我哭得昏天黑地，跪着向哥哥道歉，不管他怎样拽我我都不起。

哥哥，此刻在空落无人的琴房里，我是如此的想念你。我如此想念我们的小时候。这空穴来风的想念。却不知道为什么让我心有不安，哥哥，我并不希望哥哥你受委屈，我想你幸福快乐。小时候，我们 一起气人，一起疯，一起快乐打架或者大笑。我们在暑假时候边看电视边写作业，写到铅笔没铅了，就一起去商店买。一起看少儿频道，一起用雪糕机做雪糕，一起在小区的滑梯上滑下来，一起练钢琴，一起喜欢上那个女孩，一起，一起，还是一起……现在哥哥在首都北京。我不知道他最近到底怎么样。

我觉得哥哥有心事，而这心事，或许与那天在这琴房，他口中所说的故事有关。

我费力去想，可仍旧不记得7年前我曾经与哥哥去金咸玉小屋拜访。

我不觉得自己记忆力减退，因很多琐事的记忆我都可以完好无缺地记下。我向来是一个善于将所发生的故事以画面的形式存放在脑海里的人。然而这次我费力去思索，都无法明白哥哥所言的7年前，是哪天。

我终其一生想要保护好的两个人，我一个也没做好。

哥哥生日晚宴在家里举办，所有人齐聚我家为他庆生。雅木楠打扮得像个公主，宴会热闹非凡。凌晨一点十分时，客人们还未离散，雅木楠却突然大叫一声。

人群瞬间变得集中，所有人的好奇心瞬间富有了方向感。那一声犀利的女高音像一枚引擎火柴，瞬间燃亮了整间闷气沉晦的厅堂。她的身边围聚了大批的人，我觉得出事了，匆匆赶到人群围聚的地方。

站在门口的那一瞬我愣住了。

哥哥口吐白沫，眼白翻转，大汗淋漓。雅木楠紧紧地拥他在怀里。

所有人带着惊恐的表情和狰狞的眉头，告诉我，林缄宇全身体温飙升，神志不清，像是中毒了。

哥哥中毒了。雅木楠一边抱着他一边痛哭流涕地大声咒骂："你们谁看到这块蛋糕是谁送的？谁下的毒？谁下的毒？"

人群里有声音弱弱地说："我看见，好像是刘艺傲……"

我是一切的目睹人。可是我什么也没说。黑夜里，金咸玉在我怀里哭着的样子，让我愿意麻痹自己，说服自己，我什么也没看见。

我告诉我自己，我没有看见哥哥因为食用蛋糕而中毒。

我安慰自己，我不知道在哥哥吃下生日蛋糕之前，就已经知道那蛋糕被下了毒。我并不知道这蛋糕就是那块不翼而飞的蛋糕，我怎么会辨认得清这细微的差距。

我只知道，那一天，灯火阑珊，哥哥倒在床上，脸上汗迹涔涔，蛋糕上有血红色的樱桃酱镌绣着一个Y字。字母外围是一颗鲜红色的心。救护车的警笛在我家窗外呼啦乱响。

那晚，刘艺傲没有来。

那晚，哥哥睡在医院的重症室，15天后才上学。

他们的世界永远被间离在哥哥高二那个冬至，他的生日晚宴。

潘央下毒的事被我告了密。他再也未从这个学校出现过。那晚过后，我带着对哥哥深深的愧疚和对金咸玉歇斯底里的保护欲，想尽办法报复刘艺傲。

我的第一幅画被杨天没收后，我重新画了一幅一模一样的，在刘艺傲高考前的几个月，把它贴到学校的布告栏上。

我最大的动机，就是想要刘艺傲被外界的舆论包裹，我想要她，永生永世都沉浸在自责和负罪的阴影里。

当我看见刘艺傲被无穷尽无来由的四面八方的流言蜚语包裹时，我的心情如同看待她的胴体，恶毒的汁液不停地流淌，泛滥。我甚至可以想象得出来本身精神便不好的她，如何一个人蜷缩着身子，孤立无援地蹲坐在墙角的一边，祈求这个世界给她一个原谅与澄清的名分。但我又深深明白，自己曾是在她失意落魄时第一个介入她生命里的男孩。微笑着叫她接近，教她钢琴，在海风萧瑟的夜晚用双臂给她温暖，却并不触碰底线。我的戏演得够逼真，若即若离，又伺机而动。如若不是想及哥哥抽搐的身体和金咸玉脸上的泪痕，也许我已经将自己带入戏中，不忍看到她的一丁点伤怀委屈。

回忆过往让我头痛欲裂，琴房的门却在这时候打开了。

是杨天。

他见到我时，并不慌张，仿佛早就料到我会出现在这里似的。反而是我，尴尬地不知道该说什么，也不知道该怎么解释自己荒唐地逃出医院。

“林咸喻——你早就醒了对么？我和刘艺傲的对话，你都听到了，对吗？”

我并不吭声，他继续缓缓道来。

“那封信是我跟踪舒琳娜，发现已经被拆，才占为己有。我知道是我的不对。在你和我打赌的那天，我知道自己一定会输，所以那天我已经把那封信重新投给了刘艺傲。林咸喻，你替我挡下椅子，我不知道怎么表达我心里的感受，只想真诚对你说一句对不起，和一句谢谢。”

“杨天。你知道不知道我为什么那么在乎那封信？”

“我知道。因为刘艺傲曾经买有毒的蛋糕陷害你哥哥。这件事流传很久了。画画是意象表述，你想让她意识到自己的错误，去自首，对吗？

可你相信吗？你相信一个女孩会去害一个自己最喜欢的男孩？”

“不。她要害的不是我哥哥，是金咸玉。我只有一个问题想问你，这个女孩，你喜欢她哪点，值得为她而和我大打出手？”

“咸喻，对不起。可是我要告诉你一些事实。潘央和刘艺傲根本不认识。刘艺傲只是买了蛋糕，下毒的人是潘央。把蛋糕从金咸玉电动车上转移到林缄宇电动车上的人是雅木楠。如果你硬要说金咸玉的死和谁有关，或许是我。”

我惊惶地望向他的脸。

“金咸玉的房屋所在的那田地可生长茶叶梗，其下有磷矿。而珠宝界里，有一款宝石叫做磷灰石。我来自以珠宝投资营销为主业的家族企业，对珠宝甚是了解。从我第一次跟随曲胜踏入小镇，见茶叶碎瓣，就隐隐预测这是一片宝地。开发投资，强拆那里与山地的人，是我的家族。我来到这小镇的目的，其实从来不是投奔黑社会头头，而是为此。我的家族与潘央的父亲联合，一方面为向政府以投资兴建为头衔申报，一方面勘测探矿，却不曾想到，在遗销田地时，看见大批量徐扬父亲种植的黑麦，知道他们为了生产致幻剂而私自建厂，在做黑心生意。

“徐扬曾经好多次找潘央求情，希望替她们家隐瞒这一切。潘央起初不肯。

“后来，她找到雅木楠，给她提供致幻剂和陷害刘艺傲的计谋。

“潘央帮雅木楠实施这一切，用了徐扬家的致幻剂，再也没有理由告发她家的生意。

“他们 3 个是一条船上的蚂蚱，如果说我也是，我不反对。

“只是，所有人都在以你为诱饵，你被套进这样的圈套，依旧还在恨刘艺傲吗？

“我在第一眼看见曲胜脖子上粗制滥造做工拙劣的水晶链子，就对这个链子的制作人感兴趣了。在我看见因为强拆而紧接着引发金咸玉死亡的连环事件发生后，刘艺傲被舆论流言深深夹裹时，我真的于心不忍。

“所以我截下你寄给刘艺傲的信件。我是知道这所有真相的人。”

我的眼睛密布血丝，却手足无措。我不知道当下猛地揍他一拳最为适宜，还是蹲下身躯抱着自己大哭一场更让我释怀。可我什么也没做，眼睛放空，突然觉得全身都没了力气。

他还在继续说。

“因为刘艺傲，我做到了过去18年从未做成的事。我不再惧怕付出爱，贡献爱。我学会了爱人。可就连最后替她受伤的机会，都被你占了。林咸喻，你真的不该为我挡那一下，虽然我知道，现在说这样的话，如此不义。但我知道我没有权利多说什么，我会远远地离开这个小城市，或许一辈子也无颜再去面对这个姑娘。”

他走过来拍拍我的肩膀，默然离开。

在这空无一人的琴房里，我声泪俱下，泣不成声，因自身的草率与武断，造成所有场面的凌乱不堪，我不知道该如何赎罪，如何逃脱，一种濒临死亡的感觉渐渐逼近。

10

我回到了家。家里依旧是和谐温馨，彼此尊重的气氛。

我受伤的事被隐瞒得很好，家里人只是以为我与朋友出游几日未回家，因为之前多次话也不说就离家出走玩滑板，父母亲对我的消失毫不奇怪，以为我只是又一次玩得忘记归家。一切平静如初。

一家人围聚在一起吃饭，爸爸和妈妈在一旁讨论起爸爸在政府的工作要事。爸爸温文尔雅，操着一口老练稳重而又不失端庄的口音。这么些年，他在家中已经做惯了主导者的位置。妈妈则在一旁温柔细致地为大家夹菜。哥哥依旧像往常一样低沉着头不肯多说话。

“有关城市人口迁徙，我觉得，这是一场迁移者与政府之间的博弈。”

“劳动力转移问题现在已经进入经济学家的视野了吧，托达罗模型专门研究了二元经济中的劳动力流动问题，修正了劳动力迁徙模型，把城市失业考虑进去，注意到人口迁移与进城劳动力在城市取得就业的机会有关。”妈妈在一旁附和说。

“但他没有考虑到制度的影响，所以在他的模型中人口流动规模是外生于制度变量的，从而也无法分析城乡收入差距与城市人口迁移、城市人口控制制度之间的关系。”爸爸接着说，“城市就业率是城市所创造的就业岗位与所有可能的就业人口之比。但外来迁徙人口在城市取得就业的机会不只与既定技术条件下城市所能提供的就业机会有关，它还受政府迁徙制度与就业制度的影响。”

“科斯定理的外围变量知识应用在这儿了，对么？”妈妈毕业于清华大学经济学系，经济方面的专业知识并不亚于爸爸。

“科斯定理明确阐述了在交易成本为零的情况下，通过交易人和平协商可将利益推至帕雷托最优。但现实生活里，交易成本完全不可能达到零。人们在现有市场外构建臆造市场，企图通过外界干预与调控，实现商品的零成本交换。这就是现实社会与理想乌托邦间的差距。政府的存在并非为掌控与霸权，它的现实意义比百姓臆造中的更复杂，因此更具争议。”

“因此政府改观不了目前城市外地人大批迁徙的现状，对么？那么面对这样的局势，政府又该以怎样的立场面对呢？”

“这就是预期效用理论。同一个人，他也许一面制订健康计划，一面却在吸食烟卷酗酒纵欲。同一个人，他也许既参与入险，又参与赌博。人们在庞大森然的现实生活里依照头脑里现存的逻辑结构，判断与衡量预期效应的利益与所得，一面是日积月累下层层堆垒的稳定保障，一面是随性投资与概率猜臆。迁徙居民大体不会考虑他所面临的新的城市的经济现实，只是凭借感觉给就业几率与城市现状做了一个草草分析，就泉涌般匆匆赶来。如果限制迁徙人口在城市中取得就业的机会，会花费城市政府的财政收入，政府需要在增加就业率的收益和增加就业控制带来的成本之间进行折中。这并不是一件简单的事。”

妈妈接着回复：“既然你提出，这是一场迁徙者与政府之间的博弈，那么在博弈论的框架内讨论城市的就业控制与城乡人口迁移，就业控制与迁移规模其实是由政府和迁移者的博弈均衡决定的。”

这是我的家，它是如此安逸宁静，听到爸爸妈妈在饭桌边认真地谈起公事，我为外界对他们不公的传言感到难过与愤懑。

外界常常会高谈阔论：“哎呦，在政府部门工作就可以违背计划生育政策么？他们家两个孩子是怎么回事，还是两个男孩。馋死人喔。”

“他们家哪里来的装修那么好的房子。当官的有钱，不是黑就是贪。”“身为城市规划干部，市中心被整饬得那么豪华，小镇里污乱脏差，好比金玉败絮，做样子给省政府看，说是申请拨款筹划城市建设，我看不知道从里面捞了多少钱呢。”

皆如此类的评论，我已见怪不怪。我的世界被流言中伤包裹，他们永远看不见的，是爸爸妈妈如何在每一次的商晤中谦逊不苟，又如何多次去偏僻的小镇探望贫困救济生。他们的辛劳与善心，我看在眼里。

哥哥吃完饭，回屋关闭门窗，我也预备回屋，却在这时候忽然听到他们提到金咸玉。

“金咸玉啊，始终觉得对不住那孩子。潘家是外来迁徙人口，那地被他们所包并兀自摧毁。如今社会，金钱做到无所不能。政府有时也无能为力。”

我回到屋子，警觉地竖起耳朵，紧贴门板，偷听爸妈讲话。

“关于那孩子的某些事，我们再尽力吧。”

我偷听了近10分钟。

10分钟后，我蹲在门旁，大滴大滴地流出泪来。

11

我听懂爸爸妈妈在讲什么了。

在若干年以前，伯叔在城乡结合部的财政局担任职务。工作轻松，闲暇之余常去郊区偏僻之处散心逗留。在那里认识了一养蝶女子，心生爱慕。又因自己年轻，不负担当。在某个偷食禁果之夜后消失多年。养蝶女子产下一男婴。因环境问题愈来愈恶化，华北平原很少再见粉蝶扑花之景。养蝶渐渐不景气，她换业经营，渐渐成为一名务农人。终日犁守在庄稼地。而真相大白的结果是，省政府下拨市政府，接着市政府分摊给县政府用于治理环境问题的财款被负责财政管理的伯叔贪污多半，加之受贿颇多，伯叔被判入狱无期。男婴被爸爸接来抚养，每年定期向那女人援助些钱财，算是替伯叔补偿。也为了使那女人得到心灵上的宽慰，原谅伯叔，封口不提男婴之事。

那男婴。便是哥哥。

我猛然想起金咸玉曾经递给我的那张小纸条，匆匆打开哥哥的QQ空间。那是承载哥哥心事的一个空间，所有内容直白唐突，毫无遮掩，甚至带着大男孩特有羞涩的情愫，有板有眼，一字一句，真意流露。我看呆了。被这类禁忌性质的偷窥行为折腾，惊异与愧意共存。

一篇日志格外耀眼，题目是“刘艺傲”。

我的人生因遇见你而变得跌落空白。如若不是因为你，我永远不会知道金咸玉是我同父异母的亲妹妹。

我常常想，我认识你的意义究竟是什么，我喜欢你，可我抓不住你，没有能力给你什么，又逃脱不了情感的魔掌，自顾自一次次沉沦在这感情的陷阱里，并且在那个送你回家的夜晚之后，得知那个精神狂乱的女人是金咸玉的妈妈这个事实。

我父亲生前风流放荡，我当下的父母亲并不是我亲生的父母亲。这对于我来说是致命的打击。

金咸玉死前留在这个空间一篇日志，我才知道她一直都知道这个号码的密码，而我写给你的话，她以为全部是为雅木楠而写。她以为她留下日志，雅木楠可以看见。她以为写了这样意义不明的日志，我就不会明白真相，也不会知道她真正自杀的原因。

其实，早在高二生日那晚过后，雅木楠就调查出了全部真相，并以这个传闻为要挟，叫我和她在一起。我答应了，并且一应就是两年。

两年后，我要你去北京找我，在北京地铁站看见你，跟踪你，看到你看见我，却没有一丝反应，我一直抱着巨大的期待和你在一起，我以为，在我们离开那个小城市之后，终于可以有机会毫无旁忌地在一起，却不想我的所有盼望，在那天起全部浇灭。

或许这是我最后一次登录这个号码，写这样矫情的日志给你。以后这个号码，密码我都会忘记。

再见，我最爱的姑娘。

日志列表，还有另一篇日志，题目是“楠楠”。

那是金咸玉自杀前一晚留下的日志。

这天，我几乎知道了全部的真相。

我想起琴房时他在短信里毫不掩饰他对刘艺傲的喜爱。又在空间私密角屿偷偷写下他的暗慕。心酸如蚀，这一切在得知哥哥家世背景及前辈欠下的情债做下的罪孽时变得因由分明。哥哥他或许早就知道这一切的真相，因此选择和金咸玉分手。他并不如我所见的自信潇洒。他是自卑的。他是不堪背负如此巨大包袱的。

哥哥他最爱的还是刘艺傲。那是属于爱情的爱，未必需要在一起。他爱她，无声，无息，无言，无虚。

可哥哥要走了。

这个城市每年都会有大量的人员迁入又迁出。

迁入的人大多是为了生存，迁出的人是为了有更好的未来。相比较于那些边远大城市所带来的庞大的生活压力，这个小城有着显而易见的慢步调生活节奏。而对于周围繁星密布竞争激烈的城市来说，这个小城又显得太小了。它承载不起提供更优异的条件的压力。

每年高考，大量考生漂泊他乡，甚至永不再回来。这是我已经看惯了的图景。哥哥还会不会回来？我不知晓。

他与刘艺傲相伴去看望金咸玉的坟墓，我在身后尾随。临行前，我删除了第一篇日志，改了密码，把这个 QQ 号码连带密码认真写在一张小纸条上，预备把它交给刘艺傲。

我躲在树林一侧。远远的，我看见哥哥抱住了她，他的拥抱是真实的，是急促的，就像要抓不住什么一样。

她动了动眉，眼神呆滞。生怯而恐惧，就像是一个慌乱失措的孩子。

那一刻，我就知道，她再也不会原谅他了。

她费尽心力想要接触的一个人，住的地方和她咫尺距离。

而她触不到。

哥哥，你或许永远不知道，那么多个她黑夜里跑出家门的瞬间。其实是因为这样近在咫尺的你。她没有奢求过你的一点点关心，她甚至不企盼你像对雅木楠那样对她。她只希望多几个这样的夜，两个人肩并肩一起走，你说你的未来，她在后面紧跟。岁月静好，她希望的不过是如此而已。

而你所给予她丝微的爱，却成为她一直衷心耿怀的信仰。这信仰完整，无缺，善美，优良，因你所给予的泛泛之爱及对每个女孩蜻蜓点水的青睐，而撕扯成一片一片，七零八碎。

或许这就是男孩女孩对爱的不同理解。女孩子一旦付出，飞蛾扑火，覆水难收。男孩子火中取栗，试过再折中，在乎声名远远大于爱本身。

我年纪轻轻，尚未满 18 岁。我年少轻狂，自以为自己所认为的就是对的。所以我可以不假思索地质疑斥责我所耳闻的世界。意识到这一切的时候，已经晚了。所有的事情都已来不及。大脑里有一根向前发展的线条，却有股无形的力量逼迫我顺着这无限延长的直线后退。倒带，回幕。

这个女孩所希冀的静好，再也不可能，再也不可能了。

少年时代所犯下的罪孽与欲念，短时间内不会显示它的业力。如同革质皮囊上一抹遭遇火燎而留下的碳玄色绒灰，时间愈久，愈见裸露与颓唐，时间赋予了伤瘢赤青色重彩与松塌状凹面，是不可被颠覆、修补、弥留、挽救的疤痕，镌刻恒久地印记于余年之上。这亦如祖辈的冤德积累留于子子孙孙后世万代的亲族难题。幼儿无法选择出生处境，无法自主定夺睁开眼第一缕阳光从哪个方向而来，更不能凭自身意识喜好抉择此生必应面临的业力课题。有些事，生来便注定，那是祖脉传衍下的恩仇情债。有些事，后天新生重置，只是善恶需自食其后果。

须臾，空无，虚没，了了。

原是这样的生死宇宙而已。

我不会让刘艺傲知道关于哥哥的真相，但我要让她知道，金咸玉的死与她无关。

愿她18岁以后的日子在平静和安逸里度过，而不是怀着对金咸玉的愧疚生活。

曲胜的椅子深深砸下去的那一瞬，我不知道自己为什么会去迎合。我只知道，那一刻，我并不后悔。我最最对不起的女孩子，我把我欠你的，用我那不值钱的痛，还给你了。

女孩，祝你从此，岁月安好，前途无忧，平步青云，走得愈高愈好。

你的美，不属于这个纷繁迷乱的小城市。

12

我的记忆力不仅恢复如初，反而愈来越好。回忆骤然回涌时，我想起哥哥所言的“那天”是很久之前，我们一起被爸爸载着走过小土路的某日。那是7年前发生在小镇边缘的一件事。

记忆里的那个夏日，酷暑难当。

伴随了哥哥15年，也伴随了我13年的夏风，每年由固定的方向席卷而来。因此并不陌生。在离开城市几里之后，越来越浓密的尘污以及呛鼻的浓烟不停地挑战着我们身体的极限。我知道我们离开市中心越来越远，是要到达小镇了。而此行的目的，是为访问一个家境贫寒的姑娘。扶贫济道，慰问贫寒地区人民的生活疾苦，是爸爸每年例行的公事，或者是职责。

那年爸爸带上了我和哥哥。那是我们第一次离开小城市，到达我们前所未见的偏僻小镇。心情是极其欣喜并好奇的。但在愈来愈近的行程里，我靠在窗边的位置，忍受不住窗外浓雾而散的黑色沙粒以风的形式吹进眼睛，重重地摇上了车窗，怨气凝重地对爸爸旁边的司机说：“什么鬼地方！这哪是访问，这是闯鬼门关！”

车很颠簸，一上一下。我怨声载道，哥哥则静静地坐在我的旁边，爸爸微笑地回过头来，什么也没说。

小镇贫瘠可被悉数的几家书店，刚刚开启并未被熟络的几条公交车线。夜市里几块钱一件的便宜衣服，几毛钱一串的山楂糖葫芦。我们游荡小镇，我却始终未下车。只因我太娇惯，从未看见这样多的昆虫蚊蝇，怕被咬得满身是包。

我度过了十几年未曾想象过的一个夜晚。满天飞舞的细小萤火虫。或掺杂着并不带光也依然自在飞行的蝶啊蛾啊，不知名的振翅细瓢，还有雾蒙蒙连缀一片的类蚊状虫蝇。天空被这细微的生物夹裹着，变得极其富有生意。车前草以慵懒的姿态从中心蔓延开放，叶片是青翠欲滴的绿。榆树枝头生长出一簇簇状如铜钱的嫩绿果实。路旁边，娇嫩的幼苗星星点点贴地而生。

那天回来之后，哥哥变了。他开始用功，一家三口吃饭的时候，他也要拿着小册子准备中考。

哥哥极其努力，考上了市重点。

我们所有的事情，感情，心知肚明的嫉妒，未来道路的分界线。全部是从一个夜晚开始。

哥哥比我大两岁，而我比哥哥早上一年学。因此我们的社交圈处处有交集。我不知道，两岁的年华可以差去多少。哥哥在高一下学期的时候，我上初三。他开心地钻进我的被窝，给我讲他喜欢的那个女孩的故事。我与哥哥蜷缩在一个被窝里说悄悄话。他说，他喜欢的那个女孩也考上了市重点，长睫毛，高挑身条，静静的，喜欢一个人独处。你呢，你有没有喜欢的人?

我说，当然有啊，我喜欢的那个她，清瘦，穿黑，看表演的时候眸子里有光。

他突然抬起身子，即便是夜晚，他的瞳孔也变得愈加发亮。他说，你说的是谁?

我们才知道两个人喜欢上的，是同一个女孩。那女孩便是金咸玉。

那晚我们吵起来。

我的父母有着对哥哥偏袒似的疼爱，在家里几乎所有光环都是哥哥的。而如果我想要，我得争取。我曾经一度怀疑过我并不是父母的亲生孩子。那个因仰慕哥哥，而从来只得到父母少许认可的，童年的我，那些由童年累积而来的嫉妒，在青春期面对我们共同喜欢上的女孩子之后，变得恶劣并狰狞。

我童年时期被缔造的性格特质，已经深深烙印并镶嵌在我的灵魂与成长之中。这种特质随着我年龄的增长渐渐显化。让我在面对弱者时，愿意不顾一切地去保护，去给它们得到一个争取和认可。假以时日，我回到那个雾霭蒙蒙的天，看见金咸玉眼神里的怯望，我想我会比现在还要奋不顾身，失去理智。我不忍回忆女孩子眼底的伤，就如同那天我看见刘艺傲在琴房被质问一样。

所以我不顾一切地扑了上去。

那画面触动了我童年的阴影。它隐秘，无形，却总是在我最想否认它们存在的时候出现。

哥哥因我的疏忽大意而遭受的苦难，是我对哥哥这辈子都无法磨灭掉的愧疚。

在向哥哥跪下的一刹那之前，我承认，这一切只是因为我的懦弱无言。

我心甘情愿臣服于自我性格里的缺陷与不完美，现在已经了解它们并坦诚接受，依靠理智与经验修复，完善。

兄弟间的感情和弟兄间的完全不同。弟兄们打打闹闹，有肉同流涎，有损事一起做。被抓现行互相栽赃，死不承认。打趣，作恶，真心实意看不得有谁高谁一等。见不得参差，见不得差距，因此常陷少年同济。兄弟却不同。我与哥哥，我们互相鄙弃，互相挖掘对方的缺点。光明正大的嫉妒，摆在台面的争宠。但我们彼此都深知道，没了彼此，我们的生活会顿时变得索然无味，失去重心。

他是无可取代地存在在我生命里的。

即使现在我明白，他并不是我的亲哥哥。

13

7年前，是我为了躲避蝇虫叮咬，逃避下车进入那破宅。

第一个进入金咸玉生命里的人，确实是哥哥。

那是一个属于哥哥的女子。但那更是哥哥命途中的一个戏剧的劫难。

而今他们全部远去。

我留在这座小城市，高中新学期按部就班地开始。

我常常在周围已寂静得如同被卷入黑洞的深夜，一个人在这样的梦境里惊醒。是金咸玉，她就站在我十米远的地方。她的嘴已经被冻得打颤，脸如烛蜡，脚下僵硬地做着机械前行的动作。而她的面前，就是一汪清静碧透的水泽湖泊。我远远地叫住她，撕心裂肺地喊。可是她不回头，只是淡定而漠然地向前走。湖水渐渐漫过她的脚踝，膝盖，大胯，腋下。直至脖颈，下颚，鼻腔。没有人听得见湖水灌进她鼻腔继而咆哮地钻进她呼吸系统的声响。也没有人会感同身受在液体阻塞空气的流进直至窒息的那几秒钟，她在想什么。

她有没有过一丝的后悔。在想要挣扎却再也来不及的那个当口。在她的感知仍连属于这个世界的最后瞬间。她把全部的感情、怨艾、恨意、怀念，通通投掷给了谁。

那个人，会不会是我。

假如我有机会明白她的所想，其实和她一起跳进湖水也无妨。

我的青春不过是一株荒原上的蓠蓠萋草。途经卷席沙暴的狂风，在乍暖还寒的春季，渐渐濡湿冰封于地表下深远膨壮的冻土，这一切终将闭幕垂落之时，我如麦田守候者般把头深深埋至脖颈以下去，踏实踩着这土地。分辨、自省、怀念、回忆、祈愿。

我以为我已在生活繁琐的小事下忘记。却在有一天，我在浴室用水洗头，头部下垂，忽然有水滴呛进鼻腔。那一瞬不是想象中窒息的闷痛感，而是脑部连带鼻骨酸涩的肿胀与麻痛。我又想起她，想起她在湖水里是怎样的挣扎，忍不住在浴室里蹲下，掩面大哭。

我多希望我所经历的一切，通通划为田垄里道分明，耙纹细络的迂境回路。我多希望一切可以重新来过。

几分钟的寒冷和痛苦，也抵得过无数个夜里，我在思念的海水里挣扎残喘，妄想她再回到这个世界上来的残年。在这样的深海里沉浮，是我余生日日夜夜要面对的磨难。

只是我的手再也抓不住她，眼睛再也看不到她，耳边再也听不到她。只有嗡嗡的求救信号，在耳蜗附近峰回绕鸣。

——那个像她的声音，恸哭喘息，大声对我说——救救我，救救我。

我不知道该怎么形容，自她死后，我的世界所发生的骤变。我也不知道该怎么说，这个剧变的世界，连带着我的视角、听力、行为、情绪，通通将我转变成了另一个，我都不曾想象过的自己。

我不再是一个人。

我写字的时候，常常感觉有一只手在替我表达，我听歌的时候，常常错觉相信，我所单曲循环的曲，也一定是她最愿意听的。不管我骑车，走路，发呆，读书，我永远感觉得到她的灵魂，她的灵魂就在我的身边，朝夕相伴，未曾走远。我唯一可以赎罪的方式，就是永远将自己囚禁在这座城市。我愈加苍老，她永远 18 岁的影子就愈像近在咫尺。嘲笑我因岁月流逝而漫溢于脸上的皱纹。

从此，茕茕孑立，形影相吊。孤寂至老。

我会守着这个布满荆棘的，小城市。

怀念她，是我此后余生的心事。

后 记

序言和小说自成一体，是我大胆使用的一次创意。

故事里人物很多，人情复杂，故事里的人物分别代表着体内的不同自己。这种因幻念而结果，最后落实于笔下的感觉，着实美好。

小说历时十一个月零三天。2012 年 11 月 22 日起笔，2013 年 10 月 25 日终章。最后一个标点符号收尾的那一刻，刚好迎来我的 20 周岁生日。这将近一年的时间，我几乎将我 20 年来的世事全都翻倒出来，回忆，清理，理序，重温。而我笔下的人物，在故事末尾都是这样站在十几岁末端，翘首 20 岁的年纪，惴惴不安却心生欢喜。这是我精心设下的巧合，借以怀恋我终将逝去的青春，以及满载我回忆的小城市。但这是一部正宗的小说，绝不是我的自传。处于青春期那段时间，思维跳跃极快，常常分心涣散，不能聚精。于是便在纸上写字，构想他人的经历奇遇，逻辑分明之后，渐渐成型这部小说，在我终将青春玩乐抛掷一旁，得以踏实蛮干的风华年纪，企图将这种幻念收尾。

20 万字的长篇，写者不易，如同经历了一次浴火洗礼。在小说前半部成型时，我在美国南部一所大学读书，每天写作业，背单词，在完成学业上的指定任务后，马上打开电脑开始创作，时间分分秒秒都不敢虚度。在这期间我又经历了人生里友情、爱情的一次严重挫败与打击。曾经几度想要放弃写作，不明白自己写它的初衷在哪里。后来，我思索清楚。假定这是命运给我的又一次河蚌之珠，必须经受磨难后方可得到的礼物，我会在这部小说上市后，马上创作小城市 2。小城市 1 在被创作时，很多内容都是虚构的，但是在这将近一年的时间内，很多事情却都奇异地成真了。这一切宛若书中书，梦中梦，轮回中的轮回。在经历这样一次奇幻之旅后，我马上就有了一个新的故事轮廓，期待放进我的小城市系列小说里去。

写小说的本心，是为了阐述一个故事，让众多读者肯去阅读，并引进读者本身的思想与情感，本质上还是历史根源追溯。因为自己青春期里的一些疑惑，迟迟得不到解答，所以妄求在别人的思维产物里获得答案。但小说写到最后，已经成为一个自圆其说的过程。很多玄关到最后兀自粘连，成为一个承上启下的有机整体。最后我明白，身为一个写者，你带给读者的精神启迪该是圆满，而不是疑惑。你不该向任何人谋求解脱，真正给你答案的，只能是你自己。

我坚信上帝在密切关注着我们的行径，并企图将某些因符合宇宙规律而正确美好的事引向一个新的高度。

写作对每个人的意义都不同。对我来说，这是一种弥补缺失的过程。我很想用文字把我的全部青春逐一清晰地描绘出来，写字重复和加重记忆。因此念念不忘，因此历久弥新，因此明白自己人生的某一部分虽有缺失，但自己已经尽最大力气尽善弥补。从此走得坦荡，不必为十几岁不曾获取的东西绕歧路返程追索。我深知时间向前发展，过去的已过去，再也回不来了。

我不想把此书的主体设定为早恋故事，也不愿将其主题设定为青春期的爱情与友情。正常角度里，爱情该由两个人构成，或因分歧，冲突，多加一个人进来，人物立定变三角，丰富剧情，但无论如何，爱情不是一个团体性事件。友情亦如此。但本书所阐述的，并不是一个小圈子下的人情琐事，而是人与人之间的关系，因大团体中人与人的随机相遇，构成命运。有些人，终究无法在一起，不是彼此的错，而是环环相套的命运定数。小说是面镜，成人世界的复杂性被缩影成几个孩子的故事，都从某个角度，被映进这面镜。我也可以轻巧地在某个隐匿之地，窥见我不曾看见的炎凉或温情。

在写作之前，已经决定要写一套书。一群孩子，由生到死，由童真到老朽，由稚嫩，变世故，变精明，变泰然。这是怎样一个由虚空里来，途经人漫长的一生转而又遁入空无的一个过程。我不敢确信即将步入20岁的我可以掌控得好。因此，小城市1只是一个练笔的过程。孩子的故事，心思，小情小爱固然好写。但如何将他们这人生初期的18年写得真实，并可被带入其后的人生，酸甜苦辣恶劣善纯皆给他们余后的人生带来簸荡。这是我面临的重大课题与挑战。因此写作的途中我常常抑制不住要把属于20岁年纪应有的心态与观念带入小说中的“我”，意识到这点之后又要提醒自己即时转变，把自己感情与视角纳入文中十几岁精神朗硕饱满的孩童，这过程着实辛苦。还好我已完成，并自认为完成得很令自己欣慰。

青春该为美好。在小城市里度过的青春，像一把出鞘的剑，将世态人情销毁得体无完肤。19年里，因得我虽息憩于此十九年，但是始终为每日不断上演的青春悲欢感叹疑惑。我常常处于分心、涣散的状态，面对世事难料，人情冷暖这属于生活本身的出击，无从还力，把握不到位。这个要山有山、要水有水、经济富饶的小城市，到底有着怎样的人文环境和历史背景，得以在我生活的19年，未叫我看透半点。

或许这书是我满意的答卷，现在交给读者过审。

谨以此书，献给我庞大的、伤痛的、欢笑过的青春；献给在我青春叛逆期承受巨大压力的爸爸妈妈；献给我初中最好的朋友高薇；献给高中一直陪伴我的朋友尚玥；献给我曾一直深深迷恋的男孩田翔宇；献给那些途经我生命里，留给我记忆的所有人。

那些你们未完成的梦境；

那些你们有过的欢声笑语；

那些你们温暖、善良，抑或是使坏的小心思；

那些因你们的存在而兀自在人海膨胀起伏的故事；

可以在夏逝秋临的这个季度被固存在这座小城市么？

在我来年或许回来探望的某个时日，

我会再度回来开启这些封存的记忆。

那些好朋友们，希望你们在这段我无法陪伴你们的行程里，

丰姿绕萦。

图书在版编目（CIP）数据

小城市 1.0：模具城池 / 刘星语著 . — 北京：中国电影出版社，2014.4
ISBN 978-7-106-03901-1

Ⅰ . ①小… Ⅱ . ①刘… Ⅲ . ①长篇小说－中国－当代
Ⅳ . ① I247.5

中国版本图书馆 CIP 数据核字 (2014) 第 078208 号

责任编辑：贾　伟
封面设计：凤凰树文化
版式设计：凤凰树文化
责任校对：刘晓红
责任印制：庞敬峰

小城市 1.0——模具城池

刘星语　著

出版发行　中国电影出版社（北京北三环东路 22 号）邮编 100029
电话：64296664（总编室）　64216278（发行部）
64296742（读者服务部）Email:cfpygb@126.com
经　　销　新华书店
印　　制　三河市宏顺兴印刷有限公司
版　　次　2014 年 8 月第 1 版　2014 年 8 月河北第 1 次印刷
规　　格　开本 /787mm × 1092mm　1/16
印张 / 17.5　字数 / 253 千字

书　　号　ISBN 978-7-106-03901-1/I · 0921
定　　价　32.00 元